小書痴的下剋上

為了成為圖書管理員不擇手段！

第二部 神殿的見習巫女 II

香月美夜——著
椎名優 繪 許金玉 譯

本好きの下剋上

司書になるためには
手段を選んでいられません

第二部 神殿の巫女見習い II

登場人物

第一部 劇情摘要

超級愛書的女大學生在死後轉生成了士兵的女兒梅茵，還患有身蝕。為了在識字率低、紙又昂貴的世界裡自己做書，每天都奮鬥不懈。雖然成功做出了植物紙，為了活下去，卻需要能吸取魔力的魔導具。就在這時候，梅茵在洗禮儀式上發現了神殿的圖書室。直接與神殿長談判後，最終成為了提供魔力的青衣見習巫女。

梅茵一家

梅茵

本書主角。士兵的女兒，患有身蝕又體弱多病。明白了身蝕的熱意其實是魔力後，便成了原本是貴族之子才會擔任的青衣見習巫女。為了看書，不擇手段。

伊娃

梅茵的母親。在染色工坊工作。看著容易失控的丈夫和女兒，每天只能苦笑。

昆特

梅茵的父親。在南門擔任士兵，位階是班長。愛家到旁人都大感吃不消的地步。

多莉

梅茵的姊姊。裁縫學徒。個性溫柔，很會照顧人。梅茵形容為「簡直是天使」。

奇爾博塔商會

班諾

奇爾博塔商會的老闆，也是梅茵經商方面的監護人。

珂琳娜

班諾的妹妹，也是商會的繼承人。自己擁有工坊，手藝出眾的裁縫師。

路茲

奇爾博塔商會的都盧亞學徒。梅茵可靠的夥伴，也負責管理梅茵的身體狀況。

馬克

奇爾博塔商會的都帕里。班諾的得力助手。

神殿長

神殿的最高權力者。厭惡威懾過自己的平民梅茵。

神殿相關人員

神官長

梅茵在神殿的監護人。十分倚重梅茵的魔力量和計算能力。

法藍

原是神官長身邊的侍從，現在是優秀的首席侍從。

吉魯

以前是問題兒童，現在全心全力幫忙管理工坊。

戴莉雅

神殿長指派的眼線。口頭禪是「討厭啦」。

葳瑪

擅長繪畫的灰衣巫女。

羅吉娜

擅長彈奏樂器的灰衣巫女。

卡斯泰德　艾倫菲斯特的騎士團長。
達穆爾　保護了梅茵的騎士。
斯基科薩　害梅茵受傷的騎士。
雨果　班諾聘請的廚師。
艾拉　班諾雇用的廚師學徒。
約翰　鍛造工坊的學徒，技藝出色。

CONTENTS

第二部 神殿的見習巫女 II

序章……008
請給我葳瑪……012
飛蘇平琴與羅吉娜……033
侍從的本分……043
義大利餐廳的內部裝潢……058
餐廳的制度訂定……069
神殿的外出……081
製作墨水的事前準備……093
黑色油性顏料……104
用木刻版畫做繪本……116
黑白繪本……127
兒童版聖典的準備……138
兒童版聖典的裝訂……153
收穫祭的留守……167
梅茵十進分類法……179

給班諾的贈書與試裝……193
給神官長的贈書與灰姑娘……207
過冬準備的商量……219
購買冬衣……234
豬肉加工的留守……249
過冬準備完成……261
騎士團的請求……275
討伐陀龍布……288
救援與訓斥……299
治癒儀式……312
終章……327
青衣見習巫女的侍從……355
神殿的廚師學徒……369
後記……382

第二部
神殿的見習巫女Ⅱ

序章

唰唰唰地洗著碗盤，伊娃一直聽著卡蘿拉說話。看卡蘿拉又變得多話，臉頰也恢復了圓潤，就知道前幾天離家出走的路茲回到家後，讓她整個人都安下心來。路茲離家出走的時候，卡蘿拉話少得簡直像變了一個人。

「而且我還是第一次看到那個人說了那麼多話，真是嚇了我一跳。」

卡蘿拉沒有提到他們被叫去了神殿，告訴伊娃平常不擅言詞又沉默寡言的狄多，原來有多麼為兒子著想。再加上看到了路茲在商業公會裡的表現，似乎也不得不承認兒子的努力。

「雖然他說過和梅茵一起在練習寫字，但沒想到現在連那種有困難用語的文件也看得懂了呢。」

卡蘿拉用促狹的語氣說完，笑了起來，但一定很高興可以見到兒子的成長吧。內容完全變成是在炫耀路茲了。那時候聽到梅茵說：「神官長傳喚了路茲的父母過去，想問他們事情。」伊娃就回想起了他們自己被叫去神殿時的情景，嚇得臉色發白，向來找她商量的卡蘿拉也提供了不少建議，但幸好一切圓滿地解決了。

「對了，伊娃，那妳現在情況怎麼樣了？看妳最近常常臉色都不太好看，但這陣子應該穩定點了吧？」

「我正打算要告訴孩子們了呢。」

伊娃露出輕笑，摸著肚子。前陣子害喜還很嚴重，最近總算穩定一些了，也勉強度過了最擔心會流產的時期。伊娃開心地很快收好洗乾淨的盤子。

「啊，伊娃，這次多虧了梅茵的幫忙，替我向她說聲謝謝吧。」

伊娃點點頭，回到家裡。多半是聽到了腳步聲，一進門就看見梅茵在等著自己。然後說著：「我來放盤子吧。」踩上椅子，幫忙把洗好的碗盤一一放回架子上。梅茵因為無法從水井汲水，也無法幫忙洗碗盤。伊娃知道梅茵因為很多事都辦不到，才很努力想幫忙，但梅茵每次努力過了頭就會昏倒，真希望她懂得適可而止。

「媽媽，妳沒事吧？身體還沒有恢復嗎？」

確定梅茵已經把所有碗盤都放回原位，伊娃才開口說：

「梅茵，媽媽是肚子裡有小寶寶了唷。梅茵要當姊姊了。」

「咦？咦咦?!」

伊娃抱住吃驚得險些從椅子上掉下來的梅茵，輕笑起來。先等到梅茵把盤子放好再說，果然是正確的。梅茵走下椅子後，一臉神奇地看著肚子。但是，肚子還沒有大到一眼便能看出來。還以為梅茵是無法相信，下一秒她卻突然抱住頭，大喊著讓人聽不懂的話。

「不────！因為和自己完全沒有關係，那些和『懷孕』有關的書我都看得超隨便！吸吸吐！總之『孕吐』的時候要安靜休息、攝取營養，還要適度做運動對吧?!是這樣沒錯吧?!」

……又開始講些奇奇怪怪的事情了。

梅茵抱著腦袋，看起來非常苦惱。也許要有弟弟或妹妹了，讓她很不安吧。伊娃煩惱著不知道該對梅茵說些什麼，正準備要出門工作的多莉則發出了開心的歡呼聲，衝進廚房。

「真的嗎?!嗚哇！那我要為即將出生的小寶寶縫衣服和尿布！」

聽到多莉馬上就想著要為小寶寶做些什麼，伊娃投去微笑，梅茵也不服輸地開始思考：「那、那我也……呃、呃……」不過，感覺梅茵並沒有可以幫上忙的事情，只要很歡迎弟弟妹妹的到來就足夠了。但是，梅茵似乎並不認為這樣就足夠，思索了一會兒後，想到什麼似地抬起頭來。

「那我要為即將出生的小寶寶做『繪本』！」

「……『繪本』？那是什麼？」

伊娃和多莉面面相覷，歪著臉龐。

「就是有圖畫的書！我要做給小孩子看的書！」

「啊哈哈哈哈，真像梅茵會做的事。」

聽完梅茵的說明，多莉先瞪大眼睛後，爆出了大笑聲。不愧是滿腦子都只想著書的梅茵，但看這樣子，並不是討厭即將有弟弟或妹妹，伊娃鬆了口氣。

「會為小寶寶這麼努力，看來梅茵也可以成為好姊姊喔。」

「我一定會非常疼愛小寶寶的！既然多莉要用在工作上學到的裁縫技巧做衣服，我也要努力為小寶寶製作『智育玩具』！我會加油的！我一定要成為好姊姊！」

……這下糟了，明顯興奮過頭了。

梅茵的精神狀態轉眼間就變得讓人無法只是微笑看待。根據以往的經驗，伊娃可以預見接下來一定會演變成不得了的失控場面。多莉大概也有同感。

「梅茵，妳努力過頭就會發燒，稍微冷靜下來吧。」

「對啊。媽媽會很辛苦的，梅茵要懂得自己管理好自己的身體狀況才行。」

「我知道，我會努力。」

……嘴上那樣說，看表情就知道她絕對沒聽進去。肯定整個小腦袋瓜，都在想著「繪本」的事情吧。

請給我葳瑪

「唔呵呵～呵呵呵～路茲，早安啊！今天要先去商會再去神殿喔！」

我哼著歌，開門迎接前來接我的路茲。路茲像看到了什麼令人發毛的東西，往後退了一步，朝母親投去希望有人可以說明一下的視線。

「梅茵，媽媽再向路茲說明，妳快去拿東西吧。」

母親按著太陽穴說，我便走向臥室。適合小寶寶看的書有哪些呢？記得長據暢銷排行榜的繪本中，有本繪本是玩不見了不見了的躲貓貓遊戲，一頁是把臉藏起來，下一頁再把臉露出來。

……可是，「不見了不見了」用這裡的語言要怎麼說呢？

我想這裡應該也有把臉遮住再露出來，逗小嬰兒開心的動作，但不知道對小嬰兒說話時是怎麼說的。而且關於逗弄聲，該去問誰、又該怎麼問才能明白呢？

……還是把媽媽告訴我的其中一個故事畫成繪本吧。就這麼辦！

「路茲，真不好意思。梅茵知道自己要當姊姊了，大概是太高興了，有些興奮過度，今天可能別讓她出門比較好……」

「反正在出生之前都會這樣子啦……因為梅茵跟昆特叔叔很像。」

「是啊，興奮的樣子簡直是一模一樣。」

母親傷腦筋地垂下眉尾，但臉上帶著幸福的笑容。

「路茲，讓你久等了。媽媽，那我出門囉。身體不舒服的時候，絕對不能硬撐喔。為了讓媽媽可以過得輕鬆一點，我會努力賺錢回來的！」

「梅茵，那是爸爸今天早上說過的話喔。」

我在母親的苦笑目送下離開家門。首先，要前往奇爾博塔商會。先向班諾報告我要當姊姊了，再為孤兒院用的歌牌下訂單。

一路上，我滔滔不絕地向路茲講解關於繪本的計畫。

「多莉說她要縫衣服和尿布，所以我決定要做『繪本』。」

「那是什麼？」

「就是加了插圖，小孩子也容易看懂的書喔。」

我「呵呵」地挺胸說明，路茲嘆口大氣後，輕輕搖頭。

「梅茵，剛出生的小嬰兒又看不懂字。」

「唸給他聽也是很重要的喔！我要唸很多很多繪本給小寶寶聽。如果想做繪本，首先需要比較厚的紙張吧？聽說小嬰兒什麼東西都會放進嘴巴裡面，比起紙，薄薄的板子比較好嗎？還是要做布繪本？啊，可是，我好像沒在這裡看過『不織布』。而且要是做布繪本，根本沒有我出場的餘地吧？路茲，怎麼辦？」

我仰起頭，路茲一臉不知所措地眼神飄移。

「呃，就算妳問我……」

「做繪本的時候要是自己完全派不上用場，太讓人傷心了吧？可是，紙做的繪本可能會被撕破，甚至用嘴巴去咬，一想到小寶寶嘴裡吃進了墨水……啊啊啊啊！太危險了！」

一想像到小嬰兒咬了繪本後，滿嘴都是墨水，我不由得抱頭哀號。路茲傻眼地嘆氣，輕拍我的肩膀。

「梅茵，妳冷靜一點，小寶寶明年春天才會出生吧？時間還很久。」

「可是，我想先做出試作品，再不斷改良，送出最完美的禮物啊！」

「妳每次一衝過頭就沒什麼好結果，還會不支倒地。還是冷靜下來，聽聽別人的意見吧。」

正當路茲苦口婆心地告誡我時，我們也來到了奇爾博塔商會。一如往常在店裡看見了馬克，正幹練俐落地工作著。

「馬克先生，班諾先生在嗎？我想向之前去過的奇庫哥哥所屬的木工工坊，再訂一次歌牌用的木板。」

「這件事就交給我吧。梅茵，妳看起來心情很好喔。」

馬克邊說邊拿出寫訂單用的木板。瞬間，連我也感覺得到自己內心的興奮程度直線上升。

「唔呵呵～馬克先生，你聽我說。我要當姊姊了喔！所以接下來為了幫小寶寶做書、做歌牌、做積木，會變得非常忙碌！」

「哦？為小寶寶做書嗎？難得來了，也向老爺報告這項消息吧。」

馬克笑容可掬，讓我們走進裡頭的辦公室後，我衝向班諾。

「班諾先生，早安！我明年春天就要當姊姊了喔！所以接下來要做給小寶寶的『繪本』！」

「啊啊？那是什麼？」

「就是給小孩子看的書！」

「給小孩子看書？他們看不懂吧？」

班諾也說了和路茲一樣的話。明明繪本非常適合用來增進親子交流，光看圖畫就是一種樂趣，也能提前熟悉文字，卻沒人能懂這些優點。

「唸給小孩子聽也是很重要的喔。可以讓他們從小就習慣接觸文字。」

「哦……那應該也適合送給珂琳娜當作賀禮吧。那麼，圖要由誰來畫？」

「當然是由滿懷了愛意的我來畫喔。」

這是要送給我第一個弟弟或妹妹的禮物，當然要全部自己做。

「不行，用上一次的畫師吧。妳會毀掉小孩子的審美觀。」

「過分！」

「不過分，這是有用的忠告。」

班諾逼我答應一定要請葳瑪擔任畫師後，我覺得心裡那份姊姊的愛意像遭到了別人否定，有些氣憤地前往神殿。

「梅茵，如果妳以後都要做繪本，是不是應該先把畫師招攬過來啊？妳不會只做一本吧？」

「確實是不會只做一本呢。」

如果要做好幾本繪本，每次都要請葳瑪幫忙，那最好還是正式提出請求，讓葳瑪成為我的侍從吧。

「法藍，早安！跟你說喔，我要當姊……」

「梅茵，注意妳的用字。還有，我先報告，妳的事等一下再說。」

路茲打斷了我，並指正我的遣詞用字，然後開始向法藍說明我為什麼這麼興奮，還提醒法藍我現在的興奮狀態，很可能隨時會暈倒。

「我覺得她可能要發過一次燒，才有辦法冷靜下來。所以你小心看著她就好，可以不用管她。」

「我明白了，我會小心地看著梅茵大人。但是，梅茵大人，關於有了孩子這件事，請您小心別對戴莉雅提起。雖然目前神殿長都沒有採取任何行動，但確實一直在蒐集您的消息。梅茵大人越是期待，孕婦和孩子恐怕越會成為極大的弱點。」

聽了法藍的提醒，我全身的血液都結凍了。要是現在的母親和即將出生的嬰兒發生了什麼意外，我想我絕對克制不了自己的魔力。

「另外在梅茵工坊，談論新商品雖然無妨，但也請您盡量不要提起將有弟弟或妹妹這件事。因為在神殿，有身孕並不是一件大家都高興聽到的事情。」

想起了那些捧花和懷有身孕的灰衣巫女的下場，興奮的心情消氣般開始委靡。貼心的法藍大概是想讓我恢復好心情，改變了話題。

「梅茵大人接下來想做的繪本需要很多圖吧？一樣要拜託葳瑪嗎？」

「是啊。所以我想收葳瑪當侍從……」

法藍尋思了一會兒後，說：「那麼先向神官長報告，取得許可吧。」

寫好了信表示自己想拜託神官長事情，再請法藍轉交，向神官長預約面談的時間。宣示工作結束的第四鐘響，神官長看完法藍遞去的信後看向我。

「梅茵，妳想拜託什麼事情？很快結束的話就現在說吧。」

「神官長，請把葳瑪給我吧！」

我盡可能簡潔有力地提出請求，卻見神官長按著太陽穴。

「……完全無法理解妳在說什麼。說明清楚。」

「就是請給我很會畫畫、又很會照顧人、笑容還像聖女一樣可愛的葳瑪！」

我盡己所能地說明葳瑪的優點，神官長卻露出了更是無法理解的表情，看向法藍。多半是光憑視線便明白了神官長的意思，法藍立即開始說明：

「梅茵大人想請神官長答應她收葳瑪為侍從。葳瑪曾是克莉絲汀妮大人的侍從，是相當善於畫畫的灰衣巫女。」

「那個愛好藝術的青衣見習巫女嗎……那麼比起繪畫，找個精通樂器的見習巫女，應該更有助於提升妳的教養。記得有個巫女擅長彈奏樂器吧？收她做為侍從吧。」

「擅長樂器的巫女是指羅吉娜吧？」

我安靜地聽著，結果不知不覺間變成了討論要收羅吉娜為侍從，而不是葳瑪。我慌忙插進法藍和神官長之間。

「神官長，我需要的人是葳瑪，不是羅吉娜。靠音樂做不出『繪本』吧？」

「『繪本』是什麼？」

光今天一天，這個問題究竟聽到多少遍了呢？本以為如果是生活周遭有書的貴族，應該會有提供給兒童閱讀的繪本，神官長卻神情凝重，用力皺眉。

「就是給小孩子看的、有很多圖畫的書。貴族家裡應該有吧？」

「書的價格本就高昂，怎麼可能再做書提供給不知道會怎麼對待書的小孩子。學習用的書籍，也只要有系統地記載知識就夠了。」

看來這裡並沒有專門給小孩子看的書籍。紙很昂貴，內容又必須用手抄寫，因此字都寫得密密麻麻，撇開學習所需的圖形和地圖不說，並沒有以圖畫為中心的書籍。我明白了這裡為什麼沒有繪本後，神官長也心領神會似地點點頭。

「原來妳是想要製作有圖畫的書籍，才想招納畫師。但是，妳現在需要的是提升教養。不只葳瑪，也把羅吉娜收為侍從吧。」

「咦？我沒辦法那麼花錢，把兩個人都收為侍從。而且就算把羅吉娜收為侍從，我既沒有樂器，也沒有可以表演的機會啊。最主要我並沒有錢可以購買昂貴的樂器，如果舉辦儀式上並不需要，我也不覺得需要培養這方面的教養。」

「原來如此。若沒有樂器，確實也無法練習。」

眼見神官長暫且表示認同地點頭，我也跟著點頭，但其實是我對音樂沒有太大興趣。我不討厭欣賞音樂，但並不想自己演奏。雖然覺得可以彈奏樂器很厲害，但寧願把練習的時間拿來看書。

強調自己需要畫師後，神官長也答應了我可以收葳瑪為侍從，談話便結束了。我心滿意足地離開神官長室。

「法藍，那下午去孤兒院，問問葳瑪的意願吧。」

「葳瑪的意願嗎？不是要指定葳瑪成為自己的侍從？」

我說完，法藍訝異地眨眼睛。

「……因為她有可能並不想服侍身分為平民的我啊。」

現在我的侍從都是受人之命決定的，法藍、吉魯和戴莉雅，沒有一個人是從一開始就自願當我的侍從。吉魯還曾經當面向我抗議：「居然要服侍平民！」這些還是不久前發生的事情而已。

難得現在一切都相安無事，要是讓對方懷著不滿工作，負面的心情也會影響到身邊的人。如果葳瑪不願意成為我的侍從，雖然會成天擔心她不知何時被人指名帶走，但只要和之前一樣，委託她畫畫就好了。

「梅茵大人，您找我有什麼事情嗎？」

平常葳瑪總是面帶和煦的笑容，告訴我孤兒們最近的情況和孤兒院裡缺少哪些東西，現在看著我和法藍，露出了不安的表情。

「葳瑪，妳願意成為我的侍從嗎？這不是命令，我想得到妳本人的同意，所以拒絕也沒關係。」

葳瑪聽了，慌張無措地張望四周後，才嘆著氣垂下目光。

「……非常感謝梅茵大人的青睞，但比起我，請您提拔羅吉娜為侍從吧。」

葳瑪瞥了法藍一眼，為難地別開視線。然後非常難以啟齒地皺著眉，語氣沉重地開口：

「……其實，我以前曾經遭到青衣神官的欺騙，被帶出去成為捧花。幸虧主人克莉絲汀妮大人發現我不見了，趕來救我，最後我才平安無事，但是自那之後，我就很害怕與男士接觸。倘若這是命令，我會遵從，但若您要詢問我的意願，那麼我只想繼續留在孤兒院的女舍裡生活。因為在這裡，只有孩子們和女性。」

在貴族區域，異性侍從所在的房間會與主人的房間徹底隔離開來，但孤兒院長室只依一樓和二樓把男女隔開，離開院長室也必須經過一樓。而且像路茲和班諾這些客人，以及法藍他們這些灰衣神官，平常也都會進出二樓。所以，並不是能避免與男性接觸的環境。我明白了葳瑪的主張，但還是不太能理解。

「但如果在孤兒院生活，不是會成為捧花的對象嗎？」

「像我這樣不起眼的人，不會有青衣神官看上我的。」

葳瑪的頭髮盤得一絲不苟，本人自認為很努力保持低調，但接近橘色的金髮其實非常醒目。穿著打扮雖然樸素，但面對孩子們時露出的溫暖療癒笑容，反而讓她看起來更是楚楚動人。我想不會所有青衣神官都看不上她。

「葳瑪，那如果我拜託神官長，可以讓妳不用離開孤兒院，只是身分上成為我的侍從，那妳願意答應嗎？我以後打算為小孩子做書，裡面要畫很多插圖，所以需要擅長畫圖的葳瑪來幫忙。」

「既然如此，直接命令我是最簡單的呀……」

「我不希望葳瑪是在不情願的心情下為我做事。」

我自己就不喜歡別人對我下命令，侍從們又要住在主人的房間裡工作，生活上所有事情都算是工作。要是一直都心懷不滿，哪天一定會出問題。

「倘若不需要離開孤兒院，我當然很樂意為梅茵大人效勞。」

葳瑪帶著靦腆的笑容這麼回答。為了保護這樣的笑容，我下定決心，無論如何都要說服神官長！但比起神官長，法藍率先厲聲說了：

「梅茵大人，侍從都必須搬到主人的房間，不能繼續留在孤兒院。您打算如何說服神官長呢？」

我輪流看向葳瑪、孤兒院，和一段距離外一臉不安的孩子們。

「現在沒有灰衣巫女可以照顧年幼的孩子們，孩子們又常常會在半夜突然發燒，所以身為孤兒院長的我，希望能讓侍從去照顧他們。這樣的說法如何呢？」

「法藍覺得我真的能讓葳瑪留在孤兒院，還把她收為我的侍從嗎？」

想不到法藍竟然說出這麼失禮的話！但看來他也不是完全反對我這麼做。

「……原來並不是毫無想法，那麼我就稍微放心了。」

「雖會打破慣例，但考慮到孤兒們的現狀，再考慮到葳瑪的個人因素，只要和神官長好好商量，並非沒有成功的可能吧。」

法藍也贊成後，我向神官長送去了要求會面的信函，於是收到這樣的回覆：「關於葳瑪一事，我還想聽聽法藍的意見，所以去妳那裡再詳談吧。」

在神官長指定的五天後第五鐘之前，我精神抖擻地做了許多工作。拜託吉魯，在梅茵工坊製作繪本所需的較厚紙張，並說好要透過路茲買下來。同一時間，在孤兒院朗讀母親告訴我的故事，觀察大家的反應，看哪些故事適合做成繪本、哪些故事受到孩子們的歡迎。然而，孩子們聽完故事以後，只是一直針對裡頭出現的單字提問：「那是什麼？」根本無法體會到故事的樂趣。葳瑪也因為不了解城裡的生活，向我表示她無法畫成圖畫。常識與生活的差距，比我預想的還要巨大。

再加上在神殿也沒有把動物擬人化的概念，就算告訴他們七隻小羊和桃太郎的故事，結果卻反問我：「該怎麼做才能和動物交談呢？」這樣一來，想把我知道的童話故事畫成繪本也很困難。雖然班諾對我千叮嚀萬囑咐，但要送給弟弟妹妹的第一本繪本，還是由我自己來畫比較好吧。

此外，因為雨果和艾拉已經學會了大部分的食譜，便雇用了新的廚師進來。新廚師是名年紀和雨果差不多的男性，一邊努力學習，一邊不時發出「咦？」「慢著?!」等慌張又無法理解的叫聲。擔任助手的艾拉總是對他說：「別擔心，過不久就會習慣的。」臉上的表情像在回顧自己一路走來的歷程。

然後，到了會面當天。因為下午有約，我無法去圖書室，只好留在院長室裡，和法藍一起複習接待神官長的禮節和他喜歡的茶品。不久之後，明明離約定時間還很早，門外卻響起了有人來訪的鈴音。

「是神官長派來的使者吧。」

法藍說著站起來，走下一樓。雖然我分辨不出來，但鈴音和響鈴的方式好像有區別。畢竟神官長事務繁忙，有可能是要更改會面時間嗎？

「這是神官長贈送的禮物，請問該搬到哪裡呢？」

「請搬上二樓主人的房間。」

聽到樓下傳來阿爾諾和戴莉雅的聲音，我急忙換上貴族千金的笑臉。

「梅茵大人，打擾了。」

由阿爾諾領頭，灰衣神官們在戴莉雅和法藍的指示下，一一把偌大的包裹搬運進來。期間，阿爾諾顯得懷念地瞇起雙眼，環顧了一圈我的房間。

「……梅茵大人直接原樣不動地使用這個房間呢。」

「咦？」

「不，請您別放在心上。總計三個大箱子和兩個小箱子，已經如數送到。」

「請向神官長轉達，非常感謝他贈送的禮物。」

阿爾諾說完，我帶著笑臉回應。神官長派來的使者以阿爾諾為首，迅速排成一列後離開。法藍目送他們離去後，關上大門，快步走上二樓。

「馬上把禮物拆開吧。快到神官長來訪的時間了。戴莉雅，麻煩妳去工坊叫吉魯回來。」

「是。討厭啦！為什麼非要在拜訪前送禮物過來呢！」

戴莉雅起腳衝出去，法藍匆匆忙忙地開始拆封。戴莉雅和吉魯很快趕了回來，從旁協助法藍。木箱裡又用布包起來的物品，分別有一套寢具，以及大人和小孩用的樂器各一個。另外還有保養樂器用的諸多工具。看來神官長無論如何都想讓我擁有音樂方面的涵養。

……哇噢！用沒有樂器這個理由拒絕以後，就送來了樂器啦。

「法藍，關於這麼多禮物，神官長有對你說過什麼嗎？」

看著這麼多禮物，我內心的困惑更大於感謝。尤其是我從來沒從別人那裡收到過寢具這種禮物。法藍好像也是困惑居多，表情十分嚴肅。

「上次您在反省室暈倒以後，神官長曾憤慨地表示過，即使不在這裡生活，但明明時常因為身體虛弱而病倒，怎麼能夠一套齊全的寢具也沒有。但沒想到竟然因此送了您一套寢具……」

因為在神殿裡暈倒過好幾次，我也在想需要準備棉被，結果現在卻由神官長送給我，真是太出乎意料了。吉魯和戴莉雅將寢具放上床鋪，整理好後，我走上前，伸出手確認觸感。神官長挑選的寢具，不是我在家裡用的那種稻草被，而是芙麗妲家客房裡備有的那種高級棉被。床單的觸感非常光滑，被套還是加了大量刺繡的高級品。光布料和刺繡，想必就是驚人的天價。想到一整套寢具不知道花了多少錢，我的腦袋就一陣暈眩。

「法藍，貴族之間送這種禮物是正常的嗎？還是神官長只是預先幫我支付，事後會要求我付款？可是如果要我付錢，那我付不出來怎麼辦……」

「可能是因為把梅茵大人關進反省室，害得您暈倒，神官長想藉此向您表達歉意，我想只要表達謝意就夠了。」

「表達謝意……這次我又要向哪位神祇表達感謝呢？」

為了表達謝意，又要記住其他神祇的名字了嗎？我感到了無生趣，有氣無力地問。法藍像在強忍笑意地捂著嘴角。

「這一次不必向神祇，請向神官長表達感謝吧。」

寢具都放上床鋪，也決定好了樂器和保養工具的放置場所後，禮物的整頓總算告一段落，布和木箱則按照常規，賞賜給侍從他們。一切都結束時，第五鐘也響了。

神官長很快帶著阿爾諾前來。我照著法藍教我的，說著寒暄迎接神官長。「感覺還有些生疏，但看起來大概都記住了吧。」神官長給出了應該算是及格的評語，表示我也稍微有點貴族千金的樣子了吧。

「神官長，衷心感謝你送來了那般舒適的棉被。」

走上二樓，看到床鋪，我開口道謝，神官長卻是扶額。

「咦？我說錯話了嗎？我只是表達謝意而已吧？」

「妳的確只是表達謝意而已，但不需要把對方送妳的東西也說出來。以後道謝時，只要概括地表示『感謝你的厚禮』，或者『你的禮物正好合乎我的心意』就好了。」

不需要特地把送禮的內容說出來——我在心裡頭反覆背誦，只見神官長板著陰沉的撲克臉，壓低音量又補充說：

「還有，我送了妳寢具這件事千萬別告訴他人。原本寢具這種東西，都是為家人、未婚妻……和愛人所準備的，會招來旁人極不必要的誤解。」

「咦咦?!那、那神官長為什麼要做這種容易招來誤解的事情?!」

神官長又不是我，應該不會這麼粗心大意吧。搞不懂神官長為什麼明知道有可能招來誤解，還特地送我寢具。

「這是妳的不對。明明身體虛弱到在神殿裡暈倒了好幾次，居然沒有準備半樣寢具。妳暈倒後，看到法藍讓妳躺在連條棉被也沒有的木板上時，我簡直不敢相信。」

要是繼續置之不理，我看妳永遠也不會準備好寢具——在神官長的瞪視下，事情一過就徹底忘了的我，大腦裡連要訂購棉被的念頭也沒有，默默把視線別開。

「……啊嗚，真是非常抱歉。」

神官長刻意地假咳一聲，用眼神示意桌子的方向。想起自己還沒邀請神官長坐下，我請他就座。

今天因為訪客是神官長，所以由法藍泡茶，而不是戴莉雅。明明用了一樣的水和茶葉，法藍所泡的茶，味道卻完全不一樣。動作更是如流水般優美，沒有半點多餘，戴莉雅入迷地緊盯著法藍瞧。

「嗯，好久沒喝到法藍泡的茶了……香氣還是一樣這麼出色。」

看到神官長放鬆了表情，滿意地喝茶，法藍也微微一笑。戴莉雅接過吉魯端上樓的盤子，輕輕放在桌上。

「神官長，要不要吃塊餅乾配茶呢？這是專為男士減低了甜味的餅乾。」

神官長拿起一塊餅乾放進嘴裡，然後有些瞪大眼睛。才吃完一塊，神官長馬上又拿了第二塊，所以我想評價應該還不錯。

「……梅茵，這是哪裡的餅乾？」

「目前只有我的廚房在製作。這款餅乾我打算在義大利餐廳裡當作是飯後茶點提供，還會裝在小袋子裡販售，讓人可以買回去當禮物。」

神官長隨即按著太陽穴，像在試圖理解我在說什麼。

「妳不只紙張和絲髮精，連料理領域也涉獵了嗎？」

「是啊。開幕前我們還預計舉辦試吃會，如果神官長有時間，請你務必要過來參加。我們打算開一間販賣貴族料理的餐廳喔。雖然法藍已經保證過口味沒有問題，但我還是希望能有機會品嘗到真正的貴族菜餚呢。」

我卯足全力用眼神訴說「快約我、快約我」，擅長察言觀色的神官長像是拗不過我，垂下目光答應了：「近日內會邀請妳來吃午餐。」萬歲！我在桌子底下握拳。這下子解決了班諾出的其中一道作業。和神官長吃午餐的時候，我要好好觀察菜色內容、味道和服務流程。

品嘗了茶和餅乾後，神官長切入正題。

「那麼，妳是因為葳瑪，有事想和我商量吧？」

「把葳瑪納為侍從以後，我想讓她繼續留在孤兒院裡生活，能請神官長准許嗎？」

神官長不解地皺眉，「為何？」侍從顧名思義，就是要跟在主人身邊服侍他，一般侍從也都希望可以離開孤兒院，沒人想留下來。

「因為現在沒有人可以照顧那些尚未受洗的孩子們，我想利用孤兒院長的權限，讓葳瑪留在孤兒院裡照顧孩子。這也是葳瑪本人的希望。」

「神官長，法藍也在此向您懇求。現在孩子們還很容易生病，偶爾還會半夜突然發燒。葳瑪和梅茵大人都非常擔心孩子他們。」

法藍也出言請求後，神官長發出沉吟聲，摸著下巴。

「……如果要讓葳瑪留在孤兒院，那妳更應該收羅吉娜為侍從。樂器我也為妳準備好了，這樣就沒有問題了吧？」

神官長瞪著我說，但我還是無法理解。

「為什麼我非學樂器不可呢？神殿的儀式並不需要演奏樂器吧？」

「在神殿確實完全沒有必要。青衣神官中，也有人沒有音樂方面的愛好吧。」

神官長說著，往桌面「叩」地放下小型魔導具。是防止他人竊聽的魔導具。看著熟悉的魔導具，我和神官長分別握在掌心中。

「妳將來必定會和貴族有所牽連。」

「……可是，我並不打算和家人分開啊？」

所以我才會進入神殿以後，還是繼續住在家裡。但是，因為曾在面對神殿長時魔力失控，所以神官長大致了解我和家人間的關係，現在卻聽到他斬釘截鐵說「必定」，讓我內心隱隱升起不安。

「這件事妳可能不知道，但如果想要有孩子，男女雙方必須擁有對等的魔力。妳的魔力強大到即便奉獻十顆小魔石，依然能夠面不改色，還足以進入我的秘密房間。換句話說，妳只有和貴族才能生下孩子，不可能在平民區與人結婚。」

這麼說來，戴莉雅也說過魔力量若相差太多，就無法懷上孩子。當時我只對青衣神官的殘忍感到憤怒，完全沒有意識到這件事，但這個法則當然也能套用在我身上。可是，現在的我只覺得：「這又怎麼樣？」

「我從一開始就不覺得自己可以結婚，所以就算結不了婚，我也無所謂喔。」

「慢著，這是為什麼？」

「神官長也知道，因為我的身體太虛弱了。我老是三天兩頭發燒，又做不了什麼工作，沒有男士會想迎娶我這樣的對象。我只會成為包袱而已。」

在我們居住的貧民區，好老婆的先決條件便是身體健康又強健。再來是性格溫順，工作勤快。另外再加上裁縫手藝和懂得維持家計這些美人的條件，但我早在先決條件上，就已經從新娘人選中被剔除了。原本我在麗乃那時候便過著與戀愛、結婚無緣的人生，所以並不感到失望。只要能做書、看書，我就心滿意足了。

「平民和貴族的情況不一樣。出生孩子的魔力量，更容易受到母親的影響。以突然間出生的身蝕來說，妳的魔力量大到常人難以想像的地步。如今貴族人數驟減，一旦等妳到了適婚年齡，勢必會有許多魔力量與妳相當的貴族蜂擁而至。現在只是因為沒有財力可以收養妳，妳又虛弱得隨時有可能死亡，才沒有人對妳採取任何行動。但是，妳不可能躲得了所有青衣神官老家那邊派來的人。」

從沒想過會有人從這種角度來審視我。現在青衣神官的人數約有十名，若父母雙方老家都派人過來，究竟會出現多少貴族？我不可能全都拒絕得了。我嚇得打了個冷顫。我從來沒有想過這麼以後的事情。因為班諾說過，大約五年後貴族的人數會再增加，我大概會被神殿掃地出門，所以我也覺得到時再離開神殿就好了。我還打算逃出去後，利用塔烏果實延長壽命，萬萬也想不到我居然會成為條件絕佳的母體，成了貴族們的目標。

「下級貴族的魔力量與妳並不對等，所以恐怕會把妳當成是能與上級貴族攀上關係的工具。屆時，妳會被當成只是生孩子的工具，還是因為能表現得像個貴族而獲得身分地位，情況將會截然不同。為了保護自己，妳必須培養教養。」

「……我明白了。我會把羅吉娜也收為侍從，盡量提升教養。」

「很好。」神官長將魔導具放回桌上，表示談話結束。我也放下魔導具，輕推回去的同時，笑吟吟地看著神官長說：

「那請神官長為我示範一下吧。我想知道貴族要求的愛好要到哪種程度。」

請彈奏樂器給我看吧——我指向樂器。神官長收起魔導具後，嘆著氣呼喚法藍。

「把飛蘇平琴拿過來。」

原來房間角落的一大一小樂器，名字叫做飛蘇平琴。大的是成人用的，小的是孩童用的吧。看起來像是魯特琴與琴類的綜合體，外表和烏克蘭民族樂器的班多拉琴很像。琴身的形狀像是剖半的西洋梨，背面有些弧度。表面板上有著類似於吉他響孔的圓孔，但增添了華麗的裝飾，成人用樂器上有著幾何學的圖案，孩童用樂器則是藤蔓植物。乍看下琴身上就有五十到六十根的琴弦，捲著琴弦的弦釘似乎是象牙那類的材質，為木頭樂器增添了色彩。琴頭部分刻成了馬的形狀，讓我一瞬間很想要吐槽：「原來是馬頭琴嘛！」但這裡的人大概不懂，所以我克制住了。

神官長稍微調整椅子的位置後，併攏膝蓋坐下，把飛蘇平琴置於大腿之間，輕輕夾住。他用左手扶著琴頸，中指撥弄琴弦。琴聲「砰」地振動空氣，發出了很像吉他的琴音。右手則像在彈奏豎琴和撥弦樂器那樣，以五指撥弦，傳出了「鐙」的清脆高音，慢慢地融進空氣裡。

琴好像已經調好了音，神官長拿著飛蘇平琴，稍微垂下視線，右手彈奏主旋律，左手彈出貝斯般加深層次的低音。指節分明的修長手指流暢地在琴弦上移動，彈奏出了我從

未聽過的曲子。雖然是第一次看到這種樂器，第一次聽到這首曲子，但我還是馬上就能聽出神官長的琴藝非常出色。

……好厲害，在東門附近徘徊的吟遊詩人根本比不上。

順便說，我很怕聽吟遊詩人唱歌。不知道是不是因為還不習慣，我根本聽不懂他們在唱什麼。感覺就像是第一次聽到琵琶法師[1]唱的平家物語。

「青青天際……」

神官長配合著樂曲開始唱歌。聽著歌詞，眼前便浮現出了夏季生命閃耀著光輝的情景，草木往上生長，是感謝太陽恩惠的歌曲。我之前就覺得神官長的聲音低沉又悅耳，但唱起歌來，聲色感覺又不一樣，簡直是驚人的天籟。明明是從沒聽過的歌曲，聆聽時卻沒有感受到任何阻礙，讓人聽得痴醉沉迷。砰……我沉浸在最後一個琴音的餘韻裡，感嘆得吐出大氣，神官長把飛蘇平琴交給法藍。

「嗯，大概就是這樣吧。梅茵，如何？」

「我覺得神官長要是開口唱了情歌，女孩子一定手到擒來。」

「妳在胡說什麼？」

神官長兇惡地瞪著我，我才驚覺自己不小心脫口說出了真心話。我急忙摀住多嘴的嘴巴，用保守的形容詞把真心話包裝起來。

「我是說音色真美麗，讓我聽得非常陶醉……可是，對我來說好像有點太難了。」

「教養不是一時半刻就能習得的東西，必須從平常開始練習。妳試試看吧。」

神官長對教育充滿熱忱，我自然逃離不了他的手掌心，音樂課就這麼開始了。

飛蘇平琴與羅吉娜

法藍遞給我的小飛蘇平琴，是給第一次練琴的小孩子用的。但從我的身高來看，這把飛蘇平琴還是相當大。孩童用的琴弦數量，比起成人用的飛蘇平琴要少很多，大約只有一半，可以彈奏的音域大概是兩把口風琴的範圍。

我模仿神官長的動作，把飛蘇平琴夾在大腿之間，再以左肩和上手臂扶琴。因為基本上是用木頭製成，沒有用到其他重量很重的材質，所以如果只是靠著身上，我也能夠勉強拿好。

「妳那樣傾斜拿著，只會覺得越來越重。要盡可能呈直線地支撐住琴身。」

可能因為是練習用的樂器，只有一根弦上了色。「這根弦是最基礎的音。」

神官長說著，撥了那根琴弦。是Do的音。接著隔了一根弦是Re，再隔了一根弦是Mi。琴身上的整排琴弦密密麻麻，但每一根弦似乎都相隔半音，所以感覺像是直接在彈鋼琴的琴弦。但因為和鋼琴不同，沒有黑鍵，要找到音十分困難。

「這樣是音階，有些高，有些低，音會一直不斷延伸。」

1. 琵琶法師是指從日本平安時代開始出現的盲眼僧侶，會於街道上彈奏琵琶。《平家物語》乃鎌倉時代的軍記物語，描寫平安時代晚期平氏一家的榮華與沒落。

和學習數字那時一樣，感覺得到大腦正逐一把基本音階替換成Do Re Mi Fa Sol La Si。儘管是被逼著學琴，但麗乃那時候也學了三年鋼琴。雖然在習慣前不可能彈得得心應手，但應該可以彈些自己知道的簡單曲目。

「花開了……花開了……」

我轉換成這裡的語言，結結巴巴地彈琴唱出〈鬱金香〉童謠，兀自感到心滿意足。

神官長納悶地嘀咕問道：「這首歌是什麼？」

「就如神官長聽到的，是首跟花有關的歌喔。」

這個世界並沒有鬱金香，但神官長也不可能知道所有花的名字，所以應該沒問題吧。我正這麼心想時，神官長抵著下巴陷入沉思。

「……看來妳說不定有音樂的才能。」

「不，沒有喔！完全沒有！」

……完了，我居然自找死路把難度提高了！

第一次觸摸樂器就彈出了自己創作的歌曲，光從這段敘述來看，我簡直和莫札特沒有兩樣。千萬不能用那種像看到了天才的眼光看待我。我記得的樂譜，就只有學生時期在校內不得不背的歌曲，和鋼琴演奏會上彈過的幾首曲目而已。音樂的才能是一丁點也沒有！

「不，這種事不能由自己來下判斷。坦白說我本來還很擔心，不知道平民究竟可以練到何種程度，但看妳這樣，應該不出多久就能彈得一手好琴。」

不理會我的極力否認，神官長勾起嘴角，開始擬定練琴計畫表。主要都是在壓縮我寶貴的讀書時間。

「神官長，我不想再被占去更多讀書時間了。」

「但是，學習樂器需要每天不間斷的練習。」

「嗯，這我知道。但是，只有讀書時間恕我無法退讓。」

現在因為要去察看孤兒院和梅茵工坊的情況、幫忙神官長處理公務，偶爾是因為法藍太過忙碌，就算我人在神殿，能待在圖書室裡的時間也不長。再加上必須嚴格遵守吃飯時間，書又被鎖鏈鎖住，不能外借，所以能夠看書的時間，遠比我在進入神殿前預期的還要少。

「我進入神殿的時候，神官長對我說明的工作內容，是提供魔力和整理圖書室。而協助神官長處理公務這件事，完全只是我基於善意的幫忙吧？我可以把幫忙神官長工作的時間分給練習飛蘇平琴，但唯獨讀書的時間不能再退讓。」

兩人大眼瞪小眼了老半天後，神官長把公務和音樂放在天秤上衡量，顯然是認為音樂更加重要。要我來到神殿後，直到第三鐘響前，這段時間都用來練習飛蘇平琴。

「那麼，記得去通知葳瑪和羅吉娜。還有，我會不時過來檢查，妳要認真練習飛蘇平琴。只要妳稍有懈怠，我馬上就看得出來。」

神官長的提醒讓我冷汗涔涔，但如果沒有人來監督，我確實不可能認真地練習沒有多大興趣的樂器。就這方面而言，神官長真是太了解我了。

送神官長離開後，我決定和法藍一同前往孤兒院。

「吉魯、戴莉雅，我接下來要去孤兒院，麻煩你們整理出羅吉娜的房間。」

「交給我吧！在梅茵大人回來之前，我就會把房間打掃乾淨！」

和法藍一起來到孤兒院的食堂後，我請人去叫了葳瑪和羅吉娜。想必都明白我喚人的用意，孤兒院的孩子們不安地看著我。

「梅茵大人要收葳瑪為侍從嗎？葳瑪要離開了嗎？」

「我會把葳瑪收為侍從，但身為孤兒院長，我會讓葳瑪留在孤兒院工作喔。工作內容就是照顧大家。」

「哇啊！真的嗎？葳瑪不會離開嗎？」

孩子們發出了歡呼聲，一看到葳瑪出現在食堂，爭先恐後地衝過去。

「梅茵大人說葳瑪當上侍從以後，會留在孤兒院裡工作！」

孩子們拉扯著葳瑪的衣服和手臂，團團包圍住她。葳瑪任由孩子們拉著，帶著開心的笑臉走來。孩子們真的都很喜歡她。我再一次心想，幸好讓葳瑪留在了孤兒院。

我指示孩子們在談話結束之前，都別靠過來並且保持安靜。孩子們便如浪潮退去般在牆邊站成一排，但都興高采烈地看著這邊。

「因為得到了神官長的許可，所以我會招納葳瑪為侍從。葳瑪負責的工作，就是管理孤兒院和畫圖。為了照顧年幼的孩子們，麻煩妳留在孤兒院裡生活了。」

這樣一來，葳瑪就能留在孤兒院的女舍裡繼續生活了。也不會被其他青衣神官召見，前去擔任捧花。葳瑪恬靜的褐色雙眼開心地泛著淚光。

「衷心感謝梅茵大人，我一定會全心全意服侍您。」

和葳瑪談完時，羅吉娜也來到了食堂。她把和多莉一樣蓬鬆的栗色鬈髮盤成公主頭，清澈的藍色雙眼閃爍著希望與期待。

「梅茵大人，聽說您有話要對我說。」

羅吉娜有著成熟又標緻的五官。鬈髮為她增添了高貴的氣質，言行舉止也娉婷優雅，看來就像是清麗脫俗的千金大小姐。看著葳瑪和羅吉娜的言行談吐，彷彿就能看見她們從前那位喜愛藝術的主人是什麼模樣。

……神官長八成就是希望我能表現出羅吉娜這樣的儀態吧。

雖然明白，但每個人都有擅長和不擅長的事情。不只長得漂亮，所有動作也都端莊典雅，甚至教養豐富。一想到以後都會和侍從做比較，我不由得沉悶嘆氣。

「羅吉娜，我會收妳為侍從。」

羅吉娜摀著嘴巴，像是不敢相信，臉頰還出現了玫瑰色紅暈。同樣的動作由我來做，身邊旁人的感想大概會有天壤之別吧。我輕垂下目光。

「神官長要我提升教養，所以建議我收羅吉娜為侍從。羅吉娜要負責的工作，是從我到神殿後，直到第三鐘響為止，教我彈奏飛蘇平琴，其餘時間則和其他侍從一樣都要工作。妳可以接受嗎？」

「是的，怎麼可能無法接受呢。飛蘇平琴是我最擅長的樂器。」

談話結束後，我帶著十分開心於成為侍從的羅吉娜，在葳瑪及孩子們的目送下，離開孤兒院。孤兒院裡沒有私人物品。只要孑然一身就能搬離房間，再由主人準備侍從的生活必需品。

回到院長室，侍從們在一樓集合，由法藍主導大家互相自我介紹。這種侍從間的交流似乎不能讓主人看到，所以我留在二樓待命。法藍還提醒我，再怎麼好奇也絕對不能偷看。

被晾在一邊，感到無聊的我，開始看起神官長留下來的這世界的樂譜。這也是神官長出的第一個作業。雖然不長，但要記住陌生的曲子感覺就很難。

忽然間我聽到吉魯說：「那我去檢查工坊有沒有收好東西和鎖門。」接著是走出院長室的腳步聲。看來自我介紹和一樓的導覽結束了，為了介紹女性專用的侍從房間，法藍帶著羅吉娜和戴莉雅走上二樓。

「哎呀！是飛蘇平琴……梅茵大人，我可以現在就彈奏飛蘇平琴嗎？」

看見擺在一起的大小飛蘇平琴，羅吉娜發出了無比感動的聲音。

「討厭啦！羅吉娜真是的！樂器又不會逃跑，應該先整理房間才對吧。」

「羅吉娜，我明白妳遇見了渴望之物的感動心情，但戴莉雅說得沒錯，請先去整理房間吧。現在東西還不多，應該花不了多少時間。」

只要把看見了樂器的羅吉娜，想成是發現了圖書館的自己，其實我很想答應她，但現在還有戴莉雅要幫她整理房間，總不能當事人自己卻在彈奏樂器。羅吉娜依依不捨地望著飛蘇平琴，走進房間。

「梅茵大人，我可以彈飛蘇平琴了嗎？」

羅吉娜迅速地整理好了房間，於是這次我點頭同意。羅吉娜的藍色眼眸亮起歡喜的光彩，拿起飛蘇平琴。纖細的指尖輕輕撫過飛蘇平琴，撥了一根琴弦。脆亮的琴音響起，羅吉娜略微垂下雙眼，表情陶醉地感受著在空氣中擴散開來的音色。

接著羅吉娜坐在椅子上，拿好飛蘇平琴。雖然因為打雜變得有些粗糙，但修長的手指還是像撫摸一般，柔軟又輕快地撥起琴弦。琴音非常細膩又夢幻。明明是用同一把樂器演奏，但可能是演奏者的個性和選擇的曲目不同，聽起來和神官長彈奏出的琴音不太一樣。羅吉娜以細柔高音唱出的歌曲，我一樣沒有聽過，但她溼潤的眼眶和微笑的嘴角，在在都洋溢著可以彈奏樂器的喜悅。

「羅吉娜，妳彈得真好聽。」

「這是我的光榮。居然還有機會可以彈飛蘇平琴，我真是太高興了……梅茵大人，我一定會誠心誠意服侍您。」

就這樣，我的侍從增加了兩個人，練習飛蘇平琴也列進了每天的行程裡。

隔天，我和父親一起前往大門。路茲先去孤兒院，帶孤兒們出來，所以在大門會合以後，再出發去森林。

「爸爸，你希望是男孩子還是女孩子呢？」

現在我和父親聊天的話題，開口閉口都是即將出生的小寶寶。大概是內容相似的對話持續太久了，最近多莉都不怎麼理我，還說：「梅茵去找爸爸聊天吧。」

「……真難選擇。如果是男孩子，爸爸在家裡就總算有了同伴，但女孩子也很可愛嘛。」

「不管是男生還是女生，我都要好好疼愛他！還要做很多繪本唸給他聽！」

「是嘛，這樣啊。」

抵達大門後過不了多久，路茲帶著孤兒院的孩子們出現了。

「路茲，梅茵就麻煩你了。」

「我知道。今天會由這孩子揹梅茵，叔叔放心吧。」

路茲指著見習生中體格比較健壯的一名男孩。因為我若走路，只會給大家造成困擾，所以等那名男孩背對我蹲下來後，再由他揹著我，朝森林出發。

「今天是第一次和梅茵大人一起去森林耶。」

吉魯興致高昂地說，我點點頭。自從開始進出神殿後，我再也沒去過森林了。因為路茲已經要帶孤兒們去森林，再加上我，只會造成他莫大的負擔。今天是因為帶了人來負責揹我，大家又都習慣了來森林，我才能跟著一起來。

「撿了塔烏果實後，大家再一起砍樹枝吧。得買冬天的木柴和食物才行。」

我們家才四個人，準備過冬就已經很辛苦了，孤兒院若要準備過冬，不知道要花多少錢。雖然因為有神的恩惠，只要彌補不足就好，但也不知道還缺多少。而且在森林裡撿木柴，也是最近才開始的事，所以先不說碎木片，大塊的木頭都要放上一到三年乾燥，才能當作木柴使用。所以今年冬天的木柴，基本上都要用買的。

「冬天要是可以待在暖和的房間又不會挨餓，那就太棒了！可是，冬天河川會結冰，沒辦法做紙，也不能去森林吧？那我們要做什麼？」

孤兒院的孩子們，通常都是關在孤兒院裡過生活。自從能去森林以後，雖然現在會為了做紙而往返森林和孤兒院，但冬天不能去森林，又要過回封閉的生活。吉魯感到無聊地嘟嘴巴。

「得想想能在孤兒院做的冬天手工活了呢。」

先前已在契約中規定，珂琳娜必須分配給多莉和母親做髮飾的手工活，但並沒有規定也要分配給孤兒院的孩子們。最好想些新的手工活吧。

抵達森林後，我都是留在集合地點待命。撿撿附近的碎木片、摘些已經成熟的果實來吃，不久大家便結束採集回來了。撿到的塔烏果實共計四顆。畢竟星祭那時候已經被撿走了很多，塔烏果實又像是圓滾滾的水球，被野獸一踩就會破掉，所以好像已經找不到多少了。

我接過遞來的塔烏果實，往內部注入魔力。果實眼看著很快改變形體，我也開始慢慢習慣了。所有孩子都拿著刀子和小刀，進入備戰狀態。

「好，來吧！快速生長樹！」

我「嘿！」地丟出塔烏果實，種子隨即四散飛濺，到處開始竄起綠芽。接下來就沒有我出場的份了。我退到最後面，再度待命。坐在大石頭上，看著孩子們砍伐的動作越來越熟練，一邊感到佩服，一邊開始思考要在孤兒院做什麼冬天手工活。首先回想了去年做過哪些事。記得因為要做髮飾，又要指導路茲學習，過得非常忙碌。

……啊！為大家上課好像也不錯。

難得有這麼多時間，乾脆來教孩子們識字吧。先準備石板和教科書，再趁著冬季期間教大家寫字計算，實驗性地開設神殿教室。反正大家成為侍從以後都得學，應該可以從小先學起來吧。就算不會成為侍從，先學起來也沒有壞處。總有天梅茵工坊會製作書籍，就從工坊開始提高識字率吧。

……那如果要請葳瑪幫忙畫繪本，也許可以做給小孩子看的聖典。

只要把聖典改寫成淺顯易懂的文章，適合給小孩子閱讀，那比起一般的故事，孤兒院孩子們的接受度一定更高。另外，這次若要做繪本當教科書，我希望可以想辦法量產。畢竟要是每本教科書都要一張張地畫上插圖，不知道要畫到何年何月。

可是，印刷機嗎……凸版印刷非常需要力氣，不可能吧。如果要由孩子們來做，謄寫版印刷比較好嗎？

謄寫版印刷的鐵筆，只要委託鍛造工坊的約翰製作就好了，但蠟紙就得再想想辦法。雖然想做蠟紙，但現在因為要準備過冬，是蠟工坊一年當中最忙碌的時期，恐怕沒有多餘的心力協助我們開發新商品。不論凸版印刷，還是謄寫版印刷，如果都要從頭開始製作工具，肯定不可能在冬天之前完成。

……這次先做版畫怎麼樣？

先請葳瑪在板子上畫畫，再委託木工工坊雕刻，然後印刷出來，便能以比較簡單的方式，一次性地做出好幾本繪本。第一次做教科書，就從最簡單的版畫開始做起吧。同時也著手準備謄寫版印刷的工具，首先必須做出蠟紙。做紙則是梅茵工坊的工作。

「好，試試看吧！」

我用力握拳站起來，為了做書而燃燒起了熊熊的鬥志。路茲把陀龍布都放進籃子裡後，拿著新的塔烏果實走過來，用充滿懷疑的眼神低頭看我。

「梅茵，每次行動之前，別忘了，『報告、聯絡、商量』。」

……不需要用那種眼神看我，我明天正打算去找班諾先生商量喔。真的！

侍從的本分

為了用木刻版畫製作繪本，我需要木板。我打算向班諾報告後，訂購十片做版畫用的板子。我意氣風發地去見班諾，他卻對我投來了非常懷疑的眼神。

「梅茵，妳這次又打算做什麼了？」

但是，一心要做書的我才不會被他的眼神擊垮，用力舉起手。

「是的！這次我要用『版畫』做繪本。我們雕刻木頭的時候，不是都會形成凹凸不平的紋路嗎？然後塗上墨水，再把紙放在木板上往下壓，凸出部分的墨水就會印在紙上，刷出圖案和文字了。」

我很快拿出石板，畫出凹凹凸凸的木板斷面圖，上方畫了一條代表墨水的線，更上方再畫一條代表紙的線。班諾瞪著石板，露出了無語的表情。

「……我明白妳想表達的意思了，但墨水那麼昂貴，妳到底要用到多少墨水？」

班諾這句話讓我的臉色瞬間刷白。一小瓶墨水就要四枚小銀幣，而現在雖然植物紙的價格已經壓得比羊皮紙要低，但還是不便宜。我只想著可以做書了，興奮得一直線往前衝，但其實只要想想成本，就知道根本做不了好幾本繪本。

「我、我並沒有算過成本。」

「妳這白痴！怎麼會有商人不先計算成本?!」

「我、我又不是商人，算是見習巫女嘛……唔，好痛、好痛～！」

我小聲反駁，班諾不作聲地用力捏起我臉頰。面對小女孩，毫不手下留情。我常常覺得班諾其實很幼稚。揉著班諾總算放開的臉頰，我仰頭看向他。

「考慮到數量和價格，請班諾先生也介紹墨水工坊給我吧。最糟糕的情況，就是要從墨水開始做起。畢竟也不知道這裡有沒有適合印刷的墨水……」

看來想要做書，路途依然非常遙遠。我咳聲嘆氣，亢奮的心情也急速萎縮。

「妳連墨水也做得出來嗎？」

「和紙一樣，我知道做法喔。之前是因為籌措不到材料，但現在好像都可以自己準備了，人手也增加了不少……雖然還不清楚調配比例，和實際上印刷起來會是什麼樣子，所以需要反覆實驗，但只要花點時間，我想應該可以成功。」

「哦……」

離開商會時，馬克叫住了我，向我報告他已經把孤兒院用的歌牌交給路茲了。簽名表示已收到商品後，帶著木板前往神殿。等一下要把木板交給葳瑪，請她畫圖，順便讓葳瑪那聖女般的笑容，撫慰我受創的心靈。

抵達神殿，發現今天是吉魯在大門等我，而不是法藍。一看見我，吉魯便安心地放鬆了緊繃的臉龐。

「吉魯，你一直待在工坊努力工作，好久沒在大門看到你了呢。怎麼了嗎？」

「……戴莉雅正用非常可怕的表情在等梅茵大人。現在是法藍在安撫她，但感覺隨時有可能爆發。她的抱怨簡直像快速生長樹一樣沒完沒了。」

吉魯聳聳肩說完，我覺得自己身旁的一切好像都停止了動作。

「……發生什麼事了嗎？」

「是那個新來的侍從……名字叫羅吉娜吧？那邊出了點問題……」

吉魯疲憊地嘆口大氣，開始邁步。昨天我去森林的時候，戴莉雅和羅吉娜之間發生了什麼事嗎？就像養新寵物時，也要顧慮到家裡原本就有的寵物那樣，難道侍從之間也為了勢力範圍起了爭執嗎？

……我沒養過寵物，只在書上看過這方面的知識，不知道我處理得來嗎？

我唔地沉吟，想著偏離了主題的事情，抵達了院長室，吉魯為我開門。和往常不一樣，房內縈繞著悠揚的飛蘇平琴聲。

我不禁覺得整個人變得有些優雅，走上階梯。雖然吉魯才剛提醒過我，但戴莉雅既沒有衝下來，房內也沒有瀰漫著發生衝突的火藥味，所以我完全放鬆了戒心。

「討厭啦──────！」

「哇?!」

結果一見到戴莉雅，她就對我投來了音量放大好幾倍的口頭禪。我不由得眼冒金星，接著環顧房間，只見羅吉娜完全不為所動，坐在椅子上彈飛蘇平琴。

「梅茵大人，羅吉娜她根本不工作！」

戴莉雅用左手指著羅吉娜，繼續怒吼：「討厭啦！」我看向羅吉娜，但她的視線依然只固定在飛蘇平琴上。

「羅吉娜，早安。」

「梅茵大人，早安。今天又是晴朗的一日，令人感到神清氣爽呢。」

我開口打招呼後，羅吉娜才終於停下雙手，往我看過來。從她當作根本沒看到戴莉雅的態度來看，我明白了兩人都對彼此很不高興。

「羅吉娜，戴莉雅看來很生氣的樣子，她說妳都不工作是什麼意思呢？」

「哎呀，說我都不工作，這樣子很容易引人誤會呢。」

羅吉娜說著，不疾不徐地側過頭。戴莉雅從衣櫃裡拿出青衣，氣勢洶洶地說：

「妳除了彈樂器以外，根本什麼事也沒做不是嗎！就算法藍叫羅吉娜做事，她也完全不聽！梅茵大人，還請您想想辦法！」

戴莉雅用比平常粗魯了些的動作為我穿好衣服。羅吉娜一邊為我準備飛蘇平琴，一邊優雅微笑，毫不理會戴莉雅的暴跳如雷。

「我只是身為侍從，在練習飛蘇平琴而已呀。梅茵大人，這樣完全不了解巫女工作的人，請您無須理會。來，我們開始練習吧。」

「討厭啦！現在才不是練琴的時候！」

我強烈感受到了戴莉雅的怒火，但已經說好第三鐘之前都是練琴時間。如果現在先聽兩人的說法，所有練琴時間都會耗在這上面。

「戴莉雅，直到第三鐘響為止都是練琴時間，教我彈飛蘇平琴也是羅吉娜的工作。除此之外的事情，等一下再好好討論吧。到時我再聽戴莉雅的說明。」

「……遵命。」

戴莉雅板著不高興的小臉，離開去做自己的工作。走下樓梯前還轉過身來，再一次提醒：「等一下一定要聽我說喔！」

「梅茵大人，並不需要聽她說那些胡言亂語喔。」

「不，當意見有所出入的時候，更要仔細問清楚每個人的想法。這是神官長教我的。」

「……這樣子呀。」

羅吉娜有些不滿地沉下臉蛋，但一開始練習飛蘇平琴，馬上笑逐顏開。直到第三鐘響為止，我都在羅吉娜的指導下練習飛蘇平琴。

第三鐘響後，我必須去幫忙神官長處理公務。我請羅吉娜收好飛蘇平琴，拿起桌上的鈴鐺搖響，呼喚法藍。法藍走上二樓，已經整理好了去幫忙時的所有必備工具。

「那我去幫忙神官長了。羅吉娜，妳和戴莉雅一起搬水吧。」

「哎呀，梅茵大人，您在說什麼呢？這是灰衣神官的工作吧？」

羅吉娜不敢置信地張大眼眸，但我也大吃一驚。我這裡的灰衣神官，只有法藍和吉魯而已。法藍已經扛下了所有事務性工作，工坊那邊的事情也都交給了吉魯，兩人都得在外忙碌奔波。羅吉娜因為快要成年了，我正打算視情況，循序漸進地把法藍的一些工作交接給她，但因為目前還不清楚可以交給她哪些工作，才讓羅吉娜和戴莉雅一起工作。

「吉魯和法藍都有他們自己的工作，所以暫時要請妳和戴莉雅一起工作。而且，我也已經向法藍和戴莉雅這麼吩咐過了吧？」

我說完，戴莉雅馬上用手撥起一頭紅髮，露出了得意的笑容。

「所以我不是說了嗎，搬水到二樓也是我們的工作！」

「但是，這種勞力工作都是由男士負責的吧？」

羅吉娜用手托著臉頰，眼神怔怔不解。記得戴莉雅說過，她之前即使當上了侍從，還是見習侍從時，都要負責屋內的雜務，一邊學習工作內容。我便是以此為基準來分配工作，但看見羅吉娜這副模樣，開始感到不安。

「勞力工作和雜務是男士的工作，女人的工作應該是琢磨技藝吧？還在孤兒院時雖是另當別論，但如今我都成為了青衣見習巫女的侍從，不明白我為什麼還要做那些雜務不可呢。做了這些雜務，會害手指受傷的吧？」

「什麼會害手指受傷，妳在說什麼啊！妳又不是青衣巫女！」

「這些雜務，讓那邊的神官去做就好了。再說了，這裡雖有見習巫女，卻有人完全不了解藝術呀。」

羅吉娜咯咯地發出了銀鈴笑聲，但說話內容讓人一點也笑不出來。可以理解戴莉雅為什麼氣得七竅生煙了。這種想法並不適合當我這裡的侍從。

「羅吉娜，我之前說過，到第三鐘為止是練琴的時間，但其餘時間和其他侍從一樣都要工作。所以，請妳和戴莉雅一起工作吧。」

「梅茵大人?!您在說什麼呀?!」

羅吉娜主張這並不是灰衣巫女的工作，但我毅然駁回。

「因為我還不清楚神殿的事情。等吃完午飯，我聽完所有人的意見後再作判斷。」

如果純粹問我個人的想法，我認為「以前是以前，現在是現在」。但是，我不知道羅吉娜和戴莉雅，究竟誰的意見才是對的，其他人是否又有不同的意見。在問過法藍和神官長之前，我最好別亂說話。於是為了詢問神官長的看法，暫時撤退。

前往神官長室的半路上，我抬頭看向法藍。因為在院長室裡，戴莉雅一個人就氣得快要抓狂，所以完全無法問其他人的意見。

「法藍，你對羅吉娜的主張有什麼想法嗎？」

「葳瑪和羅吉娜之前的主人克莉絲汀妮大人，是位作風較為奇特的青衣見習巫女，特別喜愛藝術。聽說她每天的生活，都是在寫詩、欣賞繪畫、聆聽音樂。隨侍在側的灰衣巫女包括見習巫女在內，所有人都薰陶出了宛如貴族千金的典雅氣質。此外，克莉絲汀妮大人也十分禮遇技藝出色的巫女，羅吉娜又彈得一手好琴，所以可能過著與青衣巫女幾乎無異的生活吧。」

「每天都沉浸在詩詞、繪畫和音樂裡嗎？怪不得羅吉娜簡直像個貴族千金。」

因為戴莉雅和吉魯以前說過，灰衣巫女都以愛人為目標是種常識，所以我一直以為灰衣巫女都是這樣。然而，羅吉娜做為共享藝術的同伴，受到了青衣見習巫女的禮遇，是名只單純磨練技藝，從不做粗活的灰衣見習巫女。老實說我很吃驚。

「梅茵，怎麼了嗎？妳今天遲到了。」

一走進神官長室，神官長目光銳利地睨向我。

「……神官長，恕我冒昧，但侍從的本分究竟是什麼呢？」

神官長在回答我的問題之前，先把目光投向法藍。他一句話都沒說，只是投去視線，法藍便開始簡潔地陳述羅吉娜與戴莉雅的主張。聽到羅吉娜除了技藝外，不做其他工作的主張，連神官長也啞然失聲。

「……原來如此，先前我還感到佩服，明明只是侍從的灰衣巫女和見習巫女，卻每個人都談吐高雅，教養豐富，原來是過著比下級貴族的千金還要風雅的生活。」

「神官長，請問克莉絲汀妮大人是位怎樣的青衣見習巫女呢？」

神官長起身，從有著門片的書櫃裡抽出一本書。看來是記錄了青衣神官和巫女資料的書。他很快翻頁，修長的手指找到了那名巫女的資料，滑過頁面。

「有了。克莉絲汀妮是愛妾的女兒，因為魔力量高，她的父親一直想正式認領她。但因為正妻堅決反對，為了保護她的安全，順便讓她受教育，才會送進來神殿。」

神官長闔上縫訂起了資料的書籍，交給阿爾諾。

「她的父親大概是為了隨時可以認領她，家庭教師和教導技藝的老師也經常出入神殿。我記得她和那些沒有財力的貴族，以及因為魔力量太低而被送進來的青衣神官們相比，情況和生活環境都大不相同。」

所以是在特殊的青衣巫女底下，培育出了特殊的灰衣巫女吧。這樣看來，可以判定羅吉娜的想法在灰衣見習巫女中並不常見。

「我現在沒有多餘的心力，也沒有多餘的財力，可以收留這種除了技藝外不做任何工作的侍從。那我命令羅吉娜去做和戴莉雅一樣的工作，也是沒問題的囉？」

我不需要這種日復一日只會彈奏飛蘇平琴，生活過得比我還悠閒自在的侍從。連明明很想整天都窩在圖書室裡的我都在忍耐了。

「主人不同，對侍從的要求當然也不同。法藍，你沒有告誡過她嗎？」

神官長詢問後，法藍沉著臉，緩慢搖頭。

「羅吉娜完全聽不進去。她並未理解到自己還是見習侍從，連對我也是命令的語氣。在她心裡，灰衣神官的地位似乎相當低下。」

「啊，這可不行。」

我所在的院長室，所有事情都是在法藍的指示下維持運作。不遵從法藍命令的侍從，根本一點用處也沒有。真想馬上請羅吉娜返回孤兒院。

「最讓人困擾的，大概是羅吉娜時間都已經很晚了，還在彈奏樂器這件事吧。如果只有第一天，可以體諒她是因為很久沒碰樂器了才克制不住，所以可以忍受，但到了隔天，情況仍是如此就……連住在一樓的我都這麼認為了，住在隔壁的戴莉雅更是難以忍受吧。」

什麼！想不到羅吉娜不只沒做一般侍從該做的工作，還會製造噪音。

「神官長，我可以把羅吉娜送回孤兒院嗎？要是不行，就請神官長帶走吧。我會支付教學費用，請她在練琴時間再過來就好了。」

「這種不聽主人命令的侍從我不需要，我也不可能收留她。」

聞言，我和法藍互相對望，輕輕點頭。

「我已經說好吃完午飯後，要集合所有侍從討論這件事。在那之前，我還想聽聽葳瑪的意見。所以實在萬分抱歉，但今天我能就此失陪嗎？」

「是啊，傾聽所有人的意見十分重要。那妳去吧。」

接著神官長唸唸有詞地說：「稍微有點進步了嗎？不，還是要再觀察看看吧。」至於得到了離開許可的我，便前往孤兒院。葳瑪因為服侍過同一個主人，也許會站在羅吉娜那一邊，提供不同的看法與其他內情。

在食堂喚來葳瑪，與她談話的時候，我讓法藍回院長室去拿做歌牌用的木板。身為成年男性的法藍不在了，葳瑪也比較能夠放鬆心情說話吧。

「所以就是這樣，下午我會詢問所有侍從的意見。因為葳瑪不能來院長室，所以我才先過來聽聽妳的想法。葳瑪，妳和羅吉娜一樣服侍過克莉絲汀妮大人，會因為害怕雙手變得粗糙，就不做雜務嗎？」

之前為髒兮兮的孩子們洗澡時，最一馬當先衝出去的人就是葳瑪。我不認為葳瑪會排斥做雜務，但曾是克莉絲汀妮侍從的她，究竟有什麼看法呢？

「梅茵大人，我的工作是照顧孩子們。要是我不想做那些雜務，要怎麼勝任這份工作呢。」

葳瑪平靜地凝視著我，這麼說道。她的眼神溫順，卻感覺得出強韌的內心，我不禁鬆一口氣，問起羅吉娜。

「那麼，會不想做雜務的人，果然只有羅吉娜一個嗎？」

「比起其他灰衣巫女，羅吉娜的這種想法大概更強烈吧。我是在十歲那年受到賞識，成為了見習侍從，羅吉娜卻是一離開孤兒院就受到提拔，所以在回到孤兒院之前，從來沒有做過雜務。待在克莉絲汀妮大人那裡的時候，也確實如羅吉娜所言，雜務和勞力工作都是由灰衣神官負責。」

而羅吉娜小時候，幫忙照顧受洗前孩子們的灰衣巫女也都還在。所以在母親們的照料之下，受洗完後又馬上成為見習侍從的羅吉娜，真的在成長過程中沒有做過任何雜務。比起平民出身的我，更像是貴族千金出身。

「克莉絲汀妮大人是位專注於鑽研技藝的人。原本侍從的地位高低該照長幼之序，卻也是依據技藝的優劣來厚待侍從。對當時的我們來說，那是很正常的事。」

所以為了討主人的歡心，我們都日夜不懈地磨練技藝——葳瑪這麼回憶道。

「克莉絲汀妮大人回到貴族社會以後，羅吉娜也回到了孤兒院，發現生活的差異如此巨大，相當受到衝擊。我也是在回到孤兒院後，聽說了其他人的情況，才知道我們以前的待遇其實是很不尋常的。」

但是，因為十歲之前有過打雜的經驗，所以葳瑪接受了現實，理解到以往那段日子是特別的。但是，她說羅吉娜並沒有去正視殘酷的現實。

「羅吉娜一直都非常渴望能回到與音樂為伴的生活。如果是被青衣神官帶走，我想她也會作好覺悟，不可能過著和以前一樣的生活。然而，因為梅茵大人是青衣見習巫女，羅吉娜才以為可以回到以往的生活吧。」

「葳瑪，感謝妳寶貴的意見。這些是要給孤兒院的歌牌，再麻煩妳畫圖了。」

發現法藍回來了，我便委託葳瑪為歌牌畫圖，然後站起來。葳瑪在胸前交叉雙手，微微彎腰行禮。

「梅茵大人，懇請您給羅吉娜一點時間，讓她能夠重新省思自己。」

「……既然是葳瑪的請求，我會考慮的。」

雖說會考慮，但我的原則還是不變。我這裡不需要不工作的人。如同我對吉魯和對孤兒院孩子們說過的，「不勞動者不得食」。

怎麼看羅吉娜的處境都非比尋常，所以討論時的氣氛，大概會是一群人質問一個人吧。帶著沉重的心情吃完午餐，我一邊學習祈禱文，一邊等著侍從們吃完午飯。

「梅茵大人，那請您聽我說吧。飛蘇平琴的琴聲實在太吵了！而且，羅吉娜她根本不工作，到底是為了什麼來當侍從呢?!」

多半是想說的話壓抑了很久，戴莉雅水藍色的雙眼燃燒著憤怒的火焰，潰堤般地開始滔滔不絕。真的和吉魯說的一樣，「戴莉雅的抱怨簡直像是快速生長樹」，一直源源不絕地冒出來。居然可以抱怨這麼久，連我都不禁苦笑。

戴莉雅反覆說著內容大同小異的怨言，統整以後，就是羅吉娜到了半夜還在彈奏樂器，吵得讓人睡不著覺；羅吉娜早上既不起床，也不做雜務，甚至在院長室裡，也不聽從法藍身為首席侍從的指令。

「戴莉雅，妳的意見我明白了。吉魯，你呢？」

「琴聲很吵，她又不聽別人說話，也不工作，真不懂她怎麼好意思吃飯。」

看來「不勞動者不得食」這句話，已經在吉魯心裡根深柢固。對於羅吉娜並未認真盡到侍從的本分，卻還享有侍從的待遇，他好像很火大。

「法藍的想法也一樣嗎？」

「是啊。到了半夜還在彈飛蘇平琴，確實讓人很困擾，但羅吉娜到了起床時間也不起床，這點也教人傷腦筋。我下達了指令也不執行，只是一味彈琴。」

我轉頭看向羅吉娜。即使聽完了所有人的意見，羅吉娜也只是帶著從容自若的笑容，姿勢端正地坐著。本來還擔心要是所有人都指責她，她會不會哭出來，所以我暗自鬆了口氣，幸好沒發生這種情況。

「羅吉娜，大家說的都沒有錯嗎？」

我問，羅吉娜依然面帶著大家閨秀風範的微笑，優雅地偏過臉龐。

「我負責教導梅茵大人彈奏飛蘇平琴，辛勤磨練技藝也是當然的呀。要是做了打雜的工作，有可能害手指受傷。這裡明明也有見習巫女，卻完全不懂藝術，真令人感到惋惜呢。」

羅吉娜的主張，仍然是以服侍克莉絲汀妮那時的情況為基準。

「我知道妳對藝術的造詣很深，但到了半夜還彈奏樂器，會造成大家的困擾。請妳第七鐘響後，就不要再彈琴，早上也要和大家在相同的時間起床。」

「……遵命。但是，我希望梅茵大人也可以提升在藝術方面的造詣。只要您也深入了解藝術，就能明白我說的話了吧？」

羅吉娜哀傷地輕聲嘆息，為自己的意見完全不被理解表示不滿。但很遺憾，我只想學習最低必要限度的教養，完全沒打算沉浸在藝術的世界裡。書才是我的藝術，閱讀才是我的追求。

「羅吉娜，如果妳想過回以前的生活，我是無法提供給妳的。」

我注視著羅吉娜，挺直腰桿，努力拿出主人該有的威嚴。我確實沒有青衣見習巫女該有的樣子，但羅吉娜也沒有侍從該有的樣子。若不意識到這個事實，羅吉娜與下一任主人會再起衝突吧。

「我和克莉絲汀妮大人不一樣，沒有餘力可以讓侍從只把心力放在音樂上，葳瑪也在負責管理孤兒院和畫圖。所以，請羅吉娜除了音樂外，也要做其他工作。我明白彈奏樂器的人很重視雙手，既然妳不想做雜務，那事務性的工作就麻煩妳了。」

目前光靠戴莉雅和吉魯，已能把院長室裡外打掃乾淨。我個人是希望羅吉娜可以幫忙代筆寫信，以及計算院長室、工坊和孤兒院的帳簿，分擔法藍的部分工作。

「羅吉娜就快成年了，應該會寫字了吧？請妳幫忙處理文書工作吧。」

但我從來沒有做過文書工作──羅吉娜把手貼在臉頰上說，微微側頭。藍色眼睛像是完全不想聽進我的建議，不露聲色地別開目光。

「如果是不會做、不知道要怎麼做，從現在開始學就好了。因為我也很多事情都不知道……但是，我不需要從一開始就宣告自己絕不工作的侍從。」

羅吉娜看著我，慢慢地眨了幾下眼睛。我也注視著她深藍色的雙眼，下達最後通牒。

「羅吉娜，請妳在明天之前想清楚。究竟是要回到孤兒院，還是接受與克莉絲汀妮大人那時不一樣的環境。因為我無法成為妳的克莉絲汀妮大人。」

隔天，羅吉娜有些紅腫著雙眼，對我說道：「身為梅茵大人的侍從，我會盡力而為。」然後，開始著手負責她並不擅長的計算和文書工作。雖然一個人要負責二樓的所有工作，戴莉雅有些不滿地噘著嘴唇，但對於即將成年又識字的羅吉娜幫忙分擔法藍的工作，倒是沒有發表怨言。羅吉娜似乎也乖乖遵守了彈飛蘇平琴的時間，我也知道戴莉雅其實暗地裡都很期待，她總是興致勃勃地望著飛蘇平琴。當我說：「妳可以拜託羅吉娜教妳啊？」她還氣呼呼地說：「才不是呢！討厭啦！」但我想只是遲早的事情吧。

於是，我開始過起每當看見羅吉娜，就為自己的粗魯和沒氣質感到灰心喪志的生活。一舉手一投足，從頭到腳都不一樣。明明只是走路而已，羅吉娜卻優雅又輕盈得像在跳舞，每個動作都雍容文雅，雖然不快，卻也不慢，像水一樣地流動。有種不可思議的節奏。不論是歪頭的方式、拿筆的動作、怎麼撥攏裙襬，全都高貴得彷彿動用到了末梢神經，卻一點也沒有做作的感覺，就只是非常自然。

「我的言行舉止，真的可以變得像羅吉娜這樣嗎？」

「比起言行舉止，我覺得計算更難呢。我才想請教梅茵大人，究竟是怎麼在這麼小的年紀就學會計算的呢。」

我和羅吉娜互相對望，輕聲笑起來。要克服不擅長的事情，練習是不二法門。我和戴莉雅在羅吉娜的細心指導下，慢慢改善自己的舉手投足。有著想成為愛人的目標，戴莉雅進步的速度其實比我還快。

期間，收到了神官長邀我共進午餐的邀請函，指定日期在十天後。邀請函上還寫著，「屆時要驗收練習成果，記得帶琴來」。我和嚇得面無血色的羅吉娜一起密集特訓，在三天之內，便能夠順利地彈奏出神官長指定的第一首曲目。

……我深刻地體會到，目標和截止期限真的可以促使人成長。

對於教我彈飛蘇平琴的羅吉娜，我送給她的第一份獎勵，是一套外出用的服裝。至於完成了歌牌的葳瑪，則送給了她一疊可以拿來素描的紙張。

義大利餐廳的內部裝潢

「班諾先生，你什麼時候能帶我去墨水工坊呢？」

我想在冬天到來前試做墨水，但在自己製造之前，想先去墨水工坊參觀。前往神殿前，我繞到商會提出這個問題，班諾卻搖搖頭。

「墨水之後再說。餐廳的工程就要結束了，我想先討論一下內部裝潢的事。」

明明是想請班諾帶我去墨水工坊，結果卻變成了要帶我去義大利餐廳。

「餐廳的外觀已經完成了，接下來是內部裝潢。因為要參考神殿的貴族區域，擺設掛毯和藝術品，我需要有人提供意見。記得帶法藍過來。」

聽班諾這樣說，他根本是想聽到法藍的意見，而我只是附屬品。但是，我確實不太了解貴族的內部裝潢，所以也無可厚非。想到這裡，我忽然驚覺。在我的侍從中，還有一個可能很了解藝術品和貴族內部裝潢的人才。

「班諾先生，如果你需要藝術品方面的意見，我也帶羅吉娜一起過去吧？她是我新的侍從，以前特別受到一位喜愛藝術的貴族青睞，是個比下級貴族還像貴族的灰衣巫女喔。應該可以從女性貴族的角度，提供不同的意見。」

法藍因為受過神官長的教育，很清楚貴族的規定，知道什麼事情該怎麼做，但也太一板一眼，有些缺乏變通。神官長自己也是討厭累贅的人，所以有著「簡單至上」的傾向。就這方面而言，羅吉娜因為長年受到喜愛藝術的巫女薰陶，任何事情都會偏重消遣娛樂，對於物品的配置和陳列方式也很有品味。自從羅吉娜來了，房裡就多了花朵，隱藏式的收納方式還變成了開放式的。

「沒問題。那明天下午我會派馬車去神殿迎接，之後再去餐廳。還有，我會讓雨果也去餐廳，所以明天的三餐，妳請剩下的廚師掌廚吧。」

要去墨水工坊參觀這件事就這麼徹底遭到忽視，讓我十分失望，但餐廳蓋好了，還是很開心。我和路茲說著「好期待喔」，前往神殿，向大家告知明天的行程。

「班諾大人說了，明天會派馬車過來接我，要我下午去看看餐廳。法藍、羅吉娜，你們明天能隨我同行嗎？」

「遵命。」

「班諾大人還想讓雨果過去參觀廚房，所以明天會讓雨果休息，請告訴他記得前往奇爾博塔商會。新進來的廚師陶德還好嗎？」

「有艾拉在，我想不會有問題。」

之後，再請法藍向雨果他們轉達這件事。陶德一臉不安，但以前雨果也都和艾拉兩個人負責煮飯，所以我想一定沒問題的吧。

隔天吃完午餐，讓法藍和羅吉娜去換上外出服，我也在戴莉雅的協助下脫掉青衣，穿上袖子很長、很有貴族氣息的襯衫。因為雨果也在餐廳，所以必須穿上貴族的服裝，表現得像是貴族。

「我也好想去喔。討厭啦！每次都只有我留下來！」

「戴莉雅，對不起喔。因為今天是想聽聽羅吉娜的建議。」

我口頭上對用哀怨的眼神看著我，一邊幫我做準備的戴莉雅這麼說。因為不知道會有多少情報傳進神殿長耳裡，所以今天不能帶戴莉雅一起去。而且，會每次都只有戴莉雅留下來，也是因為她自己不想去孤兒院，還說比起去森林，只想花心思在精進自己上。看來在不同的情況下，她就忘了自己說過的話。

「戴莉雅每次都自己留在院長室，又負責打掃房間，看來需要準備點獎勵呢。」

對戴莉雅這麼說完，我和法藍、羅吉娜一起坐上班諾派來的馬車。法藍一如往常穿著那件褐色外出服，羅吉娜穿著苔蘚綠色的連身洋裝，套了件有幾何圖案刺繡的深綠色馬甲背心。外出服很適合她那蓬鬆柔軟的栗色頭髮，左看右看都像是養在深閨的大小姐。我稱讚羅吉娜後，她羞赧地輕拉了拉裙襬，說：「梅茵大人，您過獎了。」

……連害羞的樣子也溫婉嫻雅，非常可愛。但換作是我，模仿得來嗎？不，打死我都不可能。

坐在馬車裡頭，我向羅吉娜解釋義大利餐廳和今天的工作內容。

「這間義大利餐廳的目標，是想呈現出和貴族餐廳一樣的氣氛。客群都假設是大店老闆那樣的富豪，所以內部裝潢也會很講究。法藍、羅吉娜，請你們想像成是貴族所用的餐廳，然後提供意見吧。」

「若想像成是在裝潢克莉絲汀妮大人的房間，這樣也可以嗎？」

羅吉娜問，我點點頭。接著也拜託法藍想像成是神官長和神殿長的房間，再提供建議。

「那麼，屆時由我們提供建議，請梅茵大人盡量不要發言。既然雨果也在，請您一定要透過我們發言。」

我和班諾一談起生意，情緒就會激動起來，人也變得多話。看來今天就算想到了什麼，也只能寫在寫字板上了。

真不想當貴族千金。居然連發表言論的自由也沒有……

馬車一路搖搖晃晃，抵達已經完成了外觀工程的餐廳，路茲正站在門口等著我們。今天我仍要維持貴族的儀態，路茲也表現得像個在接待貴族的商人學徒，站姿非常筆挺。光是看到彼此裝模作樣的笑容，還沒有笑出來，就已經很了不起了。

「梅茵大人，歡迎您的大駕光臨。」

我和路茲像在演搞笑劇地說完寒暄後，走進偌大的氣派木門。進到內部，先是看到跟院長室一樓很像的小型大廳。

「這裡是等候室，會在此接待客人和結帳，左邊是廚房，右邊是餐廳。」

路茲一邊說著，一邊示意右手邊。大概是之後要再裝上門扉，右邊是一面開了四角形缺口的牆壁。班諾就在右邊的房裡，看見我們後走出來。

「梅茵大人，歡迎您的大駕光臨。此處是餐廳的用餐區。」

班諾也說著面對貴族時的特有措詞，出來迎接我。用餐區的內部裝潢，班諾應該是參考了最近在身邊的貴族房間，也就是孤兒院長室，但裡面卻一片空白，非常冷清。

「本來預計要裝上護牆板，加了雕刻的護牆板卻遲遲尚未交貨。」

因為不准我發言，所以我在寫字板上小小地寫下「護牆板的交貨期限」。

「雖然已經決定好了要加裝的護牆板和裝飾架，但關於要裝飾在架上的藝術品，都還沒有決定。關於要選擇什麼樣的掛毯、繪畫、雕刻和植物，又該怎麼配置，請梅茵大人務必提供您寶貴的意見。」

雖然說著想聽我的意見，班諾的雙眼卻是看著法藍和羅吉娜。

「請問這裡預計擺設的裝飾架，是什麼樣式的呢？」

「得先依據大小、寬幅和顏色，才能決定裝飾的物品吧？」

班諾開始回答兩人的問題。班諾因為是與貴族有所往來的商人，也知道貴族之間都流行什麼。但是，在藝術品和裝飾品的品味上，果不其然主要都由羅吉娜大顯身手。羅吉娜說完建議後，法藍再提出成本較低的替代方案，偶爾也表示沒有必要到那種程度，不讓裝潢變得過度鋪張華麗。我沒有插嘴，聽著兩人的討論，一筆一劃地在寫字板上做筆記。旁人看了，還真不知道誰才是侍從。

「梅茵大人，您覺得有哪些東西需要加進裝潢裡嗎？」

「……是啊。如果能在角落擺上書架，一定很棒吧。」

班諾立刻睜大眼睛，瞪著我的表情像是想說：「妳這白痴！想都別想！妳到底想花多少錢?!」但是強忍了下來。

「梅茵大人，如果只為了裝飾而蒐集書本，從成本來看恐怕非常勉強吧？」

「而且若放在餐廳裡，書也會染上食物的味道。」

連兩名侍從也開口反駁，我點一點頭。其實我也知道不可能。但有人問，我只是表

達一下意見，說出我想要的東西而已。接著我閉上嘴巴，老實地聽兩名侍從說話。

「如果是春天過後才開幕，比起掛毯，是否該先準備地毯呢？貴族的房間裡必定都鋪有地毯，藉以消除腳步聲和推車的聲音。」

「雖然要找到便於推動推車、又具有厚度的毛毯不太容易，但會是相當值得的投資。」

不只從貴族的角度，兩人也從服侍的服務員角度給出了意見。我和班諾在寫字板記下兩人的建議。接著再逐一討論桌子的數量、椅子的數量、該預留的空間。

「此外，如果想呈現出宛如貴族在用餐的感覺，別使用桌巾，改用餐巾如何呢？餐巾是把桌巾裁作小面積後的產物，可以提供給每位客人個別使用，最近貴族之間也開始改用餐巾。」

聽到法藍這麼說，我不禁臉龐發亮。這裡的桌巾並不像麗乃那時候一樣是為了美觀，而是供人用餐後，擦拭髒了的手、擦嘴巴，甚至有人會用來擤鼻子。嶄新的桌巾雖然沒問題，但使用多次以後，食物的污漬根本洗不掉，再考慮到這裡的衛生狀況，有可能會演變成痢疾等傳染疾病的源頭。

「法藍，這個提議太棒了！要是用了洗不掉髒污的桌巾，就無法營造出高級的氛圍。而且只要裁切成個人可以使用的大小，就算髒了，也非常便於換新吧？飲食店家一定要注重清潔。一旦鋪上桌巾，想必會有客人使用，那倒不如捨棄桌巾，準備餐巾吧！」

班諾「嗯……」地摸著下巴，陷入沉思。羅吉娜則輕拍我的肩膀，示意我該保持沉默。

……我太興奮了嗎？可是，我真的不喜歡髒兮兮的桌巾嘛。

討論完了餐廳的裝潢後，接著走進廚房。這裡的廚房和孤兒院長室的幾乎差不多，但是更加寬敞。我環顧了一圈，看見雨果和馬克正在說話。我請法藍問他，關於調理工具、食材和木柴，有沒有討論出什麼結果。

「因為在院長室的廚房已經用習慣了，屆時會請他們再準備一樣的工具。」

雨果這麼回答。雖然我已經聽到了，但法藍還是複述一遍，徵詢我的意見。

「既然要再準備一套用慣的調理工具，那沒問題。但下訂的時候，記得也要考慮大小和數量。有時候會忙得無法立即洗淨使用，所以有些東西最好多買一些備用。」

我悄聲地告訴法藍我的意見，雨果露出了恍然大悟的表情。馬克也拿著不知什麼時候做好的寫字板，在上頭做筆記。

「然後，最好要確保有三間店可以提供新鮮且品質優良的食材。而且因為會用到烤爐，之後需要大量的木柴吧？也可以考慮向其他城市購買，請盡早開始囤積木柴的存量吧。」

在廚房結束了拐彎抹角的意見交流後，留下馬克和雨果，剩下的人一起搭乘馬車，前往奇爾博塔商會。因為回到商會，就可以毫無顧忌地討論溝通了。

一走進店裡辦公室，我馬上拋開了貴族千金的假面具。羅吉娜對此皺眉，但和班諾談生意的時候，要是還假裝是個貴族千金，根本不知道班諾有沒有聽懂我想表達的意思，太麻煩了。打開寫字板後，我立即舉手。

「班諾先生，那從我好奇的事情開始發問了。首先你說還沒有收到護牆板，那什麼時候才會交貨呢？這是內部裝潢的重點吧？沒有護牆板，也沒辦法掛上畫作、擺放裝飾架吧？」

「工坊已經在趕工了，但至少還是要等到冬天過後吧。因為不只護牆板，另外還有門扉和窗框，所以得花不少時間。」

班諾的回答中，有件事讓我感到非常疑惑，不禁皺起眉。

「呃……該不會所有東西，都是委託同一間工坊製作吧？」

「……一般都會委託給專屬工坊吧？」

明明要委託工坊加上精細的雕刻，居然不只護牆板，還訂了門扉和窗框，很明顯超出了工坊可以承接的範圍吧。

「不能分別委託給好幾間木工工坊嗎？全部都委託給同一間工坊，究竟要到什麼時候才會完成呢？應該把護牆板委託給這間工坊，內門和窗框的裝飾則委託給另一間、裝飾架和家具再委託給另一間，不然永遠也沒有完成的一天吧？」

然而根據班諾的說明，一般都是把工作委託給簽訂了專屬契約的工坊，所以開一間店，都要花上很長的時間。之前準備的工坊，都是買下已有現成設備的店舖，所以才不需要花那麼多時間，但原本這才是普遍的情況。

「既然一般都要委託給同一間工坊，那麼商人世界的事情，就交給班諾先生處理吧……可是，只要詳細說明所用木材和設計細節，一般的工匠應該也都做得出來，而且多和不同的工坊建立起合作關係，我覺得也沒有什麼壞處吧？」

「……我會考慮。」

班諾往木板寫字的時候，我看向下一個問題。

「那麼餐具呢？貴族很少使用木製餐具喔。」

「……我已經先訂了白鑞製的盤子，但一樣要等上一段時間。同樣的東西很難一次大量訂做。因為貴族不會重複使用同個盤子。」

在價格便宜的飯館，大家都是用手吃飯，拿硬邦邦的麵包當作盤子。雖然最近比較少看到了，但共用餐具也是稀鬆平常。可是，貴族不一樣。如果要配合貴族的用餐禮儀，準備所有人的餐具，基本上又都是手工製作，便會非常耗時。我不由得心想，那更應該把工作委託給複數的工坊啊。

「那要不要每張桌子分開，或是依餐點的價格作區分，委託給不同的工坊呢？」

「妳也未免太性急了。」

看樣子同時把工作分別委託給不同的工坊，這種做法在這裡並不受歡迎。看到班諾面露難色，我再試著提議委託給並非同行的工坊。

「不然除了白鑞盤子，要不要也做一些銀製餐具和陶器呢？」

「那樣成本太高了。」班諾沒好氣地板起臉孔。

「可以只對貴賓使用，讓對方覺得自己受到特別的禮遇。平常再當成裝飾品就好了。」

「……原來如此。你們兩人覺得呢？」

班諾看向法藍和羅吉娜。法藍開口說了：

「我認為梅茵大人的意見更有效率。貴族對於招待的主要貴賓和其他賓客，有時也會使用不同的盤子。只不過……」

法藍和羅吉娜說明，貴族在參加餐會時，都是自己準備刀叉和杯子。既是為了炫耀自己持有的高級餐具，有些餐具還是世代傳承下來的古物。餐具也是一種財產。最重要的是，害怕遭到毒殺的人，自然都會自己準備餐具。

「平民倒是沒有這種習慣。」

「那就讓貴族的這種習慣流傳開來吧。雖然店裡也會準備餐具，但第一次邀請客人來參加試吃會時，可以在邀請函上註明，請大家自行帶刀叉和杯子過來，並說明這是貴族的習慣。一般富豪應該都擁有引以為傲的餐具，搞不好還有人會為了炫耀，特地去買新的呢。班諾先生有沒有想拿出來展示的餐具呢？」

我問完，班諾小聲沉吟起來。

「……有。雖然一群人要是互相炫耀起來，感覺場面會一發不可收拾，但如果有人要我自備，我確實擁有很樂意帶出門的餐具。」

「那麼，基本上只要請客人自備餐具，店裡就不需要準備太多刀叉了吧。也比較不用擔心昂貴的餐具被客人偷走。」

班諾說過，把餐廳裝潢得有如貴族宅邸後，最擔心的便是客人偷東西、搶劫和破壞物品。雖然我無法理解客人怎麼會偷店裡的東西，但在這裡好像很常見。

「啊，對了……妳之前說過，妳想到有辦法可以防止客人賴帳和偷東西吧？說明一下吧。」

我挺起胸膛回答。

「嗯，就是『謝絕生客』喔。」

餐廳的制度訂定

我簡單地說明了什麼是謝絕生客後，班諾卻聳聳肩說：「需要有人介紹和引薦是正常的吧？」在這裡，通常會依據服裝和有沒有人介紹，才讓人進入店內。

「但就算有人介紹，客人付錢的態度和談吐還是另當別論。有的客人雖然付錢爽快，但未必就是好客人。有時反而因為爽快，態度卻很傲慢自大，讓人受不了。」

大概是常常遇到難纏的客人，班諾嘆著氣說，搔了搔頭髮。於是我仔細地說明城裡介紹的制度，和謝絕生客的制度有什麼不同。

「跟一般的介紹並不一樣喔。要是對方介紹的客人偷了店裡的裝飾品，或是在餐廳裡惹禍鬧事，介紹人就必須負起責任，幫忙付錢和出面解決。」

「妳說讓介紹人付錢嗎？」

班諾瞪大眼睛，拍著桌子站起來。看來完全超出了班諾的想像範圍，他一臉愕然地低頭看著我。

「是啊。要是每次發生事情，都不只會牽連到店家和客人，我想應該就能非常有效地抑止糾紛的發生。介紹人也絕對不會隨便介紹他人前來。因為只要發生什麼問題，自己也會跟著遭殃。以後就只會介紹自己能夠信任的人了。」

「……但是這麼做，不會對介紹人造成太大的負擔嗎？」

班諾重新坐好，大力揉著太陽穴。這個提議帶來的衝擊比預期中強烈吧。因為這裡的人雖然會為他人介紹店家，但從來不需要為之後發生的事負起責任。

「可是，我們這麼重視餐廳的氣氛，避免糾紛，讓客人可以放鬆地度過這段時間和用餐，也等於我們很重視常客吧？……只是要不要導入這個制度，全交給班諾先生作判斷了。」要不要採納我的意見，是班諾要負責判斷。我只是對於他的問題，提出了我想到的解決方案。我最終並沒有成為商人學徒，所以不知道我所熟悉的制度，在這座城市裡是否適用。

「不過，光是一間可以吃到貴族料理的高級餐廳，這件事本身就是前所未有的嘗試，那就算大家都對這種規定感到陌生，只要一開始先訂定下來，我想應該不會有什麼問題吧。如果是中途才導入這個制度，那就沒辦法了。」

班諾用力皺眉，瞪著空氣。

「如果要導入這個制度，規則必須定得相當詳細吧？」

「嗯……只要先定好絕對不會更改的原則，以後再依照餐廳和周遭的情況，慢慢改進就好了。畢竟是第一次採用這種制度，不需要定得太過嚴謹，留點可以變通的空間比較好喔。」

「嗯……」

看見班諾開始沉思，我低頭看向自己手上的寫字板。

「那麼，『謝絕生客』的制度就先到此為止。接下來想想開幕之前，店裡要準備哪些東西吧。」

「店裡要準備的東西？不是已經決定好裝潢了嗎？」

班諾納悶地看著我。我看著自己寫在寫字板上的一整排問題，不高興地瞪著班諾。

「班諾先生，你在說什麼啊？就只決定好了裝潢而已啊。每張桌子都需要菜單和鈴鐺吧？為了達到貴族的感覺，必須準備品質優良的東西才行。」

「菜單？菜單都是由侍者告知客人的吧？」

在這個世界，菜單都是由每桌的侍者口頭告知客人。平民區的飯館不管走到哪裡，菜色的差別都只在於香腸是用烤的還是用燙的；貴族家則是菜色早已經決定好，只要宣告「今天的菜色是什麼」即可，所以在這種情況下，只由侍者告知菜色確實是沒問題。但是，還不知道菜色是什麼樣子，好幾個人又要從好幾道菜色中挑選出自己想吃的食物，這種時候要是沒有菜單，侍者會手忙腳亂。

「菜單上可以寫下餐廳提供的菜色和準備的酒類，放在每一張桌上，客人就不需要一一詢問侍者，自己也能大概看懂，還可以悠哉地挑選吧？雖然不知道班諾先生打算安排多少侍者，但當然是可以越省時省力越好。」

「但要是做了菜單，有人不識字呢？」

看著班諾的苦瓜臉，我才想起了城裡的識字率很低，但我不認為這是問題。

「餐廳最一開始鎖定的客群，都是大店的老闆吧？連路茲為了成為商人學徒，都必須學會寫字了，大店的老闆更不可能不識字吧？」

再說了，大店老闆的聚餐都是以談工作為主，身邊一定會跟著攜帶資料和紙筆用具的隨從。要是主從都不識字，那要怎麼談生意呢。如果連契約書上的字都看不懂，更遑論要工作了。

「啊，還有，我會抄出有些厚度的紙來做菜單，要不要像之前那樣加上植物的押花呢？

我會準備固定菜色的菜單，和季節限定版的菜單，這樣子還能順便宣傳到植物紙吧？」

我想製作比較精緻的菜單。不走可愛，而是漂亮的風格。現在這個季節，放哪種植物比較適合呢？乾脆做成有顏色的紙好了？

「妳要特別用紙做嗎？不過是菜單而已，有這個必要嗎？」

「餐廳一定要有菜單！啊，不然就由梅茵工坊來準備吧？我的侍從字漂亮得會讓人發出讚嘆聲喔，很厲害吧？呵呵。」

「……我實在不懂為什麼有必要，也不懂菜單該是什麼樣子，那就交給妳了。」

班諾疲憊地扶著頭說。得到了新工作後，我開始在腦海裡畫起菜單的設計圖，嘿嘿微笑。

「是，那就交給我吧！還有，侍者要怎麼辦呢？如果要有貴族的感覺，一般在外雇用的平民是當不了侍者的喔。」

平民去的飯館的侍者，和貴族的侍者截然不同。這點我是最清楚的了，因為現在都由法藍他們這些侍從在服侍我用餐。而平民區的侍者因為要端送大量的飯菜，毫不在乎自己的動作粗不粗魯、食物有沒有灑出來，完全不能和法藍他們混為一談。班諾似乎也明白，用有些不太爭氣的表情看著我。

「……不能送去妳那邊，想辦法訓練嗎？」

「意思是侍者也要送來院長室訓練嗎？嗯……廚師就算了，我覺得神官長可能不會答應再讓侍者進來喔。」

「那如果反過來，讓神官出來外面工作呢？」

「明天神官長邀請我一起吃午餐，我到時再問問看吧。但請別抱太大期待。」

以前神官長說過：「因為沒有人能幫忙介紹和照顧，孤兒才只能成為神官和巫女。」當時我聽完，以為「那只要有人當監護人，就可以外出吧」。但是，如今我已經體會到了孤兒院與神殿的現實面，就無法只是照著字面解讀。現在有很多神官都無事可做，神官長也許會因為可以外出賺錢，於是點頭同意，但也可能覺得這麼做會破壞神殿的規則。一切都還很難說。

「對了……還有，第一次的試吃會，我打算也邀請神官長來參加，班諾先生覺得呢？」

「慢著，妳說神官長嗎？邀請真正的貴族，他真的會來嗎？」

貴族一般絕對不會前往平民區的店面，都是傳喚店家老闆，來到自己位於貴族區的宅邸。神殿因為位於貴族區與平民區的交界處，有著通往兩邊的大門。但是，青衣神官除了舉辦儀式外，從未踏進平民區的街道。

「對於我想出來的菜色和點心，神官長好像很有興趣。就看我怎麼說服他，說不定有帶他出來的希望喔。」

班諾興味濃厚地摸著下巴，「哦……」地陷入長考。

「所以第一次的試吃會，要不要只邀請班諾先生真的能夠信任的人呢？還可以和貴族一起吃飯，會覺得自己的地位特別不同吧？」

「……這點倒是無庸置疑。」

「如果真的連貴族也進來用餐，還能提升義大利餐廳的名聲吧？」

班諾的赤褐色雙眼像是發現了利益，如肉食性動物般炯炯發光。

「和之前磅蛋糕的試吃會不一樣，不需要同時邀請很多人，可以分成好幾次，每次都招待幾名自己可以信任的人。考慮到廚師的人數，我們也沒辦法一次做出大量的餐點。餐點的價格又很昂貴，潛在的顧客人數應該不多。我覺得可以把餐廳定位成只接待經過篩選的人，盡可能走高級路線。」

「如果能夠得到神官長的協助，也許可以成功吧。梅茵，不准失敗啊。」

我和班諾用力握手，一起咧嘴露出笑容後，羅吉娜優雅地側過臉龐。

「梅茵大人，那音樂呢？貴族舉辦餐會時，都會請來幾名樂師輪流演奏，在餐廳不演奏音樂嗎？」

……關於音樂，我倒是完全沒想過呢。

我慢慢地轉頭看向班諾。班諾輕輕聳肩，表示他也沒轍。

「很遺憾，我並沒有門路可以請到能在貴族餐會上演奏的樂師。」

「……羅吉娜呢？妳想在餐廳裡表演嗎？」

「只要能有更多時間接觸樂器，我自然非常樂意。」

羅吉娜說得毅然堅決。看她這樣，反而是因為自己想彈奏飛蘇平琴，才會主動開口提起演奏音樂這件事吧。

「餐廳開幕以後，是以午餐為主吧？那麼只要客人在預約時提出請求，又願意另外支付費用的話……我可以借出羅吉娜。」

如果有客人在吃午餐的時候，不惜另外支付費用也想聽到演奏，那我不介意在那一段時間借出羅吉娜。等到第三鐘響，練琴時間結束以後，再趕到餐廳也來得及。不過，現在還要讓羅吉娜學習處理事務工作，如果每天都要外出，也要先請示過神官長。

「喂，那晚上怎麼辦？」

「咦？晚上當然不行啊。晚上可能會有人喝酒，像羅吉娜這麼可愛的女孩子，我才不會讓她出現在酒鬼面前呢。如果想在晚上也演奏音樂，請班諾先生自己去找樂師吧。」

一般晚上在酒館工作的女侍也兼做賣春婦，就算告訴客人我們餐廳和其他地方不一樣，也有可能聽不進去。我想都沒想過要讓羅吉娜在晚上外出。

接著開始討論細節，不久第六鐘響了。是宣告一天工作時間結束的鐘聲。班諾一邊整理著今天討論過的事情，一邊看著我說：

「妳明天去神官長那裡，要張大眼睛觀察清楚啊。」

「包在我身上！」

「……唔，真讓人不安得要命。」

看到班諾按著自己的胃部一帶，我不高興地鼓起臉頰。

「對於餐廳不知道什麼時候才能完工，我才不安得要命呢。」

隔天，受神官長之邀一起共進午餐。直到第三鐘響為止，我都加緊腳步，在氣勢驚人的羅吉娜注視下做最後衝刺。如果只是彈飛蘇平琴，我可以沒有出錯地彈完，但有時會被歌詞分散注意力，容易找不到琴弦。只要小心這點就沒問題。

練完琴，要幫忙神官長處理公務。法藍說他要去準備午餐會，於是吩咐吉魯與我同行。因為對象是神官長，我還以為這次的邀請應該不用太拘謹，有點疏失也沒關係，法藍和羅吉娜卻都繃緊了神經。

……面對貴族的時候，兩人倒是同心協力呢。

第四鐘響後，結束了公務的幫忙，我和吉魯一起先回到院長室。戴莉雅簡單地替我整理好服裝儀容後，羅吉娜抱著大飛蘇平琴，法藍則捧著裝有刀叉和小飛蘇平琴的盒子，和我一同出征。雖然勉強會彈神官長出的作業了，但我緊張得手都開始發抖。羅吉娜卻和我不一樣，明明接到指令，用餐期間要在神官長室彈奏飛蘇平琴，卻表現得一派悠然自得。

「羅吉娜，妳都不會緊張嗎？」

「當然會呀。心跳一直很快，完全靜不下來呢。」

羅吉娜說著，露出了柔柔的甜美笑容，一點說服力也沒有。但是，羅吉娜的笑容就和貴族千金一樣，是種保護自己，不讓對方看出破綻的武裝。

「一點也看不出來呢，所以不能讓對方看出自己在緊張嗎？」

「是的，必須面帶笑容，表現得遊刃有餘。」

到了神官長室，幾名灰衣神官已經在更動家具的配置，開始準備午餐會。我眼角一邊瞄著工作起來全都手腳俐落、沒有半點多餘動作的侍從們，一邊向招待我前來的神官長說出貴族式寒暄。用法藍教導的問候語，和羅吉娜指導的優雅行禮方式。法藍和羅吉娜一起想出來的問候語從諸神的名字開始，像在吟詩一般，表達自己對於能夠受邀前來感到多麼的光榮，所以長得嚇死人。而且我還必須立起單膝跪下，在胸前交叉雙手，維持著這個姿勢直到說完問候語。甚至動作還得保持優雅，對於沒有體力的我來說，這簡直是苦行。

連陪我一起背誦問候語的路茲也背得有氣無力，甚至還說：「麻煩死了，直接說

『謝謝您本日的招待』不就好了嗎！」路茲成為奇爾博塔商會的都帕里學徒後，今後也會和貴族打交道，所以從現在開始和我一起記問候語，但措詞十分複雜，神的名字也又多又長，讓他大感吃不消。這種時候，我就覺得一神教真是美好。

不過，練習好像有了成果，站在神官長面前，我也沒有突然間忘記內容，腦筋變得一片空白，寒暄的動作還比平常優雅了兩倍。雖然最後踩到了下襬，沒有馬上站起來，但幸好沒跌倒。我成長了呢！

「嗯，好吧，已經算做得很好了。你們兩個都辛苦了……那麼，妳練習過飛蘇平琴了吧？」

神官長稱讚了指導我寒暄的兩個人，再看向法藍手上的飛蘇平琴，稍微往上揚起嘴角。我微笑著看向羅吉娜。

「因為老師非常優秀，我應該也進步了不少吧？」

「哎呀，才沒有這回事呢。梅茵大人具有音樂方面的才能。不用多久就記住了音階，聽力也很優異，可以辨別音的不同。雖然撥弦的動作還不算流暢，但只要多加練習就好了。」

……快住口！我根本一點才能也沒有！只是麗乃那時候學過鋼琴和上過音樂課，有一點點基礎而已！

拜託饒了我吧——我幾乎想跪下來道歉，但又不能驚慌失措。我照著羅吉娜剛才說過的，總之先面帶笑容，但笑臉好像有點僵硬。

「哦，那真教人期待。在午餐準備好之前，先讓我看看妳練習的成果吧。」

神官長說完，灰衣神官很快便準備好椅子，讓我坐下。法藍把飛蘇平琴交給我時，還小聲鼓勵我說：「您可以的。」

只要像練習那樣彈琴就好了。而且因為是第一道作業，這首曲目並不難。冷靜下來，沒問題的。我慢慢地深呼吸，抬起頭後，發現反而是羅吉娜緊張得臉蛋都僵硬了。看來就像是第一次參觀孩子上課的母親。

我「鏜」地撥下琴弦。第一首學會的簡短練習曲叫做〈秋天的果實〉。歌詞裡面提到了很多食物，感覺就很好吃。總之，只要能順利移動手指就不難。

「森林的恩惠，秋天的果實……」

沒有錯誤地彈完了一遍後，我終於安心地吐氣。

「……彈得很不錯嘛。」

「是呀，梅茵大人學習的速度非常快。機會難得，梅茵大人，您要不要也為神官長表演一下之前自己作的歌曲呢？」

「咦？……我作的歌曲嗎？」

……有嗎？我怎麼一點印象也沒有？

「記得旋律是這樣……」

不知道是不是因為還是小孩子，還是這副身體的聽力很好，梅茵的耳朵比起麗乃那時候還容易分辨琴音。雖然不至於是絕對音感，但音感應該相當不錯。比起麗乃那時候，更容易就能把記憶中的歌曲轉換成音階。我之前曾用飛蘇平琴偷偷地彈奏記憶中的歌曲，看來是被羅吉娜記下來了。

「但因為我還沒有寫好歌詞……今天就先作罷吧……」

要我即興把電影的英文主題曲改成這裡的語言再唱出來，未免太困難了。我緩慢搖頭，這麼說了以後，神官長興味盎然地雙眼發亮，微微一笑。

「那就期待下一次的演奏了。接下來的作業是這一首。」

不——我又自己把難度調高了。

接過新的樂譜，我在心中流下眼淚。結果下一次不只作業，還要表演自創的歌曲了。

「那麼，這邊請。」

神官長前方是一片銀光閃閃的餐具。在我面前，則由法藍擺放著他所帶來的餐具。聽說在這裡，因為擔心餐具受損或是被偷，普遍都由自己的隨從擺放餐具，絕不經手他人。

我在院長室所使用的餐具是上一任孤兒院長留下來的，品質極佳。雖然法藍建議我換新，但適合擺在院長室裡的餐具非常昂貴，所以我拒絕了。「我不知道前任孤兒院長是什麼樣的人，但東西並沒有罪過。」我這麼主張後，逕自留下來繼續使用。

貴族的餐點和在公會長家吃過的一樣，也和我熟悉的套餐料理的順序很像。首先倒飲品，前菜之後是湯，接著是主菜，然後是水果、點心和飯後的茶。只不過，分量和種類都很驚人。可能是因為剩下的飯菜要分配給侍從們，光前菜就有八種。在旁服侍的侍從每一種都盛了一些，放進主人的盤子裡，但感覺光吃前菜就飽了。

法藍知道我的食量，所以只取了三種我應該會喜歡的前菜。我一邊吃著，一邊尋找我們的餐點有哪裡需要改進。

……雖然味道達到水準了，但食物的雕花和擺盤方式，可能要再多下點工夫。貴族料理的外觀實在太豪華了。

不過，神官長這裡的湯一樣沒什麼味道。只看湯的話，是我贏了。主菜也準備了好幾種，只取走吃得完的量。神官長這裡的主餐也是肉類，沒有看到魚。看來貴族之間也一樣幾乎不吃魚。

用餐期間，我提到了練習飛蘇平琴的事情、公務上的一些小疑惑、現在孤兒院和梅茵工坊的情況。神官長基本上只是隨聲附和。偶爾他會迂迴地說幾句話，但我聽不懂背後的含意。於是我歪過頭，神官長則是死心嘆氣，這樣的循環儼然成了一種固定公式。

……服侍方式就和法藍做的一樣，沒問題。但是，好像還是最好要有音樂。

一邊吃飯，一邊聽著羅吉娜彈奏的飛蘇平琴，我不禁強烈這麼覺得。麗乃那時候只要走進店裡，店家都播放著音樂，但在這裡要聽到音樂並不容易。所以現在聽著音樂，更深深地感到心靈得到了滋潤。

「……妳好像又在想事情了，這頓午餐有參考價值嗎？」

神官長喝著飯後的茶，這麼問我。

「嗯，非常有參考價值喔！……神官長，我有事情想和你商量。」

「慢著，妳想商量的事情到那邊再說。」

被神官長打斷，我慢慢地喝完有著濃郁香氣的茶。然後隨著神官長的腳步，跟著他走進秘密房間。我也習慣了在神官長準備椅子的時候，清理長椅上的空間，為自己找地方坐。

「好，說吧。這次究竟又是什麼事？」

神殿的外出

「神官長說過現在有不少多出來的灰衣神官，那能不能讓他們外出工作呢？我想請他們在預計端出貴族料理的餐廳擔任侍者。」

大概是想起了之前在我房間裡討論過的對話，神官長「啊」地輕喊一聲。

「如果要擔任侍者，得在灰衣神官中挑選當過侍從的人吧？」

「當過侍從的灰衣神官確實做事比較沉穩，待人也親切，儀態又端正，是最適合的人選。不過，連剛成為侍從的吉魯都可以服侍得還不錯了，所以我想只要好好指導，應該很快就能勝任。」

雖然至少有一個有過經驗的人會比較輕鬆，但即便是沒當過侍從的灰衣神官，我想也沒什麼問題。因為孤兒院的孩子們每天看見的人都是侍從和青衣神官，又被灌輸了不能使用暴力的觀念，長年來都待在孤兒院裡，從出生開始就學習如何服從他人，所以基本上都很乖巧溫馴。由於身邊就有範本，教育起來也不會太辛苦。

「如果很快就能勝任，大可教育平民區的平民吧？」

「但在有沒有親眼看過貴族這點上，會產生很大的差別。」

要是教育起來很簡單，班諾也不用那麼煩惱了。平民區飲食店家的侍者，多是兼作賣春婦的女侍。雖然店裡很忙的時候，連廚師學徒也會被叫出來做事，但在一般人的認知中是相當低等的工作。即使非雇用侍者不可，來應徵的也肯定都是接近貧民的女性。這樣一來，餐廳所營造出的高級氛圍便會被破壞殆盡。況且就算要進行指導，想從頭改掉儀態和遣詞用字也沒那麼容易，像路茲就吃了不少苦頭。

「但班諾商會的員工，素質應該都不錯吧？我認為當時的隨從就足以勝任。」

神官長看過的班諾的隨從，是指馬克吧。馬克在奇爾博塔商會中，優秀的程度也是出類拔萃。經過馬克的指導，所有員工的舉止和遣詞用字都很有禮貌，但不可能讓他們擔任侍者。和班諾簽訂契約的都盧亞學徒，大多都是想和奇爾博塔商會建立起關係的商人孩子。服飾方面的工作和文書事務也就算了，侍者並不包含在工作內容裡頭。更別說要是讓員工去當侍者，一定會引來強烈的反彈。

「只要是當過侍從的灰衣神官，這份工作當然可以勝任，但是，他們能夠在沒有監護人的情況下在外工作嗎？那要由誰來當他們的監護人？再者，如果只有那些人可以在外賺取薪水，孤兒院內也會因此出現差異，對此妳又有什麼看法？」

假使只有一個人，班諾也許還能擔任監護人，但侍者需要好幾個人，班諾可以當所有人的監護人嗎？我不知道。而關於孤兒院內出現的薪資差異這件事，我倒是從來沒有想過。

「……這件事我無法馬上回答。」

「我想也是。因為這個問題沒有那麼簡單。」

神官長一派理所當然的表情說。這個問題雖然不簡單，但我也知道只要沒有給出答案，神官長就不會答應。

「我並不是今天就要得到神官長的許可，只是想聽聽神官長的意見……關於讓灰衣神官出去外面工作，神官長有什麼想法嗎？」

對於我的問題，神官長沒有迴避，用指尖敲了敲太陽穴，略微垂下目光思索。

「嗯……是啊，我認為不太可行。看妳便能知道，外面的世界與神殿大不相同。灰衣神官們一直以來都只了解神殿裡的情況，突然到了外面，妳認為他們能適應嗎？」

想起了第一次帶著法藍和吉魯走在外面時的情況，我慢慢搖頭。

「如果只是待在餐廳裡面，可能還沒問題，但一旦出了餐廳……」

餐廳內部仿造了貴族的房間，工作期間若把客人視為是貴族接待，灰衣神官們在服侍時應該不會出什麼問題。雖然會有做生意上的應對進退，但看他們在梅茵工坊裡的模樣，我想應該是應付得來。但是，只要踏出餐廳一步，外面就是神殿常識完全無法相通的世界。

「還有，外出工作以後，了解到了外面的世界，如果神官他們想在外頭生活呢？妳能保障他們在外的生活嗎？」

「這點……我想很困難。因為我還是小孩子，不可能當監護人，就算拜託班諾先生，他能準備的住處，也會和住宿學徒是一樣的待遇吧。神官們都已經很習慣所有東西都當作是神的恩惠收下，恐怕很難獨自在外生活。」

做完神殿的雜務以後，回到孤兒院就有飯吃。尤其是現在大家幾乎都可以吃飽飯。但是，如果要在神殿外面生活，就只能工作結束後自己煮飯，不然就是在外面吃，然而神官們都已經習慣了貴族分配下來的食物，肯定接受不了外面的口味。再加上神官們對於金錢沒有什麼概念，也不懂得怎麼花錢，若要讓他們外出，我也有點害怕。感覺有可能會被壞人欺騙，三兩下被洗劫一空。

「此外，對我來說這是最重要的問題，城裡居民對於雇用曾是孤兒的神官，會有什麼看法？他們會喜聞樂見嗎？應該不可能吧。」

「……我也覺得不太可能。」

回想起家人聽到我想進入神殿時的反應，我想居民對於孤兒的風評，和對神殿的印象都不算好。如果能讓大家看到他們工作的樣子，也許會另眼相看，但在那之前，可以預想到帶有偏見的眼光會很不友善。

「而且一旦出外工作，就會和在神殿裡工作的其他人產生差異，那他們是否會因此覺得待在孤兒院很痛苦？我記得路茲那名少年會和家人感情失和，起因也是因為他選擇了不同於家人的職業吧？」

工作的性質不同，薪水也會不一樣。在提倡著人人平等的神殿裡，一旦在孤兒院裡出現差異，就意味著以往的常識再也不管用。導致的結果，有可能比路茲家的衝突還嚴重。而我既然掛著孤兒院長的頭銜，屆時就必須設法解決混亂的局面。

……好可怕。

因急遽變化所導致的混亂局面，完全無法預料會有什麼結果。如果問我能不能負起所有責任，我只想落荒而逃。大概看穿了我的害怕，神官長的視線不再那麼銳利。

「如果只是在梅茵工坊工作，我認為沒有問題。如妳說的，現在工坊獲得了收益，孤兒院的環境也有了改善。班諾他們這些商人也會進出神殿，雖然只是在森林間往返，但接觸了外面的世界後，我也聽說孩子們都變得很有精神。但是，在神殿裡遵照神殿的規矩，一邊工作一邊稍微接觸外面的世界，和離開神殿，遵照外頭的規矩做事，這兩者有很大的不同。」

我點點頭後，神官長對於我能明白，顯得有些鬆一口氣。

「最重要的是，就算妳說班諾可以擔任監護人，但我仍然不太了解他。對於他是否比起把灰衣神官們買回去當僕從的下級貴族還值得信賴，我甚至沒有判斷的基準，也不知道餐廳是不是適合神官們工作的環境。」

「那只要神官長來參加試吃會，不就可以親眼看到餐廳的環境，自己下判斷了嗎？」

我笑容滿面地向神官長這麼提議，他無言地聳肩搖頭。

「不知道妳又在打什麼鬼主意了，從妳的表情就能看出妳在動歪腦筋。要學會別讓情緒表現在臉上……總之，我可以答應讓商人出入梅茵工坊，以及增加工作內容，但讓神官出去工作這件事不行。」

我早料到答案會是這樣，所以並沒有太失望。心裡反而想要慢慢改善，希望不久後能得到神官長的同意。

「……我明白了。那麼在餐廳完工之前，我會請班諾先生好好努力，慢慢地讓神官長可以了解班諾先生。」

「這件事不是該由妳來努力嗎？」

「我多少也會幫忙，但我其他該努力的事情還堆積如山呢。」

神官長輕聲笑起來，說道：「也對，妳該優先學會讓自己像個貴族。」

……很遺憾，我該優先做的事情，是為即將出生的小寶寶製作繪本喔。

「所以就是這樣，神官長反對讓神官們出來外面工作。」

和神官長共進午餐後的隔天，我前往班諾的商會，如同往常向他報告。先列出我在貴族餐會上注意到的事情，再報告神官長反對神官們出外工作。班諾八成也料到了這樣的結果，只是嘟囔地說「果然啊」。

「喂，既然同意我們進出工坊，不能在工坊的工作裡加入教育侍者這一項嗎？」

「嗯……因為冬天沒辦法做紙，如果想賺錢，說不定剛好可以喔。不過，我打算讓大家做手工活呢。」

冬天是需要大量木柴和食物的季節。因為很難去森林採集，所以都只能用買的。而且又會被困在大雪當中，可以打發時間又能賺錢的手工活非常重要。

「妳要讓孤兒院做什麼手工活？」

「我打算做各種玩具。我想向木工工坊訂購大量的木板，但班諾先生認識的工坊，都忙著在準備餐廳的東西吧？能為我介紹其他工坊嗎？」

我不想再讓交貨期限往後拖延了。就算告訴我這是普遍的做法，但我只覺得計畫完全被打亂。而且，雖然班諾滿臉不情願地說：「要介紹其他工坊嗎？」但我不希望接下來委託的工作被延到之後再做。我想委託給可以確實遵守交貨期限的工坊。

「因為要為孤兒院準備過冬，所以交貨期限非常重要。如果因為交情，班諾很難為我介紹其他工坊，那我可以請別人幫忙介紹喔。」

「妳說的別人是指芙麗妲吧？不行！」

我想芙麗妲一定知道班諾不認識的其他工坊，但在我說出她的名字之前，班諾就一口回絕。

「……唉，沒辦法。我先和工坊的師傅談過，再請他幫忙介紹其他工坊吧。」

「那麼，請班諾先生先帶我去墨水工坊吧。我也想買墨水。更何況這次的情況是光買木板，沒有墨水也沒用啊。」

我強調了好幾次「墨水」後，班諾不耐煩地搔了搔頭，一骨碌站起來。伸出手把我抱起來後，大步走出辦公室。

「馬克，我帶梅茵去趟墨水工坊和木工工坊。路茲，你也一起來。」

「是，老爺。」

我由班諾抱在手臂上，前往販售墨水的店家。看到店裡擺在架上的墨水金額，價格高到我只覺得腦袋一陣暈眩。

「沒有其他種墨水嗎？」

「我們這裡沒賣其他種墨水。如果想知道，就直接去工坊看看吧。」

我垂下腦袋瓜，一旁的班諾幫忙問了製作墨水的工坊在哪裡，接著前往工匠大道。到了工匠大道上的墨水工坊，摻雜了各種味道的臭氣非常刺鼻。請班諾把我放下來，我自己走進工坊。

「……居然有客人會直接來這裡，真是難得。來這裡有什麼事嗎？」

需要墨水的，都只有識字的富豪階級，所以一般都是向販售墨水的店家下訂單，不會來製作的工坊。而且工坊裡頭瀰漫著藥品般的刺激性臭味，沒人會到這裡來吧。工坊師傅的臉上和衣服上到處都沾著黑色污漬，滿臉狐疑地上下打量我們。因為製作墨水要抽取色素、調配比例，是心思要很細膩的工作，感覺師傅有些神經質。

「不好意思，我想知道這裡有做哪幾種墨水。」

師傅低頭看著我，原本已經皺著的眉頭又皺得更深了。

「請問這裡墨水的做法是哪些呢？」

「小妹妹，我們怎麼可能把做法告訴別人。」

師傅哼了聲，像在說想都別想，隨時都要結束掉對話。我急忙補充又說：

「我不是想知道做法，是想知道墨水的種類。比如說是『鐵膽墨水』，還是黏度比較高的『燈黑』[2]……我是想知道這些。」

「……啊？妳在說什麼啊？」

我不知道這個世界的墨水的名稱，所以師傅完全聽不懂。我拚命地驅策大腦，希望能用自己知道的單字，想辦法具體指出墨水的種類。

「呃……請問這裡一共在製造幾種墨水呢？」

「墨水就是墨水，只有一種。」

別問這種廢話——師傅聳聳肩。

「那麼，由我大致說明做法，請你告訴我，你做的是哪一種墨水吧。」

師傅不耐煩地微微閉上眼睛後，慢吞吞點頭。我猜這間工坊製作的應該是鐵膽墨水，於是盡可能簡單易懂地說明製作方式。

「首先是從植物的瘤裡抽取出染料，讓它發酵後，再溶入『亞鐵離子』……就是亞鐵鹽，然後樹皮的……」

「沒錯！妳怎麼知道?!」

師傅倒抽口氣，剛才不耐煩的表情徹底消失不見，上半身往我撲過來。因為氣勢太過嚇人，我忍不住躲到班諾後面，回答他說：

「並沒有為什麼，只是因為我有興趣，才記住了而已。所以沒有其他種墨水嗎？」

「……難道還有其他種墨水嗎？」

師傅的眼神突然變得鋒利。從他的反應來看，看來這裡真的只製作鐵膽墨水而已。揮不去失望的心情，我垮下肩膀搖頭。

「沒有就算了。那如果要買墨水，別在這裡下訂單，去店裡買比較好對吧？」

師傅盤著手臂，思考了一會兒後，沉著臉搖頭。

「是啊，只是要買墨水的話，請去店裡吧……小妹妹，妳叫什麼名字？」

「奇爾博塔商會的班諾是她的監護人，有事請來找我吧。那打擾了。」

班諾摀住我的嘴巴，制止我報上姓名，然後抱起我轉身離開。班諾轉過身後，被他抱在手臂上的我，反而正面對上了師傅的目光。

「……奇爾博塔商會嗎？我知道了。」

2. 燈黑（Lamp Black），以不完全燃燒法，燃燒松脂和動物油等油類而得的細粉。

接著一離開墨水工坊，班諾就扯開喉嚨怒聲咆哮。
「妳又想都沒想就亂說話了！」
「咦？但我只是確認墨水的種類而已啊？」
「但就不能再更……唉，但對妳來說不可能吧。」
我並不想起衝突，也覺得談話時大家都很心平氣和，但看在班諾眼裡，好像不這麼認為。可是，既然這裡的墨水只有一種，我也想不到其他問法了嘛。就算問是墨汁還是印刷用墨水，師傅應該也聽不懂吧。
「聽到墨水只有一種的時候，我大概就猜到是什麼了，但這裡真的只製作『鐵膽墨水』而已呢，真是可惜。」
鐵膽墨水是種在歐洲相當普遍的墨水，因為容易製造，持久又防水，廣泛受到使用。和墨汁不一樣，寫在羊皮紙上也有出色的附著力，怎麼擦拭和清洗都去除不掉，是鐵膽墨水的優點。但是，因為含鐵的墨水會氧化，乾掉後便會纏附在纖維上，腐蝕紙面。而且比起羊皮紙，植物紙腐蝕的速度更快，有時候才經過幾年和幾十年而已，文字的部分就會蝕出洞來。
為即將出生的小寶寶所做的，和想長久保存的書籍，使用這種墨水就不太適合。如果是不易燃燒的陀龍布紙，也許抵抗得了鐵的氧化，但又變成了成本太高，還是只能放棄。
「看來墨水最好也要自己做呢。」
要是可以稀釋鐵膽墨水的酸性，接近中性，應該也是不錯的選擇，但這麼做勢必會和既得利益者起衝突。還是開發鐵膽墨水以外的新墨水吧。

「啊？妳要對墨水協會下戰書了嗎？」

「班諾先生，為什麼反而是你一臉興奮啊？我才不想向墨水協會下戰書呢。明明有更多種墨水的話，大家就可以自行比較購買了，而現在的情況又是非做不可，我只是覺得麻煩而已，基本上還是討厭跟人起衝突喔。」

聽了我的反駁，班諾大感無趣地哼了一聲，繼續移動。我的身體隨著班諾的腳步搖晃晃，一個人開始思考要怎麼做墨水。

「植物紙用『墨汁』比較適合吧？但如果要做版畫，我還是想要比較有黏性的墨水呢。啊，等一下，我記得在『博物館』裡面看過『古代中國』的版畫，說不定可以用『墨汁』做版畫喔？不然乾脆做『油性顏料』吧？還是『礦物顏料』？蠟筆則是碰到就會暈開，所以不太適合用來做版畫和繪本呢。」

麗乃那時候，因為母親說：「這個妳應該就有興趣了吧？」所以一起做過鐵膽墨水、油性顏料，也做過蠟筆，但當時所有材料都可以去店家買齊。但在這裡，要準備好器具與材料就是一大工程。

……蠟筆要固定成形的時候，還是倒進口紅和護唇膏的盒子裡呢。裝顏料的密閉容器也是個問題，在這裡要用什麼替代才好呢？

「喂，路茲，梅茵到底在說什麼？」

「她只是想到什麼就脫口而出而已，老爺可以不必理會。直到她在心裡得出答案之前，都會是這個樣子。」

不管要做什麼，要籌措到顏料都很困難。只能先和煙灰鉛筆那時候一樣，再次蒐集煙灰了。但和以前不一樣的是，現在只要我想便能取得蠟和明膠，和買根釘子的錢也沒有的那時候比起來，現在已經比以前要容易取得材料了。比起從前，難度確實下降了許多。

「路茲，和做紙時一樣，我必須先把試作品做出來，你才能知道我想要的是什麼東西吧？」

我在班諾的肩膀上往外傾身，低頭問路茲。他哎呀呀地聳肩。

「妳已經決定好了嗎？要做什麼樣的墨水？」

「只要是可以做版畫的墨水，我會全部試做看看。做得最好的再拿來做繪本。」

聽完，路茲一臉無言以對，「妳還沒放棄繪本喔？」

「這可是我身為姊姊要送給小寶寶的禮物耶！怎麼可能放棄！」

「……我想也是。現在梅茵工坊好不容易步上軌道了，又要變得很忙了。」

路茲這麼說著，露出了傷腦筋，但也找到了挑戰目標的笑容。

製作墨水的事前準備

雖然下定決心要做墨水了，但不可能馬上做得出來。首先得前往奇庫所屬的工坊，請師傅介紹其他木工工坊。抵達了木工工坊後，先前那位代理師傅正在櫃檯上做著細膩的加工。抬起頭後，忙不迭掛上親切的笑容。

「班諾先生、奇庫的弟弟，你們好啊。」

「幫我叫師傅過來吧。」

班諾說完，代理師傅立即翻身走進裡頭，隱約聽見他喊道：「師傅！」緊接著，上臂壯碩、鬍子濃密的師傅便踱步走了出來，一邊拍掉衣服上的木屑。

「哦，班諾先生！不好意思啊，護牆板還沒有全部完成。」

「沒關係，今天來是想麻煩你幫忙介紹其他木工工坊。」

「……這話是什麼意思？」

師傅的目光瞬間變得凌厲。班諾見狀，輕輕聳肩。

「我不是要中止和你們的契約，是這傢伙想委託工作，你有沒有認識有交情、你們也能把工作委託出去的木工工坊？現在你們也接不下其他工作了吧？」

班諾說著，把我往前推，師傅才放心地放鬆了表情。然後由上到下目不轉睛地打量我，摸著亂糟糟的鬍子。

「哼。那就委託給英格吧。走吧。」

師傅說完，帶我們前往名為英格的人所開設的工坊。聽說英格是最近才剛獨立，年紀還很輕的師傅。雖說年輕，但年紀應該還比班諾大一點，但一般被稱作師傅的人，外表看起來大多都有四十歲以上，所以如果才三十幾歲，算是相當年輕的吧。師傅會特地和我們一起前往，親自介紹，大概是想藉此讓對方知道，原本我們是哪裡的顧客。看來工坊間的勢力關係也是不容小覷。

「因為這次的工作我們工坊接不下來。英格，怎麼樣啊？」

「這麼說來，聽說師傅接到了大案子呢。要把部分工作也分給我嗎？」

「要給你的當然是其他工作。你的客人是這位小妹妹，接下來就麻煩你啦。」

奇庫所屬工坊的師傅說完就回去了。名為英格的師傅低頭看向我後，明顯露出了失望的表情。我雖然有些不高興，但畢竟外表看來就是個還沒受洗過的小孩子，所以也無可厚非。

「我訂購木板是為了冬天的手工活。所以，請你一定要遵守交貨的期限。」

指定好木板的尺寸，下了訂單。今年孤兒院的冬天手工活，要做黑白翻轉棋和撲克牌。先用厚木板做出黑白翻轉棋的棋盤，再用自製的墨水畫上棋格；至於棋子，只要把木板裁切成小塊，其中一邊再塗上墨水即可。幸好反正只要大小可以放進棋格裡就好，不需要做成圓形的棋子也能進行遊戲。

如果順便再做西洋棋的棋子，就可以在同一面棋盤上玩西洋棋了。但因為西洋棋的造型太複雜了，只能放棄。對於預計在孤兒院裡進行的「第一回木工教室」，難度太高了。就用將棋的棋子代替吧。只要在木板上寫下名稱，做起來很簡單。

……你說將棋和西洋棋不一樣？反正這裡又沒有人知道這件事，棋子的移動方式和名稱，只要隨便決定就好了。沒錯，我才是規則！

至於撲克牌，雖然也考慮過用紙做，但比起紙，木板的成本更低。而且梅茵工坊製作的紙張是和紙，必須稍作改良和加工，否則不適合做成撲克牌。但如果用薄木板來製作，孩子們的動作就算粗魯一點也沒關係。撲克牌的顏色和花色可以維持原樣，但關於要怎麼表示J、Q、K，可能就要再想想。畫成圖案真是太困難了。

「但是，妳訂購這麼大量的木板，究竟是要做什麼用的？」

重疊公會證，向英格支付了訂金。看到我有工坊長的公會證，付錢又很爽快，大概是對我的信任程度有所上升，英格的態度變得比較和善親切。

「要用來做冬天的手工活，但詳細內容是秘密。如果賣得不錯，明年再拜託你了。」

「明年嗎？但那邊才是專屬工坊吧？」

英格用大拇指示意剛才師傅走出去的那扇門。

「班諾先生雖然和那位師傅簽訂了專屬契約，但我的還沒有決定，所以會依據成品的品質和是否準時交貨，再來作判斷。交貨時請送到奇爾博塔商會吧。」

「是嗎？那以後還請多多指教了。」

訂完了木板，班諾抱著我直接回到商會。一回到店裡，班諾就讓我坐在辦公室的桌前。班諾和路茲坐在我的正前方，對於今後要做的事情，馬上準備要連珠炮發問。班諾「咚」地一拳敲在桌上，瞪著我說：「好了，快點一五一十招來。」看著這樣的他，我覺得簡直像是刑警連續劇裡的偵訊場面。

「要招什麼？我沒有做任何壞事喔。冤枉啊，我是無辜的！」

「白痴，妳在說什麼。我是要妳坦白，接下來妳打算做什麼好事。那些木板要做什麼用的？墨水呢？要怎麼做？又需要哪些東西？全部從實招來！」

路茲從旁邊往前傾身，像要安撫班諾激動的情緒。他為難地垂著眉尾，插嘴提出意見。

「因為梅茵工坊還要兼顧做紙，如果妳不先擬訂好計畫，我這邊會很傷腦筋。妳這次要做的東西，得去森林裡採集嗎？」

「呃……等等，我先整理一下大腦。」

我拿出寫字板，寫下今後要做的東西和所要準備的物品。做玩具需要木板和墨水，做墨水需要……隨著寫成文字，大腦也慢慢整理出了頭緒。我在整理想法的時候，班諾和路茲也拿來了木板和墨水，準備要做筆記。

「今年冬天的手工活，我打算做『黑白翻轉棋』、『將棋的棋子』和『撲克牌』。需要的東西，是木板和墨水。」

班諾聽完，滿臉納悶地歪過頭。

「……妳剛才說的那些，到底是什麼東西？」

「和歌牌一樣，都是玩具喔。啊，可是，跟以學習文字為目的的歌牌不一樣，這些玩具大人也能玩，非常適合當作冬天的消遣。」

當被暴風雪困在家裡的時候，應該會是很好的娛樂活動。一直做手工活會很無聊吧。雖然貧民會靠著手工活賺零用錢，但有錢人們都在做什麼呢？

「不管做什麼都需要墨水，所以我想盡快開始製作墨水。」

「剛才妳在墨水工坊說過，要做其他種墨水吧？」

「是的。如果我們製作的墨水，做法和工坊的墨水完全不一樣，那我們就算自己製造，也不需要經過他們的許可，他們也不能提出抗議吧？」

像這種做法不公開的東西，又只有得到協會許可的工坊才能製作，要是不多加小心，說不定會觸發契約魔法，擅自製作還有可能違反某些規定，因而遭到處罰。

「嗯，如果是沒有任何人知道做法的新東西，確實是不需要經過別人的許可。雖然可能會招來些怨言，但也不必理會。只不過，都怪妳對墨水工坊的師傅多嘴，現在想打聽和蒐集情報的人，都會往我這裡來……」

「咦？我有多嘴嗎？我只說了最低必要限度的話吧？」

認知的差異真大呢——我正這麼心想，班諾對我怒目而視。

「妳不僅知道現在墨水的製作方法，還告訴對方有其他種墨水，甚至還知道做法，這不叫多嘴叫什麼?!」

「咦？可是，我會提到現在墨水的做法，只是想知道究竟是哪一種墨水，會告訴對方有其他種墨水，也是要讓對方有心理準備啊。要是可以做出試作品，我打算把做法賣給協會，交給他們量產，所以也不算是多嘴吧？」

我話才說完，班諾便用力閉上眼睛，揉著太陽穴。他連連搖頭，像是無法理解，然後兇巴巴地瞪著我。

「慢著，妳說要把做法賣給墨水協會嗎？」

「沒錯。因為班諾先生在成立植物紙協會的時候，就因為和既得利益者起了衝突，鬧得人仰馬翻吧？現在不得不來幫忙的歐托先生又還有士兵的工作，兩邊忙得疲於奔命。事業規模擴張得太快，人手都已經不敷使用了，根本不可能再為了墨水的做法，分出人手來成立新協會啊。所以如果有人想做，就全部交給他們吧。」

植物紙協會是在我不知情的情況下就成立了，人手也還勉強足夠，所以我也不再發表意見。但是，路茲告訴過我，班諾為了在其他城鎮也成立植物紙協會、設立工坊，到處拜訪親戚，身心都很勞累。至於為了對抗尹勒絲而開始的義大利餐廳，也聽馬克嘀咕說過，如今老爺又插手了專業之外的領域，遇到的難題又更多了。如果要再成立新的墨水協會，真的太有勇無謀了。

「……每次聽妳發表意見，我就不時頭痛。妳把利益當成什麼了？」

「因為我又不是商人。要是在梅茵工坊做了少量墨水以後，沒有人會表示抗議，那乾脆把做法散播出去，讓許多工坊都能製作，就可以降低單價了。」

路茲聽著我和班諾的對話，一臉傻眼地拿出寫字板，然後把偏離了主題的話題導回原位。

「梅茵、老爺，關於墨水這項生意，等墨水完成以後再談也不遲吧？所以，製作墨水需要準備哪些東西？」

「啊，也是呢。呃，如果要做墨水，我想到了『墨汁』、『油性顏料』、『古騰堡墨水』和『蠟筆』。但其中只有『蠟筆』不適合用來做版畫，所以『蠟筆』先以後再說吧。」

「妳的說明還是一樣讓人完全聽不懂。所以，我該準備哪些東西？」

我低頭看向寫字板。

「用來做出顏色的材料就叫做顏料，而如果要做黑色，最容易取得的顏料就是煙灰了。只要用煙灰當原料，任何墨水都會是黑色的，所以首先要蒐集煙灰。」

混合煙灰、明膠和香料，便能調製出墨汁。若要做油性顏料，則要融合煙灰和乾性油。至於我為了方便，稱作「古騰堡墨水」的早期高黏性印刷用墨水，應該能用煮過的亞麻仁油和煙灰做出來。

「我所知道的『墨』，要先從菜籽油和芝麻油的油煙或松煙中取得煙灰，然後加以製造，但如果要做試作品，沒有辦法那麼挑剔。所以，首先要打掃每個人家裡的爐灶和煙囪，蒐集煙灰……啊，去年我們也做過一樣的事吧？」

我想起去年為了製作煙灰鉛筆，不得不穿上抹布衣，被母親使喚去打掃。結果為了蒐集到更多煙灰，路茲也打掃了自家的房子。

「嗯，對啊。不過，媽媽她們都很高興，還能蒐集到材料，也算皆大歡喜吧。」

「那我家的煙灰也給你們，到時過來吧。讓你們不費力氣就能拿到更多煙灰。」

班諾咧嘴微笑，真不知道在打什麼主意。雖然不知道他有什麼企圖，但入冬之前，打掃煙囪和爐灶都屬於非做不可的工作。既能蒐集到材料，就別追問了吧。

「那蒐集到煙灰之後呢？其他還需要什麼？」

路茲在自己的寫字板寫下「蒐集煙灰」，然後看向我。我低頭看著自己的寫字板，確認上頭寫著做墨汁需要煙灰和明膠。

「接下來是『明膠』吧？是可以從牛豬等動物的皮骨採集到的強力糨糊，做『墨汁』時會用來與煙灰混合，做書的時候，也可以用來固定書背。」

「哦，動物的皮骨嗎……最近又快到準備過冬的季節了，只要在孤兒院進行豬肉加工，應該能蒐集到吧？」

回想起了農村裡豬遭到刺穿，又被吊起來的畫面，我瞬間感到畏縮。雖然現在總算是習慣了，看的時候也不會再暈倒，也不會流眼淚，但沒有力氣，不適合進行豬隻解體的我，遲遲沒有增加多少抵抗力。

「在孤兒院進行豬肉加工嗎？以前有做過嗎？」

班諾問道，我也稍微想了下。孤兒院孩子們的食物一直以來都是神的恩惠，連考夫薯也沒看過，更不可能做過豬肉加工。

「我想絕對沒有。」

「那麼反正我家也要準備過冬，也幫妳訂孤兒院的那一份吧？」

「太好了！麻煩班諾先生了！」

每年我都身體不適，從未參與過鄰居之間的豬肉加工，所以在肉舖那邊既沒有門路，也不可能租得到燻製小屋。班諾一這麼說，我馬上合掌拜託他。

「只要有皮骨，就能做出『明膠』了嗎？」

「我大概知道做法，但從來沒有真的做過呢。不過，因為用途很廣，我一定會想辦法成功。」

先把動物的皮骨等浸在石灰水裡，去除掉毛等不必要的雜質，熬煮濃縮，凝固乾燥後，即是所謂的明膠。聽說比起骨骼，從皮採到的明膠更能防水。雖然很想從動物皮抽取，但做出成品才是首要之務。明膠的主要成分是膠原蛋白，是蛋白質的一種，外行人若手工自製墨汁，放太久便會腐壞。尤其夏天在溫度和溼度高的地方更容易腐敗，溫度太低又容易凝固，其實製作起來相當耗費心力。

「還有，製作『明膠』需要『石灰』。就是蓋房子時會用到的，把牆壁塗白的那個……」

「啊，石灰嗎？」

路茲說出了這個世界的石灰說法。因為灰泥也會用到石灰，如果是從事建築工作的狄多，應該知道要去哪裡購買。

「路茲，那能請你幫忙問問狄多伯父，石灰要去哪裡買嗎？」

「知道了……要買石灰。這個也和做紙時的灰一樣，先買一點就好了吧？」

和一開始造紙時不同，現在路茲不僅會寫字，父母也認同了他當商人，還有資金可以購買材料。但是，以前並沒有可以自己運用的錢，又沒有多少材料是可以在取得父母的理解下使用，經常白忙一場。和那時候比起來，才經過一年又多一點而已，我們身處的環境就改變了很多呢。我感慨萬千地這麼心想時，寫著字的路茲突然抬頭，看向我說：

「還需要其他東西嗎？」

「呃……如果只要做『墨汁』的話，有煙灰和『明膠』就夠了。『油性顏料』還需要『亞麻仁油』，這部分可能要問班諾先生吧。」

我看向班諾，路茲也一起把視線投向他。班諾抓了抓頭，思考了半晌後，慢慢搖頭。

「……我從來沒聽過，妳是指什麼東西？」

「像商會的布匹中就有亞麻布，也有在賣麻線吧？那應該也有店家在販售壓榨麻籽後做成的『亞麻仁油』吧？」

「啊，亞麻仁油嗎？這我倒是知道……但油不便宜喔。」

聽到班諾這麼說，我露出不置可否的微笑回答他。即使不便宜，也只能買了。

「我們總不可能為了採集麻籽就自己栽種，就算只買種子，也沒有壓榨機。與其還要買機器自己壓榨，最好還是用買現成的吧。比較過種子和壓榨機的價格後，明年再來慎重討論這件事吧。」

雖然我還想到了其他種乾性油，但比起紅花籽油和葵花油，因為還有製布的用途，我想亞麻仁油更容易取得。更何況，我也沒在這裡看見過紅花和向日葵。

「只要可以蒐集到這些原料，就能做出最簡單的墨水了。再來就是工具。最好的做法是在大理石等堅固的工作檯上，用研磨棒研磨顏料。」

「這次也和做紙時那樣，需要奇怪的工具嗎？」

班諾問，我回以搖頭。

「沒有，這次需要的工具種類不多喔。只要有研磨板、研磨棒、保管用的密閉容器和刮刀，就可以開始製作了。只要詢問繪畫的工坊，我想他們都知道這些工具是什麼。我母親也在染色工坊工作，我也會回去問問她。」

「……我明白了。那麼各自準備好材料，再送去梅茵工坊吧。」

班諾這樣下了結語後，我們各自解散。

蒐集煙灰這項工作，母親和卡蘿拉伯母也會很開心，所以是一舉兩得。但是，我在賣力工作後就會發燒病倒，已經形成了一種慣例。我在自己家裡蒐集煙灰，結果發燒病倒後，路茲也前往梅茵工坊和班諾家幫忙打掃，蒐集了煙灰。

「真的如老爺說的，毫不費力就拿到了兩倍的煙灰。」

路茲來探望我時，這麼向我報告。他說班諾跑去向珂琳娜大肆宣傳，說路茲為了蒐集煙灰在打掃爐灶和煙囪，珂琳娜便使喚歐托，蒐集了自己家裡的煙灰給路茲。

「歐托先生真的是愛情的奴隸耶。感覺他完全違抗不了珂琳娜夫人。」

「還有灰衣神官他們也很認真幫忙喔。」

聽說了路茲在蒐集煙灰，灰衣神官們便表示反正在入冬之前也要打掃，於是去清掃了青衣神官房間的暖爐，和各個廚房的烤爐及煙囪，蒐集來了煙灰。至於院長室的爐灶和暖爐，聽說是由吉魯打掃的。

「多虧了大家的幫忙，現在梅茵工坊裡面已經堆了大量的煙灰。老爺也買好了亞麻仁油，我也拜託爸爸，先買好了石灰。妳說的工具在問過繪畫工坊以後，也已經向專門製作的工坊下了訂單，不久就會送到。現在工坊正在把煙灰磨得更細。」

看來在我發燒臥病在床的期間，材料和工具正接二連三地送進工坊。

……人海戰術實在可怕。

「那再過不久就要準備過冬了，明膠之後再說，先試著用油製作墨水吧。然後再做版畫，印刷在紙上。啊、啊，還要訂製做版畫用的木材才行。可是，墨水也只是試作品而已，是不是先做印章比較好呢？路茲，你覺得呢？」

「妳別太興奮了。得先等妳退燒才能進行下一步吧。」

「嗚嗚……」

……等我退燒了，先試做油性顏料吧。就這麼辦！

黑色油性顏料

「爸爸，拜託你！我想用來測試墨水。」

燒都還沒有退，我無力地躺在床上，雙手合十，向端水來給我的父親這麼央求。我先在大小為掌心可以握住的木頭上，用煙灰鉛筆寫上鏡射文字，再請父親雕刻，就可以做成印章了。

「……唉，但就算我做好了，退燒後才能給妳看喔。」

拜託父親後，又過了兩天。好不容易退燒了，路茲和家人卻開始討論起來。有人覺得要是讓我今天就去工坊，一定又會太過興奮，還是再觀察一下比較好，有人則覺得反正我一定會興奮到再度發燒，不如就讓我出門吧。

「呃，我個人是……」

「梅茵妳不准說話！反正妳一定會說妳想出門！」

多莉說完，大家都表示贊成，所以我明明是當事人，卻無法參與討論。因為太無聊了，我走進儲藏室裡翻找，拿出一片薄木板。大家在廚房裡討論時，我便窩在角落，往木板纏上破布，然後為免傷害到紙張，再捲上一層竹葉。

……唔呵呵，馬連拓擦板的仿製品完成了。做版畫時會用到吧。

馬連做好的時候，家人也得出了結論：今天還是先觀察情況，明天才可以去神殿。

今天的我全身都充滿了幹勁！帶了父親做好的印章、肥皂，和弄髒後可以直接丟掉的舊衣，終於要出門了。

「路茲，好期待喔！」

「是啊。那告訴我做法吧。妳又不能動手，先跟我說明一下。」

路茲好像也很期待做新的東西，不知是不是錯覺，看來十分興奮。因為青衣見習巫女不能在工坊裡實際參與工作，所以我開始向路茲說明步驟。

「做顏料的時候，每次都要少量製作，這樣才會混合得比較均勻。首先，要把煙灰倒在大理石檯上，然後用指尖在中心做出凹槽，倒一點點亞麻仁油進去，再用刮刀開始攪拌。如果油太少，真的不夠的話，就用每次一滴的方式慢慢添加。等到用刮刀把整體都攪拌均勻，再用研磨棒持續研磨。」

我一邊說明，一邊用手比出煙灰和油的量，路茲「嗯……」地沉思。

「……妳說的持續是要多久？」

「我也不確定，因為要看顏料。我以前做的時候花了二十分鐘……呃，大概是在湯鍋的水滾時就做好了，但用了不同顏料的人，就算水滾了也還沒有磨好。大概是這樣的差別吧。」

顏料要一直研磨到發出光澤為止。就算有幹勁和耐心，還是會很疲憊。我以做菜的時間來作比喻後，路茲驚訝地瞪大眼睛。

「……妳以前做得了這種東西嗎？」

「因為我以前的優點就是健康活潑啊。別人還常說我是個只要有書就活力十足的孩子呢。連去『學校』的圖書室還得了『全勤獎』。」

「現在卻離健康遠得很呢。」

我聽了用力點頭。不由得再一次心生感慨，要是身體不是這副模樣，我就可以做更多事情了。

「那我先去工坊了，梅茵妳慢慢來。」

路茲在神殿入口將我交給法藍後，踩著輕快的步伐前往工坊。昏睡了好幾天的我先去院長室，和侍從們打完招呼後，也打算往工坊移動。

「我總算恢復健康了，所以今天要去工坊……」

「梅茵大人，在去工坊之前，應該先練習飛蘇平琴喔。」

我恨不得馬上奔去工坊做墨水，笑容滿面的羅吉娜卻叫住了我。好不容易退燒了，得到外出許可，終於可以做墨水了，現在居然出現意料之外的伏兵！

「彈琴最重要的是每天的練習，梅茵大人已經休息了長達五天。為了找回感覺，甚至需要比往常加倍練習才行。既然是五天，就要增加五倍吧？」

說完要增加五倍，羅吉娜的藍色雙眼便亮起了愉快的光輝。她是認真的。羅吉娜真的想把練習量增加到五倍。就如同我一整天都看書也不嫌累，不，反而能樂在其中一樣，羅吉娜也是，她是只要有音樂就能活下去的人。就算是五倍的練習量，她照樣能指導得樂此不疲吧。我立刻忙不迭搖頭。

「不了！請照平常的練習量進行！我會認真學習的！」

羅吉娜盈盈微笑，把小飛蘇平琴遞給我，「那麼我們開始吧。」我接過飛蘇平琴拿好。接下來，彈奏第一首作業曲當作複習，但果然如羅吉娜所說，在我發燒昏睡的期間，本來就不怎麼出色的琴藝更是退步了。這下子根本無法開始練習第二首作業曲。我內心冷汗直流，直到第三鐘響為止都認真練琴。

「今天梅茵大人非常集中精神練習呢。」

第三鐘響後，羅吉娜微笑著這麼誇獎我。被美女誇獎，無論什麼情況下都很開心。好，這次我一定要去工坊！才這麼心想，這次換法藍擋住我的去路。

「梅茵大人，因為您發燒了好幾天，神官長那邊的公務進度也停滯不前，神官長也很擔心您。我們一起過去吧。」

法藍看起來顯然一步也不會退讓。休息了好幾天，讓神官長擔心了是事實吧。可是，我好想去工坊。幫忙神官長處理公務這種事，我只想丟到十里外的天邊去，趕緊去製作墨水。

「啊嗚……法藍……」

「如果是下午才過去，我也不會有任何意見，屆時再陪您一起去工坊。」

「梅茵大人，您要努力學會在這種情況下也不表現出情感，面帶笑容唷。而且，有很多事情就算您再不擅長、再不喜歡，也必須要去完成吧？」

在不擅長計算的羅吉娜面前，正有一大疊法藍吩咐要在中午前算完的木板堆在桌上，所以對於她的忠告，我完全無法反駁，只能垂下腦袋瓜。要在這種情況下微笑，對我來說太難了。雖然這麼心想，我還是帶著想哭的心情，擠出僵硬的笑容。

「羅吉娜說得沒錯，我明白了。我會去神官長室……」

我垂頭喪氣地往神官長室移動。我並不討厭幫忙整理文件，只是因為今天太過期待下午的行程，才會格外提不起勁。

「啊，妳終於恢復了嗎？梅茵，過來。」

神官長一見到我，立即遞來防止竊聽的魔導具。我握進掌心後，聽見了神官長的聲音。

「前些天孤兒院的灰衣神官們全體出動，在比往年要早的時期就打掃好了暖爐和煙囪，妳到底在打什麼鬼主意？」

「請神官長不要講得這麼難聽，我才沒有打鬼主意呢。我只是想製作適合寫在植物紙上的墨水而已。灰衣神官他們只是幫我蒐集了煙灰，因為這是做墨水的原料。」

我說明了理由後，神官長輕按著頭。

「原來如此，我明白了這麼做是因為工坊有需要。但是，請妳務必當心，不要做得太過引人側目，因而觸怒神殿長。」

因為最近都沒看到人，所以徹底忘了，但這裡確實還有神殿長這一號麻煩人物。可是，好像不管我做什麼，都可以惹怒神殿長吧。只有我這麼覺得嗎？

幫忙神官長處理完公務和吃完午餐，終於可以前往工坊了。路茲好像早就料到我整個上午會動彈不得，上午都在指揮大家做紙。

「妳整整休息了五天，想也知道一定積了很多事情要做啊。妳因為要做墨水，整個人太興奮了，剛好需要這些日常的工作讓妳冷靜下來。」

「……我完全冷靜下來了。」

工坊裡頭整齊地擺放著大家蒐集來的煙灰、班諾購買的亞麻仁油、路茲買來的石灰，和三組成套的工具。

「我聽說大家一起幫忙蒐集了煙灰，真的很謝謝你們。今天我打算做墨水，但這份工作非常需要力氣，除了已經成年的灰衣神官以外，請其他人和平常一樣，繼續專心做紙吧。」

向大家表達感謝並分配工作後，開始製作墨水。

「路茲，那麻煩你了。」

由路茲最先開始製作。路茲似乎牢牢記住了我說明過的步驟，往大理石檯倒下煙灰，再用手指在中心形成凹槽，往裡頭倒了一點油，然後開始用刮刀攪和均勻。因為有做過油性顏料的記憶，我想應該不會失敗。只是因為並不講究煙灰和油的品質，完成品的品質可能不會太好。

「看起來好像攪拌得差不多了，那改用研磨棒研磨吧。」

顏料都是少量製作比較能夠攪拌均勻，我也請路茲從少量開始製作，看起來一切都很順利。等整體攪和得差不多，接著拿出研磨棒，不停地研磨、研磨、再研磨，不斷重複這個動作。路茲的額頭都浮出了汗水，臉也脹得通紅，使出全身的力氣研磨墨水。身為青衣見習巫女的我不能出手幫忙，況且我若隨便幫忙，也只會妨礙到路茲。研磨顏料又非常需要力氣，現在的我也幫不上忙。但是，畢竟對小孩子的體力來說太吃力了吧，所以我請灰衣神官在旁待命，可以和路茲交接，但路茲沒有喊累，自己一個人磨到了最後。

「只要磨到有這樣的光澤和黏性就可以了。」

我馬上拿出父親製作的印章，在剛做好的顏料上蓋了幾下，然後印在做失敗的佛苓紙上。紙面上出現了梅茵這兩個字，四周響起了「噢噢」的驚嘆聲。

「……墨水真的做成功了呢。」

「居然可以用煙灰和油做出來……」

灰衣神官們都是第一次看到新商品的製作過程，全瞪大了眼望著油性顏料。看來他們之前都半信半疑，很懷疑是否真的能用煙灰和油做出墨水來吧。我想繪畫工坊的做法應該也差不多，但神官們不可能有機會親眼目睹。也說不定顏料的製作方式一般是絕不外傳。

「那麼，請其他人也各做一些看看吧。做好的墨水請放進這裡。」

我請法藍拿來裝油性顏料用的陶器，讓路茲把顏料裝進去。

「路茲，你用這塊肥皂把手和臉洗乾淨，休息一下吧。」

一名灰衣神官與路茲接手，開始製作墨水。還有兩個人也拿來另外兩組工具，一起開始製作。先往煙灰倒入少量的油，開始攪和。灰衣神官們埋頭努力的時候，我則測試剛做好的油性顏料，用木頭削成的筆尖在紙上寫字，或在木板上畫線。如果要當成一般的墨水使用，黏度太高了，不易書寫。但是，若要用來當作是版畫的墨水，倒是完全沒問題。真要再說的話，就是沒有麗乃那時候在美勞課上用的滾筒，所以無法平均地滾上墨水，塗上的墨水會有厚度不均的問題。看來很難做出漂亮的版畫。真希望能有滾筒，至少也要有毛刷。

「梅茵，墨水測試得怎麼樣？」

洗完了臉和手的路茲走回來。不過，指尖上的黑色污漬還是沒有完全洗掉。看來也需要準備強效的肥皂。

「算是成功了喔。照著這樣的做法，我還想要其他顏色……」

「其他顏色？還可以做出顏色嗎？」

路茲雙眼圓瞪，於是我回答：「只要有顏料，做法是一樣的喔。」其他顏色的墨水當然做得出來，問題只是在於我不知道要去哪裡、又要如何取得顏料。

「除了煙灰以外，還有別的顏料嗎？」

「就我知道的，都是以磨碎礦物為主。簡單來說，是把有顏色的石頭搗到變成粉末，再和黑色墨水一樣，倒油研磨。」

打從史前時代開始，就會把黃土和氧化鐵當作染料使用，其他比較有名的還有從青金岩和藍銅礦取出的藍色，以及從赤鐵礦和辰砂中取出的紅色。只是還有一個問題，就是即使我看到了這世界在原石狀態下的礦物，大概也認不出來它是礦物。

「……喂，梅茵，那要由誰來負責把石頭搗成粉末？」

不會是我吧？——路茲一派提心吊膽，我搖了搖頭。把石頭磨成粉末這種工作，不可能交給路茲。小孩子的身體承受不了吧。

「有沒有人是負責做這種工作呢？關於染色工坊用的顏料，我問過媽媽，但媽媽說一旦想要染料的人增加，染料的價格就會變高，大家都不希望這種情形發生。」

和母親討論染料的時候，母親便提醒我：「以前要增設繪畫工坊的時候，就因為做染料用的原料而發生過衝突。梅茵，妳可別因為這件事而引起紛爭喔。媽媽會無法去工坊工作的。」所以會讓母親失業的事情，我也做不出來。

如果是自己從石頭採集還沒關係，但恐怕無法以梅茵工坊的名義購買顏料。但傷腦筋的是，我不知道可以當顏料的礦物要去哪裡取得。畢竟我的活動範圍就只有城裡和旁邊的森林而已，這也是當然的。

「只要能知道哪裡有，最容易取得的顏料就是黃土了吧？雖然得搗成粉末才能做顏料，但黃土本身的顆粒已經很小了。」

「所以說啊，要由誰來負責搗成粉末？」

路茲的表情主張著：「我絕對不幹！」現在既沒有可以把石頭搗成粉末的器具，也沒有力氣，暫時只能放棄了。

「也許可以去像木材行那樣的石材行看看，說不定會有石頭碎片喔。不過，要磨成粉末太難了。要不要去問問繪畫工坊，他們都是怎麼取得顏料的呢？」

「老爺已經說了，工具雖然沒問題，但對方拒絕提供顏料方面的資訊。」

「啊，果然不外傳嗎？」

和路茲討論顏料的時候，三名灰衣神官也磨好了油性顏料。因為是成年人，又有力氣，完成的速度比路茲還快。看著陶器裡越來越多的顏料，嘴角忍不住開心得自己往上揚。

「反正印章也成功了，以後再增加顏色，接下來要用木刻版畫做繪本！」

「做墨水很消耗體力，今天先到此為止吧。我的手臂也沒力氣了。」

「嗯。那關於抄紙，可以多做一些繪本要用的厚紙嗎？」

「了解。梅茵，那妳快回房間休息，順便想怎麼做繪本吧。知道了嗎？」

油性顏料暫時是完成了，接下來要開始做繪本。離開前先鼓勵了在工坊裡抄著紙張的孩子們後，我才返回院長室。

面對辦公桌坐下後，我立刻拿出班諾送的紙張，重新把聖典的內容改寫成適合給小孩子閱讀的文章。既然要做成繪本，內容不需要太過詳細，用詞也要盡量簡單。大略寫完一遍後，從頭檢查。看起來沒問題。那再去問神官長，這樣的內容能不能做成繪本吧。

「啊，對了。既然要做繪本，也要和葳瑪討論畫圖的事情……羅吉娜，妳能陪我去一趟孤兒院嗎？我有事要和葳瑪商量。」

去見不擅長面對男性的葳瑪時，比起法藍，帶羅吉娜同行更適合。羅吉娜正在桌前接受法藍的指導，學習處理事務性工作。原本還和木板努力搏鬥的她，一聽到我的呼喚，立即露出明亮的笑臉。看來計算真的讓她感到很痛苦。

「法藍，梅茵大人在呼喚我，那我出去一趟了。」

羅吉娜動作迅速地開始收拾。法藍點點頭後，拿來了一些木板。

「那麼，把這些資料交給葳瑪吧。雖然葳瑪好像也不太擅長計算，但既然現在女舍交給她管理，應該也要學會。」

接過法藍遞來的算到一半的資料，再接過女舍的相關資料，羅吉娜輕眨了眨眼後，微微一笑。

……不愧是羅吉娜，沒有表現出半點慌亂的樣子呢。

由羅吉娜帶著墨水、紙和板子，我們一起前往孤兒院。孩子們都在工坊工作，所以這段期間，薇瑪便負責打掃和煮湯。完全是孤兒院這個大家庭的媽媽。

「哎呀，梅茵大人。羅吉娜也一起來了呢。請坐。」

薇瑪帶著溫柔的笑容迎接我們，我也跟著不由得綻開笑容。我的侍從全是美女，眼福真是不淺。我在食堂裡坐下來後，跟在我身後的羅吉娜便向薇瑪說明今天為何前來。

「如同之前通知過的，要請薇瑪繪製兒童版聖典繪本的圖畫。另外，這是法藍託我交給妳的資料。他希望負責管理女舍的薇瑪可以處理這些事務。」

望著堆作一疊的木板，不知是不是錯覺，薇瑪的臉色有點發白。聽說薇瑪之前勸過羅吉娜，如果要繼續當侍從，就要克服不擅長的事。只見羅吉娜笑吟吟地說道：

「薇瑪，放心吧。這是身為侍從該做的工作，就算不喜歡，做久了也熟能生巧。計算和藝術都一樣，練習與習慣是最重要的。對不對，梅茵大人？」

「是啊。習慣以後，錯誤會減少，速度也會變快。薇瑪也一起克服不擅長的事吧。」

把木板交給無法反駁地垂下臉龐的薇瑪後，我請薇瑪和羅吉娜唸出我為小朋友改寫的文章，再請她們指出有哪裡奇怪，有哪裡刪減太多。薇瑪提議我可以把歌牌上用過的單字全部放進去，更有助於記住文字，於是我絞盡腦汁，重新改寫文章。期間，請薇瑪以大小約A５一半的木板為基準，在上面繪製圖畫。也就是版畫的草圖。

「薇瑪，太感謝妳了。我會請人雕出這個圖案，試著做成繪本。先看過印出來的成果後，再請妳繼續畫吧。」

「是的，我很期待。」

我抱著畫有草圖的木板，興沖沖地回到院長室，卻發現路茲正一臉兇神惡煞地等著我回來。

「梅茵，我不是叫妳待在房裡休息嗎！」

「咦？你不是叫我想想要怎麼做繪本嗎？……我聽錯了嗎？」

看來有一小部分聽錯了。因為沒有乖乖待在房裡休息，我被路茲狠狠訓了一頓。

用木刻版畫做繪本

在葳瑪畫好了圖的木版上，我再以反字寫上繪本的內容。完成的木版則請路茲帶回家，雕成版畫。葳瑪的畫很細緻，我本來還擔心路茲能否刻好，結果路茲聳聳肩說：「只要說這是梅茵的委託，再提供報酬，拉爾法和奇庫就會搶著做了。」

於是，請路茲和哥哥他們雕刻木版的時候，我也向神官長提出會面的請求，想讓他看過我為孩童們修改的文章，再請他允許我製作聖典繪本。雖然為了給小朋友看，內容改得比較簡單，但畢竟是更改了聖典的內容做成繪本，我想還是要先徵得許可。

不過，我每次提出新點子時，神官長好像都想問清楚說明白，再度領著我走進秘密房間。其實我覺得用防止竊聽的魔導具就夠了，但看來若不先聽過我的說明，神官長便無法判定我帶過去的東西，是否適合讓其他人看到吧。

「給小孩子看的聖典嗎？那孩子們學習文字和文章時，應該會很有幫助。」

「我打算做成繪本，再利用繪本，讓孤兒們也學習文字。」

「讓孤兒們嗎？為什麼？」

就算問我為什麼，其實也沒有什麼冠冕堂皇的理由。我只是想從身邊的人提升識字率而已。

「因為等以後他們成為侍從，遲早都要學習文字，而且以後梅茵工坊打算製作書籍，商品就是書，他們身為工坊的員工，怎麼能夠看不懂呢。」

「嗯，所以是從商人角度提出的想法嗎？」

神官長看完了為孩童們修改過的文章後，喃喃說道：「嗯，好吧。」接著靜靜地望著我，銳利地瞇起淡金色的雙眼。

「梅茵，妳究竟是在哪裡，受過什麼樣的教育？」

神官長這個問題太讓人措手不及，我掛在臉上的笑容迅速消失，整張臉都僵住了。心臟開始不舒服地撲通狂跳，血液流動的速度也變得飛快。

「我不明白……神官長的意思。」

我真的不明白。究竟是從哪個地方，會讓神官長迸出這個問題？神官長繼續看著我，觀察我的反應，手指彈向手上寫著兒童版聖典的紙張。

「……文章太有條不紊了。看完寫滿長篇大論、又有很多艱澀用語的古老聖典，還能抓出重點，改寫成小孩子也看得懂的簡單文章，絕對不是一件易事。至少，在我第一次為她朗讀聖典時，連單字都還沒記住的人，不可能辦得到。」

我的內心掀起驚濤駭浪。仔細回想起來，我是第一次拿自己寫的文章給神官長看。幫忙處理文書工作時，我都是專門負責計算，每一次提交書信，也都是在法藍的指導下寫成。之前因為要成為商人學徒，才學會了文字，但日常生活用的單字都不太清楚，所以每次寫信，都得經過法藍的修改。這樣的我卻寫出這種文章，肯定非常不自然。

「……意思是我寫得很好嗎？」

「嗯，寫得很好。簡直就像是受過其他語言的完整教育，卻不了解這裡文字的另一個國家的人所寫。」

神官長看著我的眼神像在看著間諜，充滿警戒。我抿緊嘴唇。真不知道是光靠一篇文章，就能導出這種結論的神官長厲害，還是完全沒注意到自己文筆異於常人的我太愚蠢。

……應該兩者皆有吧。

我慢慢吐氣，竭力地動腦思考。和路茲不一樣，我對神官長的信任還沒有到可以告訴他所有真相。神官長的思考方式雖然和這裡的青衣神官們不太一樣，但那是因為神官長行動時，不是站在神官的角度，而是站在貴族的角度去思考。擁有龐大權力的人，會怎麼處置我這樣的異類呢？我完全無法想像。

「神官長，我是在這座城市土生土長喔。甚至除了去森林採集以外，從沒踏出過大門一步。我也是現在才知道有其他國家。」

梅茵真的從來沒有離開過這座城市。更小的時候，甚至極少踏出家門。任誰看了都知道，她絕對沒有接受教育的機會。聽到我這麼說，神官長好像還是無法解除疑慮，定定地繼續緊盯著我瞧。

「我這邊所調查的結果，也是沒有任何疑點……但是，還是無法理解。」

目前為止，我和神官長都保持著還算良好的關係，一旦他對我產生懷疑，神殿裡就沒有願意站在我這一邊的青衣神官了。我現在進行各種活動時，能不與其他青衣神官打到照面，也都是多虧了神官長夾在中間。萬一現在再被神官長盯上，我要在還搞不清楚狀況的神殿社會裡闖蕩，等於是少了一面安全網。

……這可不妙。非常不妙。

雖然我非得給神官長一點回答不可，但說謊並沒有意義。神官長的記性很好，和他不同，我的腦袋並沒有好到可以永遠記得自己說了什麼謊話，一定會在某個地方露出馬腳。所以只能在不算說謊的範圍裡，盡可能蒙混過關。

「……之前我提供料理的食譜時，也有人問過我同樣的問題。問我為什麼知道這種食譜？又是在哪裡知道的？」

「那麼，妳是如何回答？」

我回望向神官長銳利的目光，開口說了：

「我告訴她，我是在夢裡知道的。並不是在這裡，而是在一個夢境般，再也無法前往的地方知道的……如果我這麼回答，神官長會相信我嗎？」

我不知道神官長聽了會有什麼反應，但是，我也只能這麼回答。我回望著神官長，咬緊牙關，握緊拳頭。

……我回答了，也沒有說謊喔。

背後淌下冷汗，我處在一種身體明明很熱，體表溫度卻很低的不舒服狀態下，和神官長互相瞪視，只有時間不停流逝。完全搞不清楚究竟過了多久時間。

「……我不知道。」

良久過後，神官長大嘆口氣這麼說了。他依然眉頭深鎖，但是，眼神變得沒有那麼鋒利了。我本來還以為神官長的眼神會變得更加兇狠，對我怒吼：「妳別開玩笑了！」「認真回答我！」到時我就能厚著臉皮宣稱：「我才沒有說謊。」結果反應這麼出乎意料，反倒害我不知所措。

「雖然妳的回答非常荒唐，卻也不是完全說不通，而且這也表示我的猜測沒有錯，妳確實在其他地方受過教育。更何況，妳也不擅長說謊和隱瞞實話，所有心思都會表現在臉上。不可能有貴族會被妳欺騙，或看不出來妳在想什麼。」

「嗚唔……」

我不由得摀住自己的臉頰，不想再被看出更多想法。神官長用指尖輕敲了敲太陽穴。

「但也因為這樣，更讓人感到混亂。我也需要時間思考。今天妳可以先走了。」

神官長把寫了兒童版聖典的紙張還給我，我獨自一人走出秘密房間。神官長刺在背上的視線，感覺好痛啊。

隔天，我沒有去神殿，為了準備做木刻版畫所需的工具，和班諾他們一起出門買東西。我絕不是因為和神官長見面太尷尬才蹺班。絕對不是。

「那麼，妳究竟要買什麼東西？」

「我想買做版畫時會用到的『滾筒』和毛刷。」

「『滾筒』？那是什麼？」

路茲和班諾雙雙歪過頭。我盡量簡潔易懂地說明滾筒。

「呃……就是在筒狀的圓柱上面，加了這種有點彎彎曲曲的把手，然後就可以這樣子滾來滾去。」

「……完全聽不懂。」

我努力地向班諾和路茲說明滾筒是什麼東西，但看來他們絲毫無法理解，兩人一起重重嘆氣。本來還以為如果是建築上也會用到的工具，路茲應該知道，那說不定這裡沒有。

「總之，先去店裡看看吧。」

班諾帶我前往他去繪畫工坊時，請店員告訴他的販賣繪畫工具的店家。他好像就是在這間店買到了研磨板和研磨棒。於是，我開始在這間店裡尋找滾筒和毛刷。我也一樣向老闆說明了什麼是滾筒，他也一樣聽不懂。雖然找到了寬幅的毛刷，但很遺憾並沒有在賣滾筒。

「喂，梅茵，好像沒有看到妳說的『滾筒』，那怎麼辦？」

「嗯，那先用毛刷試做看看吧。要是真的沒辦法，再去鍛造工坊下訂單。」

「真有人能聽懂妳的說明就好了。」

班諾哼笑一聲，但我想只要畫成圖畫，再詳細地指定尺寸，鍛造工坊的約翰一定可以明白的。我相信約翰！

買完了東西，我和路茲一起回家。手牽著手走路時，可以感覺到帶有秋意的涼風吹在我們身上。抱著悠悠哉哉的心情，朝著住家前進，路茲忽然說「真期待明天」。

「因為怕妳在買東西前太興奮，之後就麻煩了，所以我剛才都沒說，但其實拜託哥哥他們做的那塊木板已經刻好了喔。回家後我再拿過去給妳。」

「好耶！」

我待在家裡心浮氣躁地等待，很快路茲便帶著刻好的木版來到我家。一看路茲遞來的木版，可以看出有好多地方都刻失敗了。

「梅茵，哥哥他們要我跟妳說。這份工作太精密了，很難。」

「……嗯，看到木版就大概知道了。」

路茲難以啟齒似地幫哥哥們傳話。大概是不小心削太大力了，有些線條都稍微往外突出，或者削得太深。雖然可能也是因為不習慣做版畫，但葳瑪的圖太精緻，又提高了不少困難度吧。連在木工工坊工作的拉爾法和奇庫都受不了，那想用版畫增加繪本的頁數，想必又不是容易達成的事情了。

「如果可以用這塊木版印出不錯的成品，要考慮委託英格先生的工坊雕刻嗎？」

「是啊，還是委託給真正的工坊，請他們做這份工作吧。這份工作太精細了，根本不是賺零用錢的程度。」

我點頭同意了路茲的看法，但想到繪本的成本又要往上提高，心情就很沉重。

「那麼，妳毛刷要怎麼用？」

路茲很快把注意力轉移到了要怎麼印刷繪本上。他從袋子裡拿出買來的毛刷，把玩毛尖。我從自己的木箱裡頭拿出自製的馬連和做失敗的紙張，開始說明要怎麼做木刻版畫。

「首先在下面鋪好做失敗的紙張，上面放上木版，然後塗上墨水。接著像這樣用毛刷的毛尖把墨水刷開，要小心一定要平均分布。」

我拿著還沒有沾上任何東西的毛刷，在板子上來回塗刷，為路茲做示範。路茲一面看著我做，一面在寫字板上做筆記。

「滾筒就是要用在這個步驟上喔。雖然很想用滾筒，均勻地滾上墨水，但這次沒有，也只能放棄了。塗好墨水後，再輕輕放上紙張，並墊上一張紙，用這個『馬連』畫圓地滾墨，讓墨水可以印在紙上。要用一樣的力道，所有角落都壓到。」

我拿著自製的馬連，在紙上畫圓地來回壓印。路茲低聲說：「我還心想妳又做了奇怪的東西，原來真的會用到。」

「壓印完以後，再慢慢把紙撕下來，乾了以後就完成了。」

「我知道要怎麼做了。明天馬上試試看吧。」

隔天，我提心吊膽地前往神殿，見到神官長以後，他卻一句話也沒有說。神官長只是面無表情，十分平靜地指示我要做哪些工作，彷彿什麼事情都沒有發生過。直到最後，神官長都沒有說半句話，我也平安地結束了協助的任務，感到如釋重負。

很～好，度過了最大的難關。接下來就是做版畫了！

「那麼，今天我就此告辭了。」

此刻我滿腦子都是接下來要做的木刻版畫，心情好得只差沒哼出歌來，離開神官長室。至於神官長像要刺穿人般的視線，就當作沒有感覺到吧。

「梅茵大人，您的心情很好呢。」

「幫神官長忙這件事也順利結束了，等一下要去工坊做繪本了嘛。」

我這麼回答法藍時，已經稍微哼起了歌。吃完午餐，來到梅茵工坊時，心情更是好得不得了，有些太過興奮。

「讓大家久等了。那麼，馬上開始壓印吧。路茲，你快試試看！」

來到梅茵工坊後，路茲差不多完成了要做木刻版畫的準備。工作檯上已經鋪著做失敗的紙張，上頭放著木版。孩子們都一臉興致勃勃，圍在工作檯四周。

「梅茵大人，這些會做出什麼東西？」

「唔呵呵，敬請拭目以待。」

我走向工作檯後，大家便往後退開，空出了視野絕佳的特等席。因為特別為我空出了位置，我便待在那裡觀看路茲工作。路茲先用毛刷沾了墨水，把木版抹黑，孩子們都發出了興奮的叫聲。

「哇，好黑喔！什麼都看不到了！」

對於孩子們的歡呼聲，路茲只是稍微挑眉，冷靜地繼續作業。接著，他在塗了墨水的木版上輕輕放下佛苓紙，再如同昨天說明過的，先墊上紙，再用馬連壓印。

「啊～看來好好玩喔。我也好想試試看。」

「我也是、我也是！」

路茲停下馬連，拿開墊紙，手指捏住紙的邊緣。在我滿懷雀躍的注視下，路茲小心又緩慢地撕下紙張。掀開的紙張一如我的預料，上頭印著墨水，完成了我熟悉的木刻版畫。

「嗚哇，變成畫了耶！明明這麼黑，上面卻有白色的線條！」

孩子們看到一片漆黑的木板竟變出了一幅圖畫，全都露出了燦爛的笑容，開心得嘰嘰喳喳。吩咐孩子們解散，繼續回去抄紙後，我和路茲一起看著印好的版畫。

「梅茵，妳覺得怎麼樣？」

「……好像怪怪的。」

明明剛才我還興奮雀躍地等著紙翻過來，這卻是我現在的感想。和麗乃那時候，在小學上美勞課時做的版畫不一樣，眼前的版畫更加細膩，充滿藝術氣息。果然比起我和路茲，交給哥哥他們雕刻是正確的決定。

「當成是木刻版畫來看的話，其實也算成功啦。可是，不適合做成繪本吧？」

「是啊。雖然字是看得懂，但黑底配上白字，有點不好閱讀吧。」

黑底白字看起來不僅吃力，有些反字還寫錯了。這部分算是我的失敗，但因為把畫和文字都集中在一片木板上，如果想改，就必須全部改掉。此外，很多地方都沒雕好的畫看起來真是可怕。雖然也是因為哥哥們還不習慣雕刻版畫，但如果用這塊木版做成繪本，大家恐怕無法適應。

「文字做成印章會比較清楚吧？內容全都刻成印章比較好嗎？」

「哥哥他們都已經在說這次的圖案太複雜了，根本划不來，怎麼可能再把內容全部刻成印章啊。照著文字刻字，跟把文字旁邊挖空、讓文字凸顯出來，需要的勞力跟時間完全不一樣。」

「說得也是……看來得再想想其他方法了。至少可以確定的是，木刻版畫不適合做成繪本呢。圖畫也是黑色的部分太多，有點恐怖。」

路茲把印好的紙張放在牆邊的架子上，開始收拾工具。畢竟我都覺得怪怪的了，再繼續壓印也沒意義。

嗯……葳瑪的畫，好像更適合做成銅板版畫呢……

但是，就算想做銅板版畫，也不知道防腐蝕液和硝酸這類的腐蝕液在這裡能否輕易買到。要再自己找到可以替代的東西，老實說我覺得很麻煩。而且，在工坊裡出入的都是小孩子，我想盡量避免使用危險藥劑。

……可是，怎麼辦呢？

至今就算做失敗了，我也不會太過沮喪，但這次先是請葳瑪畫了圖，又請哥哥他們雕刻，結果卻失敗了。實在很難開口向他們報告說結果失敗了，而且在還不確定有沒有成功機率的情況下，也很難再請他們以後繼續幫忙。

「妳在想什麼？」

收拾整理完，路茲走回來。

「我在想，要不要乾脆別為兒童版聖典加上插圖呢？反正就算沒有插圖，只要寫了字，也稱得上是書吧？」

「我是沒什麼堅持，那樣也可以啊。可是，沒有圖畫的書能叫做繪本嗎？」

「不能。所以我在想乾脆別做繪本，直接做一般的書就好了。」

「可是，妳不是說第一本繪本，是妳要送給可愛弟弟妹妹的第一個禮物嗎？」

「啊！對喔！怎麼可以妥協！我一定要做出很棒的繪本來！」

……不可以因為一、兩次的失敗就洩氣。來想想木刻版畫以外的方法吧！

黑白繪本

第一次做木刻版畫失敗了。雖然得出了木刻版畫可能不適合做繪本的結論，但不能就此放棄。我在回家的一路上，和路茲一起召開反省大會。

「俗話說失敗是成功之母，要找出失敗的原因，下次就有機會成功了。」

「嗯，也是。梅茵，那妳覺得失敗的原因是什麼？」

我「嗯嗯」地點頭，聽到路茲這麼說，開始思考失敗原因。才沒多久，馬上想到了至少三個原因。

「首先，用來雕刻的草圖太複雜了。葳瑪的圖太細膩了，不適合做成必須要雕刻木板的木刻版畫。」

因為總不可能請葳瑪一本一本地畫上插圖，所以只能想出木刻版畫以外的方法，或是請葳瑪改畫線條比較簡單的圖畫。但是，葳瑪只看過神殿裡頭的畫作。要在這種情況下請她改變畫風，恐怕是強人所難。起碼也要提供範本，才能請她「照著這種風格作畫」吧。

「另外，我有些反字也寫錯了吧？之後要再更細心地檢查。但這部分只要小心一點，應該就能避免吧？像是找其他人一起檢查……」

「嗯……既然這樣，要不要從一開始，文字和圖畫的板子就分開來做？這樣子就算文字部分做錯了，也不會影響到插圖吧？」

「路茲，你真是天才！」

因為是給第一次接觸到文字的小朋友看的，所以我一直有種刻板印象，認為文字和圖案就該放在一起，但其實大可以分成兩頁，也可以把板子分成上下兩部分。

「最後就是雕工吧。很多地方明顯雕得不是很好。」

文字有些地方都穿破了木板，圖畫的線條也往外突出，印在紙上後，這些錯誤都格外明顯。我指出這部分的缺點後，路茲不高興地鼓起臉頰。

「有一部分也是因為沒有雕刻用的工具啊。並不是哥哥他們的技術不好。」

「沒有工具……但路茲家因為工作的關係，不是應該有很多工具嗎？」

路茲家騰出了很大的空間，來放置工作用的器具，應該有各式各樣的工具才對。我回想著路茲家裡的模樣，路茲輕輕聳肩。

「我家雖然因為從事建築方面的工作，所以比起別人家，確實是有很多木頭加工用的大型工具啦。可是，並沒有用來做精密加工的工具。因為又用不到。」

狄多伯父平常使用的和修繕屋子時會用到的工具，確實都不適合用來做細膩的加工。父親也有一些大型工具，但小事情都只用一把小刀解決。

「如果要用小刀雕刻，那幅畫太精緻了。」

「咦？那塊木版是用小刀雕刻的嗎？」

如果是用小刀雕刻的，簡直是雕得非常出色。反而是我在委託工作的時候，應該準備雕刻刀那類的工具，一併交給他們才對。

「那下次委託哥哥他們雕刻的時候，也要順便提供工具給他們才行呢。幫我跟他們說聲對不起和謝謝吧。」

「嗯，知道了……可是，為什麼到最後妳變成要做給小孩子看的聖典啊？」

被這麼一問，我開始回想為什麼會從要做給小寶寶看的繪本，變成了要做給小孩子看的聖典。

「好像是因為葳瑪會畫的圖，基本上都和神殿有關吧。」

「那如果是要做給小寶寶看的，不一定要做聖典吧？」

我只是因為大家都說我圖畫得不好，只好把畫圖的工作交給葳瑪，又因為葳瑪會畫的圖案都與神殿有關，為了配合她，才變成了要做兒童版聖典。

……咦？仔細想想，做成兒童版聖典的話，根本不是適合給小寶寶看的繪本吧？

我終於察覺到了事態重大。給小寶寶和給小朋友看的繪本，需求有些不太一樣。不能因為都是小孩子，就混為一談。

「好，那先為了小寶寶做黑白繪本吧。兒童版聖典之後再說！」

「我們也只有白紙和黑色墨水，本來就只做得出黑白繪本吧？」

「話是沒錯，但還是有點不一樣嘛。」

那麼，現在先回到原點，好好思考我想做給小寶寶什麼樣的繪本吧。我開始回想提到兒童圖書館與兒童服務理論的課程。首先，據說嬰幼兒在剛出生時，只有很模糊的視力。視力與大腦的發展有著密不可分的關係，藉由每天看到各式各樣的事物，慢慢受到刺激後，才會發育成長。出生後三到四個月，才能夠辨識紅色等比較顯眼的顏色，視線也開始可以對焦。

然後，直到出生滿一歲左右，才會擁有和大人差不多的視力。在那之前，事物的輪廓都很模糊，也很難辨識到不顯眼的色彩。為此，若要讓不滿一歲的嬰幼兒閱讀繪本，重點在於顏色要有強烈的對比，形狀還要輪廓分明。顏色只要有白色、黑色和紅色就足夠了，形狀則要選擇圓形、三角形和四方形等清晰的輪廓，才方便嬰幼兒辨識。所以提供給零歲到兩歲嬰幼兒閱讀的繪本，都會用簡單的線條畫出鮮豔的原色，使用文字也很簡單，還會反覆出現。

我想起了給嬰幼兒看的繪本中，有的黑白繪本只是把圖形擺在一起而已。如果是那種繪本，現在的我也畫得出來。

「路茲，我明天不去神殿了，要留在家裡為小寶寶做繪本！」

「知道了。那我會去通知神殿，稍微看過梅茵工坊之後，再過來陪妳一起做。妳每次做東西的時候，一定得在旁邊看著妳，不然很危險。」

路茲哎呀呀地嘆氣說道。我無法反駁，立刻改變話題。

「那我想買厚紙，可以幫我從工坊帶做好的十張紙過來嗎？」

於是到了隔天，路茲在第三鐘響前便來到我家。

「嗚哇，也太亂了吧。伊娃阿姨看到一定會生氣。」

屋子裡的桌上，正凌亂地擺著用失敗紙張做成的筆記本、煙灰鉛筆、石板和石筆。

母親要是在家，一定會叫我「快點收拾乾淨」，但今天母親和多莉都出門工作了，所以沒有人會對我訓話。

我在石板上不停畫下各種圖案，思考著要畫什麼東西。大概決定好了要畫什麼後，掀開筆記本，再用煙灰鉛筆畫下來。如果想參考做成黑白繪本時是什麼樣子，用煙灰鉛筆在紙上畫圖，是最容易想像的了。父親的成套工具裡頭有畫直線用的尺，我拿出尺來，畫下直線。在紙上畫完三角形和四角形後，打算要畫圓形，我卻突然定住不動。好想要圓規。

「路茲，你家有『圓規』嗎？就是可以用來畫出正圓形，大概長得像這樣，然後這樣子使用……」

我在石板上畫圖，又用兩隻手指，做出畫圓的動作，路茲輕輕點頭。

「哦，圓規嗎？以前我家裡有，但現在好像不見了。」

「是喔……那就沒辦法了。只能用其他東西代替了。」

我拿來家裡的線，綁在煙灰鉛筆上。雖然想要圖釘，但因為沒有，所以我從工具箱裡拿出釘子，再把線也纏在釘子上。接著，用左手指按住釘頭，把線拉直，再轉動煙灰鉛筆，就可以畫出圓形了。中心別不穩就好。

「哇，好強。」

因為平常並不需要畫出漂亮的圓形，工作上有需要的人也都是利用圓規，路茲大概是第一次看到這種畫圓方式，發出了感嘆聲。因為很少因此被人稱讚，我有些得意洋洋，畫了好幾個圓形，但小圓不太好畫。在這種想畫出大量圖形的時候，特別想要幾何圖形板和造型繪圖板。

「路茲，這裡有賣『幾何圖形板』和『造型繪圖板』嗎？」

「妳在說什麼？」

「就像這樣。在薄薄的金屬板或是『塑膠』上面，像這樣挖了很多圖案，而且還有各種大小……」

因為可以沿著框框畫出形狀，也可以用塗滿的方式畫出圖形，要一次畫出多個相同圖案的時候非常方便。既然這裡有在賣圓規，說不定也有幾何圖形板。我畫在石板上說明，但路茲只是偏過頭。看來是沒看過。

「這東西要怎麼用？」

「呃，像這樣，沿著挖空的框框，可以畫出自己想要大小的圖形喔。」

「……不能用厚紙做嗎？」

「哇噢！路茲，你真的是天才！」

我抽來一張做繪本用的厚紙，開始做幾何圖形板。包括圓形和三角形等圖形，再逐一畫上不同的大小。只要沿著圖形切割下來，幾何圖形板就完成了。我和路茲分工合作，興沖沖地畫著圖形，但到了切割這個步驟時，我才驚覺一件大事。又沒有切割用的工具了！

「這麼小的圖案，用小刀切不下來啦！」

我來回看著厚紙和兩人手上的小刀，頹然垮下肩膀。大圓還勉強可以應付，直線也還行。但是，小圓實在是沒辦法。

「要是沒有工具，又會重蹈木刻版畫的覆轍了。去拜託約翰做『筆刀』吧。」

「那是什麼？」

「是我也能用的、又小又薄的刀子喔。」

既然要委託工作，就該穿上正式的服裝前往。於是我和路茲換上學徒制服，帶著公會證，和仔細畫下了委託物品的佛苓紙訂單，前往鍛造工坊。

工匠大道位在城市南邊，所以約翰所屬的鍛造工坊離我家比較近。

「你好啊。」

「哦，歡迎光臨。」

大概是方才還在接待客人，一進門就能看見的桌上擺著好幾片木板，師傅正坐在椅子上，摸著鬍子，炯炯的大眼睛轉過來。因為上次我訂購了鐵筆，好像記住了我的長相，師傅看著我露齒一笑。

「原來是之前的小姑娘啊。又來下訂單嗎？」

「是的。請問約翰在嗎？」

「嗯，我去叫他，坐在這裡等一下吧。」

師傅疊起木板，抱起來後，扯開喉嚨大喊：「喂，約翰！你的客人！」接著大步走進裡頭的工作室。「咚！」的沉悶聲響起後，橘色鬈髮綁在了腦後的約翰慌慌張張地衝了出來。

「是！……啊，是之前奇爾博塔商會的人，兩位好。」

「約翰，你好啊。我今天來是想請你做『筆刀』。請看這個。」

我拿出寫在佛苓紙上的訂單，再翻到背面，展示設計圖。約翰感到新奇地摸了摸紙後，看向我所畫的圖，一臉納悶。

「通常大部分人都是訂做大的刀子，從沒人訂過這麼細又這麼薄的小刀。這究竟是做什麼用的？這麼小的刀子切得了東西嗎？」

「要用來裁切這種植物紙喔。切割小圓圈的時候，刀片也得跟著變小才行。」

「哦……用來切這張紙嗎？我還是第一次摸到植物紙。」

約翰用指尖捏起紙張，正反面來回翻看了好幾遍，還拿到眼前揮動，確認觸感。好一會兒讓他盡情確認後，我才指向訂單背面的設計圖。因為約翰問起問題都鉅細靡遺，所以我這次先在訂單上詳細地寫下了尺寸和用途。

「然後，握把的部分可以用木頭製作，但我希望像這樣子可以替換刀片。像是刀片上的小孔，以及與握把銜接的地方，必須要做得剛好密合，不然刀片會搖搖晃晃，非常危險，所以我才會來拜託擅長做細膩加工的約翰。」

約翰看著設計圖，對替換用的刀片提出問題。我邊回答邊詳細地下達指示，約翰的雙眼也像要接受挑戰般地熠熠發光。看樣子是點燃了他身為鍛造工匠的鬥志。

「哦……真有意思。這麼簡單就能替換刀片，這點真不錯。」

「另外還要拜託你製作筆蓋，或是筆刀專用的盒子。因為刀片很利，十分危險，而且又薄又小，很容易斷掉或損壞。」

「既然是這樣，替換用的刀片也多準備一些比較好吧。」

經過長長的討論後，我拿出了公會證向師傅支付訂金。

「完成以後，請送到奇爾博塔商會吧。」

要是送來我家，我無法馬上準備好現金，但如果送去奇爾博塔商會，只要事先知會一聲，先把錢付給班諾，那麼收到貨品的時候，就能請他們支付現金給約翰了。而且我又能透過公會證進行交易，不需要帶著現金跑來跑去，這點也很方便。

「路茲、梅茵！」

訂製了筆刀後，大約過了十天。從神殿要回家時，路上經過奇爾博塔商會，門前的守衛叫住我們。原來是馬克吩咐過，有東西寄到店裡，要我們進去一趟。

「這是約翰在下午送來的。他非常興奮地說，這份工作很有趣。」

接過馬克遞來的細長盒子，回到家後，我立刻用約翰做的筆刀開始做幾何圖形板。因為沒有專用的墊板，我放在板子上，切割的時候留意著別太用力，但這麼做好像會讓刀片受損得更快。不過，多虧了銳利又好用的筆刀，幾何圖形板三兩下便完成了。我把厚紙做成的幾何圖形板放在筆記本上，用煙灰鉛筆把中間的洞塗黑，就出現了完美的黑色圓形。

「只要繪本的模板也用厚紙做，再像幾何圖形板一樣塗上墨水，不就不用特別雕刻木板了嗎？哇噢，該不會我也是天才？」

於是我付諸實行，利用幾何圖形板，開始設計黑白繪本。我非常隨心所欲，上下地畫出兩個較大的三角形，下面再加上一個長方形，做出日本冷杉的形狀，然後在一個圓形框框裡，畫上圓形的眼睛、半圓形的嘴巴和三角形的鼻子，做出五官，再用圓規畫出六角形，做成花朵的圖案。我不由得樂在其中，一頭栽進做繪本的世界裡，直到家人說：「該收工了喔。」才用筆刀割下圖案，完成模板。

「路茲，你看！我做好了！」

隔天，我眉飛色舞地向路茲展示做好的模板。把原本的厚紙切成一半後，每張圖大約都是A5的大小。看完了全部共十張的厚紙，路茲皺起眉，用不知道該作何反應的表情看著我。

「喂，梅茵，這些圖……小嬰兒看了真的會高興嗎？」

「會、會啦！黑白兩色的『對比』很強烈，又只是把圖形組合在一起而已，跟圖畫得好不好沒有關係吧？」

我說明完，路茲充滿懷疑的眼神變得更是懷疑了。

「嗯……好吧，反正妳自己可以接受就好了。」

於是到了下午，滿臉納悶的路茲開始在工坊製作繪本。這次就像往幾何圖形板畫圖那樣，拿著毛刷塗上墨水。至於線條比較細的地方，若直接使用毛刷，紙面會變縐，所以我往細細的木棒纏上破布，當作是棉花棒，請路茲用輕輕按壓的方式塗上墨水。

「哇，好棒喔！完成了！」

「……梅茵大人，這是什麼？」

「這是做什麼用的？」

孩子們圍到旁邊來，探頭探腦。我請灰衣神官把印好的圖放在架上晾乾，並笑容滿面地回答大家的問題。

「這是給小寶寶看的繪本喔！」

「……給小寶寶？哦……？」

大家的反應全都難以言喻。要嘛歪過頭，要嘛別過視線，現場彌漫著「雖然完全無法理解，但最好別亂說話吧」的氣氛。

……大家果然都無法理解。真希望這世間快點追上我的腳步。

雖然感到有些孤單，但黑白繪本的內頁已經完成了。之後我想像屏風那樣攤開立起來，所以必須把完成的頁面黏在板子上，板子再挖洞，用繩子串起來。

……啊，還要用明膠做糨糊！

兒童版聖典的準備

姑且不論周遭人們的評價，至少給小寶寶看的黑白繪本內頁完成了。我感到心滿意足，和路茲手牽著手一起回家，走在秋天氣息變得更加濃厚的大道上。

「過冬準備結束後，才要製作明膠，所以我想繼續製作兒童版的聖典。」

我想趁著讀書之秋這段期間做出聖典，便對路茲這麼表示。路茲「嗯……」地沉吟，思索了一會兒。

「妳又要用木刻版畫製作嗎？割紙好像比較簡單吧？甚至連妳都能做。」

路茲說得沒錯，切割厚紙做成原版並不難。連我也做得到，不需要什麼力氣。

「如果繪本的文字也用切割的方式，就不需要寫成反字了呢。繪本的字數也不多，應該有時間割完……不過，看來要再多訂幾支筆刀才行了。雖然初期投資都要花不少錢，但這也是沒辦法的事。」

因為是特別訂做，所以筆刀的價格偏高，但如果要做木刻版畫，還是得準備雕刻刀那類工具，所以這終究是必要的開銷。

「反正我們就是為了初期投資才存錢的啊。」

總有天我想製作字母的活字，進階為活版印刷，但印刷時需要大量的活字。製作活字又是非常精細的工作，如果想做金屬活字，開銷會比現在還要龐大。得等到更久之後，我才能著手進行活版印刷吧。

「唉……古騰堡先生依然是遙不可及呢。」

「那是誰啊？」

「在我心目中是等同於神，完成了一項創舉的偉人喔。也是我的目標……但現在只能先在自己的能力範圍內，慢慢改良了。路茲，你有覺得哪裡該改進嗎？」

「……印刷的時候，有沒有可以用來壓紙的工具？因為紙一不小心就會歪掉，手指又會沾到墨水，墨水又很難洗掉，這讓我很傷腦筋。」

路茲是會接待到貴族的商人學徒。在該注意儀容整潔的情況下，雙手要是和工匠一樣髒兮兮的，非常有損形象。雖然也可以交給灰衣神官們製作，但路茲自己又很堅持「梅茵想的東西，都由自己來做」這件事。這樣一來，只能想想有沒有辦法不會弄髒雙手了。

「嗯……如果可以先做出『謄寫版』印刷的外框，情況應該會好很多。」

「『謄寫版』？那又是什麼？」

「呃……首先，在紙版上刻洞，再塗上墨水印刷的這種方法就叫做『孔版』印刷，『謄寫版』印刷則是其中的一種喔。『謄寫版』印刷會用木框和網子壓住紙張，所以如果有木框，會比較不容易弄髒雙手吧。唔，大概像是這樣。」

我拿出寫字板，停在原地，開始畫圖。路茲大吃一驚，把我拉到路邊，「喂，梅茵！至少先靠到路邊啦！」

「在大小可以放置紙張的木檯上，加上可以這樣打開和闔上的木框。木框和木檯用鉸鏈固定起來，木框裡頭再鋪上一面網子。印刷的時候，把紙放在木檯上，再放上紙版，放下木框固定住後，再隔著網子塗上墨水。」

「哦……那如果材料是木頭和網子，有辦法做出來嗎？」

除了蠟紙和鋼版，其他工具的做法並不複雜。最簡單的東西，可能連路茲也做得出來。沒有信心可以自己製作的，只有鋪了網子的木框吧。

「路茲，之前委託他做竹簾的那位工藝師，現在可以再向他下訂單嗎？植物紙工坊要的大竹簾做好了嗎？」

「這個得問老爺和馬克先生才知道了。」

剛好前方可以看見奇爾博塔商會，我們兩人意見一致，決定繞過去問問看，一起走進店裡。店內的工作似乎已經進入尾聲，有些地方還開始收拾整理了。我環顧著大家的動作雖然俐落，但感覺有些手忙腳亂的店內。

「啊，梅茵、路茲。如果有事的話，直接進辦公室裡說吧。」

直接在店裡討論事情，會妨礙到大家做事吧。馬克沒有先請示過班諾，就讓我們走進辦公室。班諾正在檢查帳簿之類的東西，嘆一口氣後接受了會面。

「班諾先生，我明天可以借用馬克先生的一點時間嗎？我想請他陪我一起去工坊，向之前做竹簾的那位工藝師訂做東西。」

工藝師現在有空嗎──我問完後，班諾翻了翻帳簿，點點頭。

「他已經如數交貨。只要沒有接到其他委託，應該有空吧。妳這次要做什麼？」

「要做裝了網子的木框。」

聽了我的回答，班諾滿臉問號地側頭。

「什麼？網子？究竟要用做什麼的？」

「使用墨水的時候，路茲就不會弄髒雙手了。」

班諾像是完全聽不懂，看向路茲，尋求說明。但明明我才說明過，路茲卻緩緩搖頭，表示自己也不知道。

「唉，算了。我會告訴馬克。時間呢？」

「我還要去神殿練習飛蘇平琴，下午過後可以嗎？」

「下午對我們來說也比較方便。那麼明天過來吧。」

隔天下午，吃完了午餐的我和路茲一起前往奇爾博塔商會，然後在馬克的陪同下，往坐落於工匠大道上的工藝師工坊移動。

工藝師出來迎接的時候，用力皺起了眉，露出非常不耐煩的表情。不耐煩到了我忍不住覺得，怎麼能對客人擺出這種表情呢。

「……怎麼又是你們。」

「不會又要訂做竹簾了吧？我好不容易才做完了，別再丟給我交貨期限那麼緊湊的工作了。」

看來製作工坊用的大竹簾，真的是很辛苦吧。我來回看著一臉憔悴的工藝師，和笑容溫文的馬克，連忙左右搖手。

「啊，不是的。這次是想拜託你做木框。」

「木框？那去找木工工坊吧。」

工藝師的視線投向大門，擺擺手只差沒說慢走不送。

「不是的，並不是單純的木框，要像這樣子，在木框裝上網紗……呃，就是把絹絲排成網狀，請問你做得出來嗎？網眼不需要很細，因為只是要用來壓住紙張，讓紙不會歪掉和變縐。」

我拿出石板，畫出想請工藝師製作的網框。工藝師瞇起眼睛，瞪著圖老半天後，無可奈何地嘆氣。

「……做是做得出來，只是很麻煩。」

「那可以拜託你嗎？」

「雖然耗時耗力，但你們付錢很乾脆。既然是竹簾以外的工作，那好吧。」

於是向工藝師訂做了鋪有網子的木框。一如往常，擬訂了做好後送到奇爾博塔商會的契約，再由馬克簽名。

「馬克先生，我還想再去一個地方。可以繞去鍛造工坊嗎？我想加訂之前做的筆刀，也想和約翰討論看看滾筒。」

如果要用厚紙做原版，就需要更多支筆刀。除了負責割字的我和路茲，我也想先幫葳瑪準備一份。另外，我還想要可以均勻塗抹墨水的滾筒。但是，我以往熟悉的是橡膠滾筒和海綿滾筒，這裡有可以替代的東西嗎？如果沒有，也許可以捲上一層布代替，但不知道用起來感覺會怎麼樣。

前往鍛造工坊，再多訂了兩支筆刀。約翰笑容燦爛地接下了委託。可以接到能讓自己不遺餘力地發揮本領的工作，他好像很開心。

「然後我還想訂做滾筒……」

我畫了圖案，說明用途。雖然也說明了什麼是橡膠和海綿，但約翰果然只是滿臉納悶。

「……藉由滾動筒狀的物體，塗上墨水嗎？又是奇怪的東西呢。」

「而且還要加上這樣的把手，然後我希望滾動的時候，不會覺得凹凸不平。我想只要在表面裹上一層布，應該就能沾附上墨水，至於要用什麼布料，就交給約翰作決定了。」

雖然我希望能夠使用稍微具有彈性、易於沾附墨水的布料，但就算沒有，應該也一樣能使用。聽完我的說明，約翰點了好幾下頭。

「如果只是這樣，應該不難。做好以後，一樣是送去奇爾博塔商會吧？」

「對，麻煩你了。」

離開鍛造工坊後，便和馬克道別，我和路茲開始往住家移動。

「剩下的問題，就是圖畫了呢。如果裁切厚紙做成原版，用原版印刷，做出來的感覺應該會像皮影戲那樣。現在有了筆刀，有些細膩的線條也可以保留下來了。可是，如果想請葳瑪稍微改變畫畫的方式，我該怎麼做才好呢？」

「如果可以提供範本，她應該會比較知道要怎麼做吧？老實說，光聽梅茵那麼不清不楚的說明，根本沒人聽得懂。」

的確，沒有看過的東西，再怎麼說明，也很難馬上理解吧。

「嗯……那，雖然不知道可不可以當作參考，我自己先試做看看吧？」

「咦？梅茵嗎？沒問題嗎？」

「我會參考葳瑪的圖做原版啦，不用擔心。你真是失禮！」

路茲的臉龐更是不安地抽搐，緊盯著我瞧。明明Q版圖我就只畫過那麼一次，對於我畫圖的功力，評價到底有多低啊。

……別看我這樣，麗乃那時候的美術成績幾乎每次都有乙耶！

我在水井廣場和直到最後都投來擔憂眼神的路茲道別後，回到家裡，立刻參考葳瑪的木刻版畫，畫出女神的輪廓，再像皮影戲那樣用煙灰鉛筆塗黑和留白。雖然圖案簡單，但好像比木刻版畫更加清晰明瞭。

「嗯，好像還不錯嘛。」

但是，這是我以自己還保有日本人審美觀的眼光，在看過後得出的感想，所以不知道這裡的人能否接受。這裡讚揚的繪畫，都是纖細且寫實的風格，這種皮影戲般的圖畫可能會因為太過簡單，不被大家接受。

隔天早上，我把結果有些驚悚的版畫，和自己畫的剪影畫放進托特包裡，要拿給葳瑪看。還準備了要給葳瑪的筆刀和煙灰鉛筆。

「路茲，早安。如果是這樣的圖畫，你覺得怎麼樣？」

我拿出昨天畫成了剪影的女神圖畫，給來接我的路茲看。路茲本來還一臉不安，這時卻瞪大眼睛，目不轉睛地看了圖畫一會兒後，放心地吐氣。

「這樣子還不錯嘛。我覺得看起來比木刻版畫舒服。」

「太好了。我再和葳瑪討論看看，問她能不能畫出這種風格。」

下午，我帶著不甚美觀的木刻版畫、自己畫的剪影畫，以及筆刀和厚紙，前往孤兒院。去見葳瑪的時候，都由羅吉娜陪同。
「梅茵大人，歡迎您過來。」
緊接著，我把用木刻版畫拓成的圖放在食堂桌上，輕輕推向葳瑪。葳瑪拿起版畫，表情困惑地沉下來。跟她想像中的圖畫不一樣吧。
「因為葳瑪的畫很細膩，木刻版畫又必須要刻在木板上，所以結果就變成了這樣。可是這樣子，難得葳瑪畫得那麼漂亮，都無法呈現出來了吧？所以我在考慮，能不能改用其他畫法呢？」
我一邊說，一邊拿出自己畫的剪影畫。要把圖拿給專家看，讓我內心有些七上八下，但只有這麼做，才能進行下一步。
「比起要雕刻木板，我想這種畫法會比較便於印刷。只不過，我不清楚這樣的畫大家能不能接受。葳瑪在藝術方面又特別擅長繪畫，所以我想問問妳的意見……」
葳瑪看著我畫的剪影畫，輕吸一口氣。
「……這是梅茵大人畫的嗎？」
「我參考葳瑪的圖畫了範本。假如只運用塗黑與留白，切割紙張後，大概就會是這個樣子。妳覺得呢？雖然和一般的畫差很多，呃，但妳能抓到這種感覺嗎？」
不行嗎？我觀察葳瑪的反應。葳瑪好一半晌默不作聲，只是盯著剪影畫看，然後倏地搖頭，褐色眼眸綻放出了喜悅的光彩。
「我會用這種畫法畫畫看。我想挑戰看看用新的畫法，自己可以畫到什麼地步。」
「那麼，這把筆刀和煙灰鉛筆就送給葳瑪。用我之前給妳的紙張，多畫多練習吧。

然後，這是正式做繪本用的厚紙。等第一張畫好後，我們再先印印看。」

葳瑪的雙眼閃閃發亮，入迷地看著剪影畫。我把帶來的工具送給她，並說明使用這些工具時的注意事項。葳瑪很優秀，一定能畫出比我還工整漂亮的剪影畫吧。

就在葳瑪以新的畫法嘗試繪製圖畫時，我也在厚紙上寫字，製作紙版。想不到約翰很快就送來了做好的筆刀和滾筒，所以我和路茲兩個人一起小心翼翼地把文字切割下來。雖然是很需要耐心的細膩工作，但一想到印刷後會變成書，我很樂意繼續努力。

此外，在葳瑪畫好圖畫之前，委託工藝師製作的網子也先做好了。於是前往路茲家，拜託拉爾法和奇庫，製作謄寫版印刷的木檯和裝上網子用的木框。

「妳到底需要什麼東西啊？」

「就是這個！這樣子路茲的手才不會弄髒。拜託兩位哥哥了！」

我把畫了設計圖、還詳細標示了尺寸的紙張，舉到兩人的面前。因為工作的關係，兩個人經常看設計圖吧。奇庫和拉爾法看完設計圖後，馬上動手製作。一邊和我簡單地討論幾句，一邊拿來木板和釘子。

「嗯……？大概像這樣嗎？」

「哥哥你們好厲害！完全剛剛好！」

不愧是木匠學徒，絲毫沒有偏差。感覺才眨個眼睛，可以密合放進網子的木框就完成了。我大力稱讚後，拉爾法哼了一聲，調侃地看著路茲說：「路茲都有商人的樣子了，我當然也有木匠的樣子了啊。」

「那木匠，接下來做這個木檯吧。」

路茲沒好氣地鼓著臉頰說，兩人便聳聳肩，輕笑著繼續工作。

「啊，這塊不行。路茲，你去拿那邊的板子過來。」

「要磨得光滑一點啊。是你要用的吧？要是有毛刺留下來，可會受傷的喔。」

「受不了，你們真的很會使喚人耶。」

路茲老樣子又被使來喚去，但感覺得出前陣子那種讓人神經緊繃的氣氛完全消失了，我偷偷地鬆一口氣。

「奇庫哥哥，請你裝上這個，就可以把網子固定在木框上了。」

我拜託奇庫，在木框裝上淚滴形狀的金屬背扣。背扣是用來把網子固定在木框上的零件，也會用來固定畫框背面的板子。接著，是用鉸鏈連接起木框和木檯。再請哥哥他們在木檯上設置約零點五公分厚的板子，印刷時就可以對齊紙擺放的位置。至此印刷用的工作檯就完成了，花費的時間比預期中還短。

「哥、哥哥，謝謝你們。呃，幫了我們很大的忙。」

大概是要特地向家人道謝，讓路茲感到很難為情吧，他有些害羞地把頭撇開。哥哥他們聽了，也一臉不知所措地別開視線。

「這點小事又不算什麼。」

「對啊對啊，只是賺點零用錢而已。」

換作是我，就會撲上去擁抱多莉，用身體盡最大限度地表達我的感謝，但對路茲兄弟而言，這大概已經是極限了吧。但是，從原本毫無對話的情況來看，我覺得進步了很多。不由得用溫暖的眼神望著三人後，察覺到我的視線，三人的表情同時變僵。

「梅茵，妳幹嘛一直看著我們！」

這種時候就異口同聲，果然是兄弟呢──我注視著三人的眼神更是充滿笑意。

「路茲，快送梅茵回家吧！」

「對啊，這裡我們來收拾！」

「梅茵，走了！」

兄弟三人忽然格外一個鼻孔出氣，在他們的合作無間下，一眨眼工夫我就被帶到了路茲家門外。虧我還想再多看一點兄弟三人這麼溫暖的互動呢，真可惜。

「梅茵，妳別傻笑了，快點動腦！這樣工具都到齊了嗎？只剩下葳瑪的畫了吧？」

路茲強行改變話題，看來非常不想要我再提起他和哥哥們的互動。我輕笑起來，同時也在腦海內回想做書所需的各種工具。紙做好了。墨水也做好了。文章的紙版也做好了。滾筒也完成了。印刷用的木檯也好了。接下來只要葳瑪畫好了圖，就可以開始印製書本的內頁。但是，封面若一片空白，好像太冷清了。

「路茲，如果還有時間，做些中間夾了押花的紙張吧。我想當作封面。」

「哦，那個嗎？那個很漂亮嘛。那我明天帶孩子們去一趟森林。」

所有準備工作都完成了，只剩下等著葳瑪把插圖畫好，所以這陣子下午的時光，都能盡情徜徉在閱讀的世界裡。吃完午餐，我正精神抖擻，心想今天也要看書時，吉魯因為接到了孤兒院的孩子們通知說葳瑪插圖畫好了，走進院長室來。

「梅茵大人，聽說葳瑪紙版畫好了。小鬼們還說葳瑪有事想拜託梅茵大人，所以請妳親自過去一趟。」

聽了吉魯的傳話，眼前的世界彷彿突然變得一片明亮。紙版做好了，就表示可以著手印刷了。

「吉魯，吃完午飯後，麻煩你在工坊做好印刷的準備吧。羅吉娜，我們去孤兒院吧！」

「梅茵大人，請您冷靜。現在神的恩惠都還沒送到孤兒院呢。」

我這才想起來自己的午餐時間和孤兒院不一樣，於是重新坐好。吉魯輕笑著說：

「等小鬼他們來工坊了，我再來通知梅茵大人，等的時候梅茵大人可以先背背祈禱文。」

這番話讓我想起了神官長出的作業。

我聽從吉魯的建議，一邊心神不寧地等待，一邊努力背祈禱文。聽說這是騎士團在秋天提出請求時會用到的祈禱文，因為不曉得什麼時候會突然接到請求，神官長要我現在就先完整背下來。

……啊，不知道儀式用的服裝怎麼樣了，也得去問問進度才行。

收到孩子們都吃完了午飯的通知後，我便踩著輕盈的腳步，和羅吉娜一起前往孤兒院。孤兒院一走進去就是食堂，只見葳瑪臉上不再是平時恬靜的笑容，神色有絲緊張地等著我們。桌上放著A5大小的紙張。

「梅茵大人，請您過目。」

「哎啊！」

羅吉娜從我背後一起探頭看向紙版，發出了讚嘆的叫聲。

在切割得十分精美的紙版上，葳瑪的圖畫依然保留了她細膩的特色，線條卻整理得非常俐落乾淨。這幅畫是黑暗之神與光之女神相遇的場景，黑暗之神切割的部分比較多，光之女神雖然有許多留白，卻還是生動地呈現出了頭髮的陰影和衣服的縐摺。真想馬上塗上墨水看完成圖！

「太棒了！那我們馬上就去印刷！我已經吩咐吉魯去作好準備了。」

我讓羅吉娜拿著紙版，立即起身要前往工坊。

「梅、梅茵大人，請您等一下！」

葳瑪注視著我，表情像是下了什麼重大的決心。她好幾次微微掀開嘴唇後，雙手在胸前交握，用力到指尖都發白了，然後用顫抖的嗓音問我：

「請、請問能讓我陪您一同前往工坊嗎？」

「我當然沒問題啊，但葳瑪沒關係嗎？」

葳瑪因為害怕接觸男性，不想離開孤兒院，聽說也沒去工坊露過臉。她說雖然很在意孩子們的情況，但雙腳還是怕得無法動彈。

「我還是害怕接觸到男士……可是，對於這幅畫印刷後會變成什麼樣子，我真的好奇得、好奇得什麼事也做不了。先前木刻版畫並沒有印出我想像中的結果，這次又是全新的作畫方法，我完全想像不到會變成什麼模樣……」

之前完成的木刻版畫，我只是覺得怪怪的，但對葳瑪來說，結果似乎令她深受打擊。這次也不是用黑色墨水畫出細緻又優美的圖畫，而是切割紙張，做出線條簡潔的剪影畫，算是葳瑪的初次嘗試，所以我很能明白她在意結果的心情。

可是，葳瑪的精神層面承受得住嗎？一旦去工坊，肯定會碰到灰衣神官。害怕成年男性的葳瑪承受得了嗎？

「如果是和梅茵大人一同前往，我就能鼓起勇氣……」

聽到裹足不前的葳瑪這麼說，瞬間我擔心葳瑪的心情就飛到了九霄雲外去，馬上熊熊湧起了要保護葳瑪的使命感。

「我絕對不會讓男士靠近葳瑪半步的！我們一起走吧！」

「梅茵大人，原本應該要是侍從不讓男士靠近主人半步才對唷？」

羅吉娜以無奈的語氣插嘴說道，但我才不管！難得葳瑪現在稍微有了想踏出孤兒院女舍的想法，這件事非常寶貴，而且葳瑪正視我為依靠，這點才是最重要的！

葳瑪一隻手按著胸口，露出不安的笑容。於是我輕輕牽起葳瑪的手，走下食堂後頭的階梯，從後門前往梅茵工坊。

……葳瑪就由我來保護！要展現我可靠的一面！

但才立下雄心壯志，我就一腳踩空了樓梯。幸好有葳瑪抱住我，才沒發生悲劇。

「梅茵大人，您沒事吧?!」

「嗯、嗯。」

「……梅茵大人，這麼積極表現是沒關係，但請您別忘了要保持穩重。」

羅吉娜盈盈笑著說出的斥責，狠狠地刺進胸口。

兒童版聖典的裝訂

「哇啊！是葳瑪！葳瑪來了！」

「葳瑪、葳瑪，我剛才幫忙準備了墨水喔！」

看到從不離開孤兒院的葳瑪出現在工坊，孩子們全都發出歡呼聲，圍上來簇擁葳瑪，七嘴八舌地開始說明自己在做什麼工作、現在又能做什麼工作。如此一來，孩子們也自動形成了一層防護罩，灰衣神官根本沒有可以接近的空隙。非但如此，下定決心要保護葳瑪的我，也毫無出場表現的餘地。

「……那我們開始印刷吧。」

沒有了保護葳瑪的必要，我失落地垮著肩膀，走向路茲。葳瑪則圍著一圈孩童防護罩，跟在我身後。

「路茲，可以先印扉頁和末頁嗎？我想先試用滾筒，看能不能均勻地滾上墨水。」

路茲把紙放在印刷用的木檯上，然後疊上紙版。印刷檯約是A 4大小，紙版則是A 5大小。這次要做的繪本，預計上下分開製作插圖與文字的紙版。現在是上面放上扉頁、下面放上末頁的紙版。

「這樣對吧？」

路茲向我確認後，才輕輕放下裝了網子的木框，接著拿出墨水。他在大理石檯上倒了點油混合後，用刮刀稍微攪拌。然後，放上滾筒滾動，讓墨水沾滿整個滾筒。

做好了準備，路茲瞥來一眼。我點一點頭，路茲便把滾筒放在網子上，慢慢地開始上墨。上下左右地滾了幾次後，路茲把滾筒放在大理石檯上，輕抬起木框。因為墨水的關係，紙版黏在了網子上，印刷檯上只剩下印好的紙張。

白紙上確實印刷出了文字。墨水沒有不均，也沒有暈開來。

「沒問題。請把這張紙放在乾燥臺上吧。」

檢查完印好的扉頁和末頁，我把紙遞給一名灰衣神官。灰衣神官走向架子，將紙擺上去。路茲接著放了新的紙上去，勤奮地繼續上墨。厚紙做的紙版因為無法重複使用，所以必須盡可能多印一點。

這次我打算先印三十本。包括我要帶回家的、放在神殿院長室的、給路茲的、給班諾的和給神官長的，其餘的則會放在孤兒院當作教科書。

「接著印本文和插圖吧。請作準備。」

聽到我的指示，葳瑪的臉龐一陣緊張。路茲拿下扉頁和末頁的紙版，慎重地換上新的紙版。為了方便閱讀，繪本採取左右對頁的方式，左邊是文章，右邊是插圖。另外因為裝訂時會縫起來，所以中心部分保留了不少空白。

感覺到了葳瑪和羅吉娜都在看我，我也看向兩人，慢慢點頭。路茲的表情也緊張得不輸給葳瑪，拿著滾筒，上下左右均勻地滾上墨水。我心臟跳動的速度，就和路茲滾動滾筒的速度一樣快。印出來的結果會很完美嗎？能讓葳瑪滿意嗎？我懷抱著祈求的心情注視著，於是路茲放下滾筒，輕抬起木框。不光是我，我好像聽到圍在四周的人們都倒抽了一

口氣。

「……哇啊！好漂亮喔！」

最先發出讚嘆聲的，是團團圍住了葳瑪的孩子們。

僅用黑白兩色，就栩栩如生地表現出了黑暗之神與光之女神相遇的場景。看到紙版時，我就預見到了成品一定會很棒，現在上了墨，黑白兩色變得分明以後，更是證實了我的預感。黑如夜幕的斗篷像要包覆住女神的黑暗之神，與照亮黑暗之神的光之女神，都彷彿躍於紙上。光看切割好的紙版時，還看不出頭髮細膩的陰影和衣服的縐摺，印好後也在葳瑪特有的細緻筆觸下被勾勒出來。

「好棒喔，真是太漂亮了。」

我回頭看向葳瑪，只見葳瑪靜靜地流著眼淚，凝視著剛印好的插圖。

「葳瑪，妳沒事吧?!」

「真、真是抱歉。我、我是因為安下心來，太高興了，所以才……」

葳瑪說得斷斷續續，輕輕擦去淚水。為了安慰葳瑪，孩子們都手足無措地輕拍她的背，對她說：「葳瑪別哭。」隱藏不住喜悅淚水的葳瑪，和安慰她的孩子們，在我看來才真正像是一幅宗教畫。

……葳瑪簡直是聖女。

想當然耳，周遭所有人的目光都投向了臉頰染成玫瑰色、流著晶瑩淚水的葳瑪。發覺自己受到矚目，葳瑪難為情得連耳垂都紅了，轉身離開。

「梅茵大人，我、我繼續去畫下一張圖了。」

之後，每當葳瑪畫好了一張圖，我們就會把插圖印出來。期間，孩子們繼續辛勤地製作紙張，灰衣神官們也努力製作墨水。同時，還會把去森林裡採集來的水果和菇類曬乾，也開始購買木柴，為過冬做準備。

「梅茵，今天聖典已經全部印完了。下一步要做什麼？」

秋意更是濃烈的某一天，走在回家的路上，路茲這麼說了。總算所有內頁都印完了。印好後，就是裝訂。終於要做成書了！

「下一步就是『裝訂』！我明天一定要去工坊！」

「妳不用來啦，我是要妳說明。」

身為青衣見習巫女的我只要在場，灰衣神官他們就會有所顧慮，所以我非常礙事。但是，我怎麼有辦法壓下想參與做書流程的渴望嘛。尤其又要進入新的步驟。

「只有一開始也沒關係，我想一起參與，也想親眼看到嘛。只要確認了一切都很順利，之後就跟印刷時一樣，我不會再進入工坊了。好不好嘛，路茲，拜託。」

「……只能一開始喔。」

「唔呵呵，萬歲——！要做書了！書！」

我當場開心得轉圈圈。路茲拉過我的手臂，繼續前進。我也邁開腳步，但臉上還是不停傻笑，路茲於是放開手，從行李中拿出寫字板。

「好了，說明吧……妳是說『裝訂』嗎？」

「沒錯！裝訂就是要做出書的形狀。等印好的紙乾了，先整齊地對半折起來。因為是左右對頁的方式，插圖和內文為一組，要對齊邊線折好，把兩頁有相連的那一面往內折。這項工作需要平坦的工作檯，可能在孤兒院的食堂裡進行比較好。」

留意著路茲在寫字板上寫字的速度，我慢慢地接下去說明。

「折好以後，一定要每一頁都往相同的方向放好，堆成一疊。絕對不可以混到其他頁，也要小心不能放成上下或者左右顛倒。啊，還有！早上要先用筆刀，把扉頁和末頁那張紙先對半切開來喔。」

隔天下午，我待在孤兒院的食堂裡等候，之前印好的紙張便一一被搬運進來。食堂裡的每張桌子都擦得光可鑑人，以免讓紙沾上污漬。看著眼前縱橫相錯地堆疊起來的紙張，我不禁「哇……」地發出感嘆。嶄新紙張與墨水的氣味真是讓人心蕩神馳。我開心得非常想要當場跳舞。

「那麼，請各組組長來拿吧。」

為了方便作業，這次已經事先在工坊裡頭分成了好幾組，讓每組分頭對折內頁。由灰衣神官擔任組長，監督見習生。至於還年幼到無法成為見習生的小孩子們，畢竟不知道他們能否勝任這個工作，吉魯便建議這項作業最好先別讓他們參加。所以，年幼的孩子們正和葳瑪一起煮湯。

路茲開始說明注意事項：邊緣一定要仔細對齊、注意對折的方向，全部折好以後，要拿去給梅茵大人檢查。說完，正式開始折紙工作。

「邊緣請再對得整齊一點。首先按住這裡和這裡，然後像這樣……」

我慢慢地巡視每張桌子，教大家怎麼折紙。在這座城市裡，紙很昂貴，平常在生活中根本看不到，所以想當然誰也沒有折過紙。因此即便是已經成年的灰衣神官，書頁也沒能折得很整齊。就好像動作笨拙的外國人第一次折紙一樣。

啊啊……好不容易做好的書！內頁要歪掉啦！

面對這不得不直視的現實，我抱住腦袋，偷偷向路茲咬耳朵說：

「路茲，我真的不能自己折嗎？」

「妳現在就忍耐看著吧。」

……啊啊啊啊！早知道該先拿做失敗的紙張讓大家練習！

不知道結果會怎麼樣？我懸著一顆心，冷汗涔涔地等待，勉強對折起來的書頁逐漸越疊越高。檢查過後，折得太糟的就退回去，請他們重折。那個樣子怎麼可以直接做成書。別人可以接受，我也絕對不接受！

所有內頁都折好後，再按照順序擺在桌上。只要依序各拿起一張紙，書的雛形便完成了。麗乃那時候老師要我們製作遠足的小手冊時，我就做過一樣的作業，所以對我來說並不新奇，但現在負責製作的其他人們都是第一次。

「請大家像我這樣，先拿末頁，然後往旁邊移動，從下一疊紙上拿起一張後，疊在末頁上，再往旁邊移動……一直重複這樣的動作到拿完。絕對不能把書頁翻過來，也不可以一次拿兩張，請大家要小心喔。」

我一邊說，一邊迅速地各抽走了一張紙。要是能用釘書機直接釘起來，馬上就完成了，但這裡沒有那麼方便的東西。

拿完所有內頁，回到自己的座位上時，只見法藍面色凝重，嘆氣道：「……梅茵大人。」我知道法藍這聲嘆息，意思是叫我不要自己動手做事，但我別開視線，不予理會。我這是要為大家做示範，也是為了確保自己手上這一份。

「這一份是我想帶回家的。擅自行動，對不起喔。」

在大家依序拿紙疊起來的時候，我仔細地把手上這份的書頁重新折好，並用指甲拚命把折痕壓平。因為兩面印刷用的繪本紙張比較厚，早知道也該準備刮刀和尺。不對，考慮到有重折的可能，還是別用刮刀壓過比較好。

因為總共只印了三十本，大家很快就疊好了一本書，再縱橫交錯地堆起來，每堆各十本。然後請大家小心不要弄倒，搬回工坊。

「接下來的步驟需要工具，所以今天先到此為止。大家辛苦了。」

今天要早點回家，繼續裝訂書籍。我把自己收下來的那一份放進托特包裡。再請路茲回到工坊，拿來一張加了押花、要做成封面的紙張。

「如果妳要回家繼續做，我也去幫忙吧。因為用看的比用聽的快。」

目前明膠還沒有做好，我手邊也沒有可以當作糨糊使用的東西。因此，這次我打算用線裝書中最基本的四針眼裝法，來縫訂兒童版聖典。

「我回來了！」

「梅茵，妳回來啦。今天好早喔。咦？路茲也一起來了嗎？」

回到家，多莉已經從森林裡回來了。我從托特包裡拿出帶回來要裝訂成書的書頁，向多莉展示。

「多莉，妳看！這是給孩子們看的聖典喔！終於印好了。」

「哇啊，這本繪本好棒喔！」

多莉翻開書頁，發出了興奮的叫聲。至於我為小寶寶做的那本黑白繪本，她好像完全沒能理解優點在哪裡。所以聽到多莉這麼大力稱讚，我不滿地嘟起了嘴。

「可是，紙一張張分開來，這樣子不會很難閱讀嗎？」

「所以接下來要真正做成書本喔……啊，多莉要一起幫忙嗎？如果之後可以再來工坊教大家怎麼做，那就太好了。因為我在工坊裡面不能做事情。」

我又從托特包裡拿出加了押花、要當作封面的紙張，邊問多莉邊放在桌上，她稍微歪過腦袋瓜。

「幫忙是可以呀，但我做得來嗎？」

「因為是要用針線縫起來，我想多莉會做得比我更好喔。」

「這樣啊……那我幫妳，也給我一本書吧。我也想學寫字。」

多莉有些害羞地說。是看到我和路茲在寫字板和石板上寫字的樣子，又看到珂琳娜在接訂單時做筆記的模樣，也想學習文字吧。這種要求當然是小事一樁。為了多莉，我還可以當她的家庭教師。

「這本繪本我打算放一本在家裡，所以我們一起看吧。石板也借妳。我雖然不會裁縫，但可以教多莉寫字。今年冬天我還打算教孤兒院的孩子們寫字，多莉也一起來學吧。有競爭對手，學習速度也會比較快喔。」

我窸窸窣窣地在父親的工具箱裡翻找，拿出了裝訂所需的工具，擺在桌上。有尺、錐子、鐵鎚和木板。

「首先，要檢查書頁邊緣是否整齊，因為之後就不能再修改了。檢查完以後，再準備刮刀和尺，把外側的折痕徹底壓平……就像這樣。」

我為兩人做示範，沿著外側的折痕用尺壓平。路茲和多莉也拿著自己手上的紙，跟著照做。

「壓出清楚的折痕以後，再一次檢查上下左右是否平整，然後立起來敲一敲，讓書背……呃，讓接下來要縫線的地方呈一直線，就可以穿孔，暫時裝訂起來。」

把書頁放在木板上，用尺測量距離後，再用煙灰鉛筆標上三個小記號。

「路茲，在我做記號的地方穿洞吧。要把錐子立起來，用鐵鎚往下敲，就可以筆直地穿出小孔了。」

書頁對齊好後，我按住紙張。路茲邊問我：「這裡嗎？」邊在做了記號的地方立起錐子，叩叩叩地往下敲。

「多莉，穿好針線以後，從正面正中央的洞往後穿過去吧。」

換作是我，穿線可能要穿個老半天，但多莉因為工作的關係很習慣了，速度極快。她馬上準備好了針線，又轉眼間用線穿過了正中央的洞。

「接下來，從背面穿過上面第一個洞，再從正面穿過下面第三個洞，接著再從背面穿過正中央的洞。」

然後我請多莉剪掉縫線，用從正中央延伸出來的兩條線尾，綁住上下貫穿的那條直線並打結。把線尾剪短後，再請路茲用鐵鎚將線結輕輕往下敲。
「像這樣把線結敲進去以後，表面就會變得很平坦喔。」
用鐵鎚敲打完後，路茲往寫字板寫下裝訂的步驟。期間，我拿著尺對齊書背和書口，用筆刀裁掉不齊的地方。
「其實接下來應該要包上書角，但因為沒有糨糊，現在就先跳過這個步驟，直接加上封面吧。封面要用大家採回來的花葉做成押花的漂亮紙張。」
我把隨處浮現著小花和細葉花紋的封面對折。多莉探頭過來看後，笑道：「哇，好可愛喔。」
「對吧？這張紙也要切成兩半，加在正面和背面上。然後，把尺放在要正式穿線的位置上，用錐子輕輕劃出一條線，再像暫時裝訂那樣，決定好穿孔的位置後打洞。」
我用尺測量好了距離後，這次為了不弄髒封面，用錐子用力往下壓，壓出四個凹痕。但我的力氣並沒有辦法穿洞，這點讓人有點難過。
「那接下來換我出場了。」
路茲拿著鐵鎚，叩叩地開始穿洞。多莉大概是料到穿好洞後，就要穿線，已經拿起線穿過了針孔。
「那麼先從背面往第二孔穿線，繞過書背後，再一次從背面穿到正面……對對，就是這樣。接下來，留下大約多莉食指長度的線，打開繪本，把留下來的線先拉到書頁裡來，再塞進書頁之間藏起來。」
「像這樣嗎？」

「再用針往裡面壓一點。對，做得太棒了。處理完留下來的線尾後，再從正面穿過第三孔，繞過書背，再一次從正面穿線。」

緊接著，一樣從背面穿過第四孔，繞過書背，再一次從背面往正面穿線。接著繞過書底，再穿過第四孔。最後，從書底返回書頂，補上沒有縫到線的地方。

多莉用很快的速度穿著線，喃喃說道：「想不到做起來滿簡單的嘛。」因為只是依序穿過打了洞的地方，只要順序沒有出錯，縫線本身並不難。只要小心拉緊，別讓線太鬆就好了。

「然後等線繞過了書頂，接著翻到背面，為線做最後處理。就像這樣，從這裡往這裡穿過去，線就會自己打結了。」

「啊，真的打結了耶。」

多莉照著我的指示穿線後，發現真的形成了線結，驚訝地小聲輕叫。

「然後用力拉緊這條線，綁緊以後，針再穿過第二個孔，把線結拉進孔眼裡頭，這樣一來就不容易鬆開喔。」

「哇，好厲害喔！」

路茲瞪大眼睛。多莉於是用力拉了好幾下線，想讓線結掉進孔眼裡。但線結一直沒有掉進去，多莉便用針稍微把線結往下壓，然後再一次輕輕拉線。

「那麼這下子，只剩把線剪斷……書、就完成了。」

眼看書就要完成了，一股熱意湧上胸口。全身上下好像都被人勒緊了，喉嚨深處也在抽搐抖動。視野變得模糊，即將完成的書都扭曲了。

「梅茵，快剪斷吧。」

路茲說完，遞來剪線用的剪刀。多莉也輕輕點頭，用力拉緊書與針之間的線。我用顫抖的手接過剪刀，靠在拉緊的線上面。然後，只是稍微使力，線就啪一聲斷了。

與之同時，我的淚腺也潰堤了。完全無法抑止的滾燙淚水不停滑下臉頰。

「做好了……做好了耶，路茲。」

不是黏土板，不是木簡，不是用筆記本疊起來的替代品，也不是沒有半個字的黑白繪本，一本我可以斷然宣稱「這是書！」的書終於完成了。

「……過了好久喔。真的過了好久。」

從自己下定決心要造書開始，已經過了大約兩年，書總算完成了。簡直像在作夢。一直和我一起做書的路茲也露出了充滿成就感的燦爛笑容，眼眶泛淚。

「梅茵，太好了呢。」

見路茲張開手臂，我撲上前緊抱住他，點了好幾下頭。如果只有我一個人，什麼也辦不到。因為有路茲和我一起做，才有辦法完成。

「都是多虧了有路茲和多莉的幫忙，謝謝你們。我好高興，真的好高興。我把書做出來了。一直以來都好想要的……我的書……」

因為不想弄髒剛做好的書，我不敢用沾滿淚水的手去碰，只是凝視著剛完成的書本。雖然是線裝版的薄薄繪本，但一想到在完成這本書前，一路走來發生過了多少事，我的眼淚就停不下來。沒有體力、沒有力氣、沒有錢、沒有紙、沒有墨水、沒有工具。在一無所有下開始的挑戰，如今總算開花結果。

我還沉浸在做好了書的幸福裡時，路茲露出了充滿鬥志的笑容。

「但是，現在才只有一本而已。妳還要做更多本書吧？多到讓妳怎麼看也看不完，對吧，梅茵？」

路茲翡翠色的雙眼已經鎖定了下一個目標。為了完成自己的野心，必須接二連三地繼續挑戰。我用力擦掉眼淚，咧嘴一笑。

「沒錯，要多到還可以開一間圖書館。因為我們說好了啊。」

收穫祭的留守

今天多莉也來到了工坊，教導大家怎麼裝訂繪本。雖然我很想去現場加油，卻被路茲一口回絕：「妳的加油只會妨礙我們。」既然會妨礙到作業，那只能算了。

「法藍，今天可以去圖書室嗎？」

「沒有問題。」

法藍和羅吉娜現在正在記錄孤兒院在大約一個月內，所消耗食材的種類與數量，好計算出過冬該準備的量。再過不久，農村採收的農作物將大量運進城裡，即將進入人人都要開始準備過冬的季節，必須在那之前推算出大概需要多少的量。因為這是孤兒院第一次真正要準備過冬。

「要是太忙，我也可以和羅吉娜一起去圖書室……」

「不，羅吉娜我打算派她去葳瑪那裡辦事。而且我也必須帶幾份資料去圖書室，所以請您不必介懷。」

法藍在籃子裡裝了木牌和墨水等大量的東西，和我一同前往圖書室。耀眼的陽光還留有一絲夏天的熱氣，灑在籠罩著冷空氣的走廊上。

從走廊可以看見連接著貴族區域的玄關那裡停了好幾輛馬車。看樣子是青衣神官要出門，馬車上堆了不少行李。

「……好多馬車呢，有什麼事嗎？」

「是青衣神官們要前往收穫祭的馬車。這個時期，青衣神官都會外出參加收穫祭。」

「收穫祭？……我沒有聽過這個祭典呢。」

秋天可以在森林裡採集到的東西會變多，農村收割的作物也會不斷湧進市場，是整座城市都開始準備過冬的季節。我知道為了準備過冬，和鄰居一起進行豬肉加工時，氣氛會熱鬧得像是祭典一樣，但從沒聽說過收穫祭。

「是神殿特有的祭典嗎？……可是，不在神殿會舉辦的儀式裡吧？」

記得法藍和神官長告訴我的神殿儀式中，並沒有提過收穫祭。

「哦，平民不知道嗎？」

突然間傳來的陌生話聲讓我嚇了一跳，回過頭去，一名穿著外出旅行服裝、疑似是貴族的男人正輕蔑地低頭看著我。和上次在星祭時遇到的青衣神官是不同一個人，但因為沒有穿著青衣，我無法立即判別他是青衣神官，還是前來神殿找青衣神官的貴族。我立刻移動到牆邊，背靠著牆壁，跪下來在胸前交叉雙手。這是身分較低的人，對身分較高的人表達敬意的動作。在神殿，身披青衣的人地位都是平等的，除了神殿長和神官長之外，沒有必要行禮。雖然這是我學到的規矩，但畢竟我是平民，要是表現出對等的態度，因此找我麻煩，倒不如表現得謙卑一點比較安全。

「哼……倒是懂得自己的立場嘛。神官長說的果然不假嗎？那麼，看來倒也不必特地出手教訓。」

看到我馬上跪下，顯然十分滿意，男人留下讓人有些在意的話語後揚長而去。看來順利避開麻煩了。從懂得立場這句話，我明白了男人是青衣神官。因為如果是神官以外的貴族，自然都認為他人應該下跪。

「梅茵大人，在剛才那樣的情況下，兩位的地位是對等的，您不該下跪。」

「就算表面上是這樣，但我終究不是貴族啊。身分完完全全是對方比我還高。要是下跪就能避免惹來麻煩，又有什麼關係呢。」

法藍還是不甘心地垂下視線。

「但是，如此一來，其他青衣神官會看輕梅茵大人。」

「看輕也沒關係，我的立場本來就很薄弱了嘛。萬一觸怒了青衣神官，害得他們針對孤兒院就不好了。」

只要是知道我在一開始曾對神殿長魔力失控的青衣神官，應該都不會直接向我挑釁。但是，畢竟我有著孤兒院長的頭銜，就有可能為了貶低我，利用孤兒院。

「既然您自有想法，那便無妨，但有時也必須展現您的威嚴。」

法藍帶著不太能夠接受的表情，繼續往圖書室邁出腳步。我哪有什麼威嚴。如果法藍希望我當一個有威嚴的主人，那我會努力看看，但大概沒那麼容易辦到吧。

「梅茵大人，請進。」

法藍說著，打開圖書室的大門。就在我和往常一樣要踏進圖書室的那一瞬間，我的表情都凍結了。

「這是怎麼回事?!」

圖書室內亂到了慘不忍睹的地步。兩個書架上的資料遭到清空，羊皮紙和木板散落一地，根本沒有地方可以走路。怎麼看都不像是在拿資料時不小心弄掉的，而是故意把書架上的東西全撒下來。

滾燙冒泡的怒火從我腹部深處直往上竄。書本來就很少了，記載了文字的資料數量也不多，在這種情況下，圖書室的存在本身簡直就是奇蹟，居然還有人做得出這種事情來。對於不明白匯集於這裡的資料有多麼貴重的愚蠢傢伙，有必要讓他嘗嘗正義鐵鎚的滋味！

「唔呵呵呵呵呵，到底是誰呢？竟然敢做這麼愚蠢的事情……」

盈滿了全身的魔力正慫恿著我：立刻抓到兇手，拿他來血祭吧！

「梅、梅茵大人！先向神官長報告吧。再請神官長下達指示。也許能知道最後一個使用圖書室的人是誰。」

法藍發出焦急的話聲，從背後用力抓住我的肩膀。看到法藍眼見我魔力即將失控，躲在後面以免正面受到波及，我才有些冷靜下來。現在我好不容易可以稍微控制住魔力了。如果想要發火、釋放魔力，針對兇手一個人就好了。可不能讓法藍感到害怕，波及到周圍的人，或對神官長亂發脾氣。我使力將魔力壓回體內，微微一笑。

「說得也是。我們去找神官長吧。」

因為並沒有預先約好會面時間，提出會面請求的時候，我照著法藍的囑咐，待在等候室裡等候。靜靜坐著時，可以感覺到有人在走廊上移動。大概是正在準備馬車的青衣神官他們吧。想到這裡，剛才那名青衣神官說過的話忽然在腦海裡復甦。他是不是說過，

「看來倒也不必特地出手教訓」？

……是那個男人！

我霍然起身。既然知道兇手是誰了，哪能繼續坐在這裡！對方正在做外出旅行的準備，必須在他逃跑前抓住他。

我撲向門把，但幾乎同一時間，有人從外頭開門。眼見房門突然往自己飛過來，我等同被門撞開，整個人往後滾倒在地。

「呀哇?!」

「梅茵大人?!您在這種地方做什……」

我抓住神色慌張的法藍伸來的手，迅速起身，然後就想要衝出等候室，卻被法藍急忙攔住。

「梅茵大人，怎麼了嗎？」

「我知道破壞我的圖書室的兇手是誰了。現在馬上去追，說不定還來得及！請放開我！」

「這件事請向神官長稟報。神官長在等您。」

於是法藍說著：「這是為了不讓您跑去玄關。」一把將我抱起來，不由分說地一路直奔神官長室。

神官長輕挑起一邊眉毛，來回看著法藍和被帶來的我。

「怎麼回事？」

「梅茵大人說她知道兇手是誰，一心想衝到玄關，所以我才不得已……」

「做得好，明智的決定。」

神官長慰勞了法藍，指示他把我放下來後，揚揚下巴，示意秘密房間的方向。

……比起秘密房間，現在可能該改口稱為說教房間了吧。

一想到接下來要面臨的情況，心情就有些鬱卒，但我還是跟在神官長身後，進入秘密房間。一如既往，把資料推到一邊，坐在長椅上後，神官長也拉來椅子坐下。他輕按著太陽穴，睨著我說：

「我聽法藍說，有人破壞了圖書室。」

「沒錯，兩個書架上的東西全被丟下來。資料也都被撒在地板上，甚至沒有空間可以踏進去。這算是死刑等級的重罪了吧?!」

我字字鏗鏘有力地控訴，神官長卻輕輕揮手駁回。

「笨蛋，沒有那麼誇張……那麼，聽說妳知道兇手是誰了？」

「是的。我在前往圖書室的途中，一位準備出門的青衣神官對我說，『看來倒也不必特地出手教訓』。所以一定就是他。」

「話雖如此，但今天要出發前往收穫祭的青衣神官共有五人。妳指哪一個？」

雖然看到了好幾輛馬車，但我沒想到今天要出門的青衣神官多達五人。

「我不知道。但是，我認得長相。」

「從現在起大約要十天後，他們才會從收穫祭回來。到那時候妳還記得嗎？」

神官長用充滿懷疑的語氣問，我大力點頭。

「膽敢這樣對待書的人，我絕對不會忘記。」

「妳要是能忘記，我倒是感激不盡……」

神官長嘆著氣說，沒好氣地瞪著我。但就算被瞪，對於做出了那種行為的愚蠢之徒，絕對不能放過他。我決定話鋒一轉，改變話題。

「對了，請問收穫祭是什麼呢？之前在說明神殿的儀式時沒有聽說過……」

「因為這不是妳該參加的活動。收穫祭是領地內農村的祭典，原本……」

於是神官長開始說明什麼是收穫祭。神官長極為冗長的說明還牽扯到了神話，但一言以蔽之，就是一項徵稅員和青衣神官前往農村搜刮農作物的活動。

「名義上說是稅金和給神的供品，就帶走農作物，對農村來說真是不好的祭典耶。」

「講話不可這麼露骨。不光如此而已，同時也會在農村進行各種儀式。」

神官長咳了一聲，狠瞪著我。看來得再包裝得委婉一點，不能太直接。貴族的遣詞用字老樣子真是難。

「農村的儀式是在秋天舉行嗎？」

「正確來說，是在收割結束之後。」

原來如此。因為雪融後，直到採收結束為止，農民都沒有空閒時間。冬天雖然會被困在大雪中，空閒時間倒是很多，卻變成了舉辦儀式的神官無法外出前往農村。一想到這根本只是為了徵稅，會不喜歡這個祭典，但基本上還算合理。

「尤其是星結，如果不參加儀式，獲得成為夫妻的認可、進行登記，在冬用屋子裡便不會被承認是夫婦，來年春天也得不到新家與田地。」

「冬用屋子是什麼？」

「是農民過冬用的房子。城裡與農村的生活大不相同。夏天為了方便耕種，農民會各別住在田地裡的住家，但冬天因為無法耕田，會一起在農村中心的大房子裡生活。不過，詳細情況我也不清楚。」

農村的生活情況好像和城裡完全不一樣。只是稍微聽了說明，我還是不太明白，但神官長也說了他不清楚詳情，那我也沒有必要深入了解吧。

「所以，收穫祭不是我該參加的活動囉？」

「嗯。在決定要派誰前往哪處農村的會議上，神殿長大聲嚷嚷著收到的分量會減少，不能讓妳參加。」

神殿長一向視我為眼中釘，可以想見他會這麼說，我不由得苦笑。過著忙碌的每一天，我對神殿長已經快沒有什麼印象了，但看來神殿長還是沒變。對青衣神官們來說，這是增加收入的寶貴機會，所以都贊成神殿長的意見吧。

「有些農村也位在偏遠的地方，倘若長途旅行，會對身體造成負擔。姑且不論春天需要魔力的祈福儀式，妳沒有必要前往收穫祭。」

我對於神官長的回答感到有些疑惑，不禁歪過頭問：

「……意思是到了春天，我也要去農村嗎？」

「沒錯。考慮到魔力量，應該會派我和妳兩人前往。」

我知道祈求豐收的祈福儀式是在春天舉行，但從沒聽說過地點是在農村。

「可是要坐馬車旅行，我絕對負荷不了的！」

「我知道。但是，這是重要的工作。我們會不惜接受妳的所有條件，讓妳進入神殿，就是因為這些儀式需要妳的魔力。妳忘了嗎？」

因為魔力極度缺乏，才說好以提供魔力和金錢作交換，讓我以青衣見習巫女的身分進入神殿。不只讓我進圖書室看書，還讓我在梅茵工坊做書，總不能拒絕履行自己的義務。

「……我沒有忘記。」

「那就好。雖然妳會很辛苦，但也別忘了，身為妳的監護人兼負責人，得與妳同行的我會有多麼勞心勞力。」

……神官長該不會其實是個很沒運氣的人吧？還是勞碌命？

我把差點要脫口而出的話語吞回肚子裡，閉上嘴巴。要是隨便多嘴，絕對是自掘墳墓。

「不過，也是因為我不放心交給其他青衣神官，倒不如自己出馬。」

「勞神官長費心了。」

我在胸前交叉雙手，微低下頭。

「……那麼，圖書室妳打算怎麼做？」

神官長問完，我揚起嘴角，用力握緊拳頭。

「當然是要舉辦『Bloody Carnival』！」

「妳在說什麼？」

「就是拿兇手來血祭，殺雞儆猴。居然敢破壞圖書室，向我明確宣戰，就必須給對方一個警告，順便提升己方的士氣！」

那名不知名青衣神官的行為，正是再明確不過的開戰布告。法藍也要求我要表現出主人的威嚴，那麼這正是好機會。

「慢著！不管是破壞圖書室、讓妳無法去參加收穫祭的兇手，還是資料也沒有破損、就提議要拿兇手血祭的妳，做法未免都太極端了！」

既然做法都很極端，我覺得這樣也是剛好啊，但神官長顯然不贊成。

「只是為了讓我無法參加收穫祭，就把資料都丟到地上嗎？」

「嗯，八九不離十吧。那裡的資料是依據收到的順序擺放，所以是想藉機找碴，嘲諷妳連收拾也無從下手吧。連我也不清楚圖書室裡全部有哪些資料。」

聽到神官長說「連收拾也無從下手」，瞬間啟動了我腦海裡的某個開關。這是青衣神官發下的挑戰，也是開戰聲明。竟然以為我無法整理圖書室，這點讓我無法忍受。

「……那我就接下挑戰。」

「妳什麼意思？」

「圖書室裡的資料，就由我來整理吧。但是，因為我不知道收到資料的前後順序，所以會變成用我的方法進行整理，這點還請神官長睜一隻眼、閉一隻眼吧。」

仔細想想，這對我來說是千載難逢的好機會吧？是我可以自己親手，打造出專屬於我的圖書室的天賜良機。

……難得有這麼好的機會，為這間圖書室採用分類法吧。再整理出書目，製作目錄，由我來管理所有書籍，打造成我便於使用的圖書室。

弄亂到了那種地步，也沒有其他人想整理吧。所以，可以任我隨心所欲。這樣看來，我反而該感謝兇手。

「既然是想找我麻煩，那也沒有其他人會去收拾吧？畢竟最常使用圖書室的人是我。」

「雖然妳心情突然變好，讓人感到有些毛骨悚然，但好吧。畢竟妳不會粗魯地對待書籍，就交給妳整理了。」

回到神官長室，我的目光對上了一臉擔心的法藍。看來是很擔心我會因為圖書室的事情，情緒失去控制。看見法藍，我才突然驚覺。整理書籍時我根本搆不到書架，如果要請侍從幫忙，吉魯和戴莉雅的手也一樣搆不到，那法藍一個人會很辛苦。

「神官長，整理圖書室時，我可以讓孤兒院的灰衣神官一起來幫忙嗎？此外，圖書室有目錄嗎？如果有東西可以參照，就能知道圖書室裡有哪些資料了。」

「嗯，單靠妳的侍從幫忙，法藍會很疲累吧。沒問題。另外我帶來的書是有藏書目錄，但此外的我不清楚。有也在神殿長那裡吧。」

有藏書目錄，思考分類法就方便多了。我懷抱著期待，仰頭看向神官長。

「那請問方便借我嗎？」

「可以。」一聽到神官長答應，阿爾諾立刻拿出木板遞過來。阿爾諾依然是優秀能幹的侍從。

「謝謝神官長。那我先失陪了。」

來到走廊上後，法藍不解地側著頭，顯得戰戰兢兢地問我：

「……梅茵大人，您的心情看起來好像很不錯？」

「唔呵呵，我的心情很好唷。甚至想感謝兇手，也對神獻上祈禱和感謝呢！」

「可以請問您理由嗎？」

「現在圖書室可以依照我的喜好進行整理喔。沒有比這更讓人開心的事情了！法藍你不覺得嗎？」

我已經看完繫了鎖鏈的書，正打算要往書架上滿滿的資料尋找目標。現在還可以按照我的喜好進行整理，簡直是一舉兩得。

……感覺我有點像是圖書管理員了呢！加油吧！

梅茵十進分類法

「法藍，你去工坊，帶三名灰衣神官和葳瑪以外的侍從過來吧。」

「梅茵大人呢？」

「我會待在圖書室，先看過神官長借我的目錄，思考要怎麼分類。」

走進圖書室，法藍先撿起了地上直到桌子為止的資料，疊起來後，為我清出一條路。接著讓我坐下來，法藍才放下向神官長借來的兩塊目錄板，快步走出圖書室。

目送法藍離開後，我在空無一人的圖書室裡看起神官長的目錄。在字跡潦草得像在表示只要本人看得懂就好的木板上，細小的文字寫得密密麻麻。

「哪裡哪裡？神官長帶進來神殿的書籍……哇，好多?!」

數量非常可觀。包括用鎖鏈繫起來的書籍有一半，書架的資料則有一櫃以上都是神官長的私人物品。

……神官長，你到底是什麼人?!

唯一可以肯定的是，神官長有錢到了讓人感到暈眩的地步。以前神官長說過，他是因為一些原因才進入神殿，但看來老家是上流階級，還非常有錢。否則的話，怎麼可能把一本就要好幾枚大金幣的書，帶了多達五本進神殿。

通常有著皮革封面，還鑲了黃金和寶石的書籍都不是私人物品，會當作是傳家之寶。然而，神官長居然做為私人物品，帶了五本書進入神殿，還繫上鎖鏈，供大家閱覽。光知道這一件事，我對神官長的好感度就直線上升。

「居然把這麼多書帶進來，提供給大家看，神官長真是大好人……」

我看著目錄，大概地編配了分類碼以後，再從分類碼的比例，思考哪個書架要對應哪個分類碼，但這時突然碰到難題。

「魔法方面的資料，應該分類到哪一類才對呢？」

真傷腦筋，日本十進分類法中並沒有魔法這一項。但是，不知道是不是因為這是只有貴族能涉獵的領域，或者是項需要研究的領域，神官長的私人文物中，與魔法有關的資料最多。

我在寫字板寫下日本十進分類法。

0總記　1哲學　2歷史　3社會科學　4自然科學

5技術　6產業　7藝術　8語言　9文學

考慮到會製作魔導具，算是技術嗎？還是說，這裡看待魔法的方式，比較像是數學和理科那樣？雖說想要引進分類法，但常識不同，還是很有難度。

「總之，先看過資料再說吧。應該就在這裡面吧……」

我看著散落一地的無數資料，嘴角忍不住一直往上揚。

……因為，魔法耶？首次要親眼見識到的真正魔法耶？不知道寫了哪些東西，只是想像而已，心臟就撲通撲通不停狂跳。

除了魔法方面的資料，其他應該都能依照一般的方式分類，所以等大家都到了以後，先要把資料堆起來，才有空間走路。然後，在書架標上第一級類目的分類碼，將簡單看過的資料依第一級類目放上書架。我希望至少能在今天之內做完這個階段。日後再慢慢把書目統整為目錄，再照著細分過的分類碼，按照順序擺放。而且第二級類目若不進行大改造，我也無法直接沿用。

「討厭啦！這究竟是怎麼回事?!」

聽到熟悉的大喊，我看向門口，只見戴莉雅氣得橫眉豎目。戴莉雅的工作就是維持我房間的整潔，所以只要弄亂了，她就會很生氣。對於這樣的戴莉雅而言，肯定容忍不了圖書室的慘狀吧。在戴莉雅身後，還有其他侍從和三名灰衣神官，所有人見了圖書室的慘狀，全都啞然失聲。

「哇，這也太慘了。不知道是誰幹的，但對象可是梅茵大人耶，那個人真是不要命了……」

非常了解我有多麼重視書的吉魯這麼說完，只見法藍輕輕按著胃部一帶。

「法藍，怎麼了嗎？你肚子痛嗎？」

「只是想到兇手的下場，有點……」

真沒想到法藍居然擔心兇手的下場，擔心到胃都痛了。我用手貼著臉頰，歪過頭說：

「真傷腦筋。既然法藍會感到胃痛，血祭是不是該中止比較好呢？我本來還以為這是個好機會，可以給敵人一個警告，提升己方的士氣，順便展現主人的威嚴呢。」

「等、梅茵大人！妳這樣才不會提升自己人的士氣！大家會怕得不敢亂動啦！」

我才說完，不只侍從，連灰衣神官他們都臉色僵硬地一致往後退。只有法藍走到我面前跪下來，執起我的雙手，非常懇切地請求：

「梅茵大人，請您務必中止。梅茵大人已經非常具有威嚴了。」

「是嗎？那麼，血祭就暫時中止，今天先整理這裡吧。」

因為法藍懇求時的眼神太過認真，我決定中止血祭。比起血祭，當然是整理圖書室更讓人開心，所以沒問題。

「首先，請大家小心不要踩到資料，然後分成紙類和木板類的資料，堆在這邊的桌上。撿資料的時候，請先清出可以走向書架的空間吧。」

大家異口同聲應道：「是。」我輕輕頷首，繼續說明接下來的工作。

「資料堆好以後，會由法藍和我進行分類，所以請幫忙把資料放到我所說號碼的架子上吧。左邊書架的第一格是0，第二格是1，最下面那一格請先空下來吧。至於右邊書架的上面兩格是2，下面是3。除此之外的資料，最後再作整理。把資料擺到書架上時，請大家不用在意順序，只要小心別放到其他號碼的架子上去。」

大家開始收拾散落一地的資料，只有法藍在我旁邊坐下。對於自己被分配到與其他人不同的工作，法藍困惑地眨了眨眼睛。

「梅茵大人，您說的分類究竟是？」

「就是這個！這是梅茵十進分類表。請參考這張分類表，決定資料要放在哪個號碼的架子上吧。不確定的時候可以來問我，我再回答你。」

我把寫字板遞給法藍，說明怎麼分類。期間，撿起後堆在桌上的紙和木板越來越高。法藍和我很快地看過送到手邊的資料，再按照第一級類目的分類碼分類。

「羅吉娜，如果有空間可以走到書架了，把這些放到1號架子上吧。」

「遵命，梅茵大人。」

雖然早就料到了，但因為是放在神殿裡的資料，所以哲學的比例占了不少。歷史和社會科學也比較多。讓我最有印象的，是記載了各農村收成量和供品量的統計資料。但是，都是以前的，沒有看見最近的統計資料。也沒有相當於語言和文學的資料。

「戴莉雅，卷軸裡面夾到紙了！要小心。」

「討厭啦！不要在我捲卷軸的時候自己跑進來！」

大概是被我一說，感到難為情，戴莉雅邊捲著卷軸邊發出怒吼。羅吉娜咯咯輕笑著，撿起散落在戴莉雅四周的羊皮紙。卷軸因為有固定的放置區域，雖然會看過內容，但沒有必要進行分類。收走了卷軸後，地板開始變得遼闊。

「吉魯，把這些資料交給在2號那邊的神官。」

凌亂地撒在地上的資料都不是書的形式，所以文件的大小也不盡相同，並不統一。看到灰衣神官正和老是癱軟下來的羊皮紙努力搏鬥，我突然很想要可以用來整理文件的收納盒和資料夾，而且是越多越好。這裡甚至沒有書擋。

「……不然拜託約翰看看吧？」

「梅茵大人？」

「不，沒事。羅吉娜，把這個木板拿給那名灰衣神官吧。告訴他，可以用木板壓住羊皮紙。」

雖然圖書室內變得亂七八糟，但需要神殿長和神官長兩人的鑰匙才能打開，放了貴重書籍的櫃子還是保持著原樣，繫著鎖鏈的書籍也沒有遭到毀損和粗魯對待的痕跡，所以真的只是想要找我麻煩，才把資料弄得一團亂。

兩個書架上的東西被清空，撒得到處都是，所以看起來還以為資料數量不少，但捲好卷軸、整理資料，堆疊起來後，其實少得讓人意外。我和法藍該分類的紙和木板也不多。

「……這樣就結束了嗎？」

不消多久，桌上的紙和木板都空了，我感到訝異地偏過臉龐。

「是的，比想像中更快就收拾完畢了。這個分類法真不錯，有助於快速整理。」

「今天只是大概地依照第一級類目分類而已。以後為了方便尋找資料，我打算再更加細分。因為分類碼必須按照資料實際上的內容去做編碼，所以可能會花點工夫，但會很有成就感吧。」

法藍安心地露出微笑，站了起來。我也起身，環顧圖書室。剛才還散落一地的資料，真的已經全都放回架上了。但是，我預計要放神官長資料的那個架子卻是空空如也。明明已經整理完了，卻完全沒有看見神官長目錄上的魔法相關資料。

「梅茵大人，怎麼了嗎？」

法藍的呼喚讓我回過神，才發現侍從和灰衣神官正成排站著，等候我的指示。必須明白告訴大家，工作已經做完了，讓大家解散。

「多虧了大家的幫忙，圖書室已經整理完畢，謝謝你們。真的幫了大忙。」

法藍說要向神官長歸還圖書室的鑰匙，所以我也決定一起前往神官長室。關於魔法相關的資料，我有事想問神官長。

「因為要報告結果，還要歸還目錄，而且我也有事情想問神官長。」
「梅茵大人想問什麼事情呢？」
「就是我完全沒有看到目錄上面的這些資料。如果是放在其他地方保管，那就沒問題，但要是遺失了，事態會很嚴重吧？」
法藍臉色發白。如果是有人把與魔法有關的資料通通拿走了，那麼負責整理圖書室的我，將會成為頭號嫌疑犯。但畢竟放有貴重書籍的櫃子和繫著鎖鏈的書籍都沒有遭到毒手，所以我也希望對方並沒有惡毒到這種地步，但還是確認一下吧。

「真不想一天之中看到妳這麼多次……」
表示想歸還目錄後，一走進神官長室，神官長便露出了非常不高興的臭臉。我也不是想見神官長才來的好嗎——我在心裡頭反駁，但臉上帶著笑容，為目錄道謝。
「神官長，非常感謝你出借的目錄。」
「圖書室已經整理完畢了嗎？」
比想像中快嘛，神官長低喃道。這是當然！那麼貴重的資料，怎麼可以放著不管。
「現在第一級類目的分類已經結束了，之後會再依據第二級類目、第三級類目繼續分類。但是，我並沒有看見這些資料。如果神官長已經另外分開保管，那就沒關係，但要是遺失或遭竊，可能會是嚴重的問題，所以才來向你報告。」
「那些資料在我的房間，所以妳不用擔心……但是，梅茵，在那麼多資料中，妳怎麼會發現沒有目錄上的資料？」

「因為為了編分類碼，我一直在等它們出現，卻完全沒有看見。」

這可是我在麗乃那時候從來沒有看過、真正和魔法有關的資料。為了一睹廬山真面目，我一直等著它們出現，卻半份資料也沒見著，任誰都會發現吧。而且，雖然神官長說那麼多資料，但對於有著麗乃記憶的我來說，感覺並不多。

「分類碼是什麼？」

「就是梅茵十進分類法，可以在整理書本時使用。」

我拿出寫字板，上頭還留有我為了法藍所寫的分類法。

「我因為對魔法完全不了解，所以很煩惱不知道該分類到自然科學，還是該分到技術，本來打算等看過資料後再決定。」

「哦……這個分類真有趣，是妳想的嗎？」

神官長眯起眼睛，用可疑的眼神看著我。那份懷疑非常正確。我才不可能想出這麼厲害的東西。

「不，是以麥爾威·杜威（Melvil Dewey）的『杜威十進分類法』為基礎，大幅更改後變成了『日本十進分類法』，我再更改後，就成了『梅茵十進分類法』。」

「麥爾威·杜威？他是誰？我從沒聽說過。」

「他已經去世了喔，我也沒有直接見過他本人。不說這件事了，神官長會把魔法分類到哪一類呢？」

我指著寫字板，和神官長商量魔法的分類碼。想不到神官長很認真地思考起來，垂下視線，低聲喃喃說著：「基礎魔法這部分的話……」「不，但是，如果是魔導具……」

我興奮地等著他的回答，神官長像是忽然回神，輕咳了一聲後搖頭。

「必須要根據資料才能斷言，但妳不用煩惱這件事。」

「為什麼？不編分類碼，就無法整理了吧？」

神官長慢條斯理地環顧房間，再把防止竊聽的魔導具，輕輕放在歪過頭的我面前。我伸手握住後，等著神官長開口。

「魔法只有貴族可以涉獵。因為不能讓未從貴族院畢業的青衣神官看見，所以魔法相關的資料，我不打算放進圖書室。」

換句話說，堆在秘密房間裡的那些資料，肯定都和魔法有關了。明白了的同時，我也感到奇妙。神官長剛才說話的語氣，簡直像在說青衣神官不是貴族。

「只有貴族可以涉獵……但青衣神官也是貴族吧？」

「正確來說，並不算貴族。青衣神官是擁有貴族的血統，擁有魔力的人。但唯有從貴族院畢業，貴族社會才會認可是一名真正的貴族。」

「咦？可是，之前聽說青衣神官和巫女回到了貴族社會……」

是被老家帶回去後，去了貴族院嗎？我在孤兒院和工坊聽到灰衣神官提起以前的主人時，記得回到貴族社會的青衣當中，也有已經成年的神官和巫女。

「政變過後，因為貴族人數減少太多，為了增加人數，只有在一定的期間裡，才破例准許他們進入貴族院就讀。但是，只有從貴族院畢業的人，貴族社會才會認可是真正的貴族，這個大前提並沒有瓦解。只是即便沒有進入貴族院，老家依然具有權力，所以在平民眼中，神官和貴族大概沒有多大分別吧……但是，還是有著明確的區分。」

依據麗乃時期的知識，和青衣神官們的言行舉止，我還以為只要有貴族的血統就是貴族。如果要達到從貴族院畢業這個條件，那神殿裡的青衣神官全都不算是貴族。

「……居然要畢業才算是貴族，想不到貴族社會也滿嚴格的呢。」

「是嗎？既然要施展魔力這種強大的力量，倘若不知道怎麼操控和使用，也不知道魔導具要怎麼製作，就無法得到貴族的稱號，僅此而已……所以，不管妳再怎麼哭哭啼啼地向我懇求，我也不可能把資料拿給妳看。也不打算給妳看。以上。」

神官長在最後特別對我下達了警告。看來神官長打從一開始，便發現了我最大的企圖其實就是想看看魔法相關資料。

「神官長～……」

「不行就是不行。快點回自己的房間。」

在神官長冰冷得可以讓人結凍的目光瞪視下，我意志消沉地離開神官長室。

……呿，好想看看魔法的相關資料喔。神官長是壞人。

回到院長室，大概是工坊的工作已經結束了，多莉和路茲正在一樓的小客廳等我。

「多莉、路茲，讓你們久等了。」

我也和兩人一起坐在小客廳的椅子上。看著戴莉雅走向廚房要泡茶後，我才轉向兩人問：「書做好了嗎？」

「孤兒院的孩子們也都是第一次拿針，所以現在先做好了一半而已。」

路茲說完，多莉大力點頭。

「對啊。居然所有人都是第一次拿針，這點更讓我吃驚……不過，因為他們沒碰過針，也沒有裁縫工具，就算衣服的下襬都脫線了，也沒辦法自己修補吧。要不要不只做菜，也教他們怎麼縫紉呢？」

孩子們在工坊工作時，都是穿去森林的便宜舊衣，因此經常可以看見袖口和下襬都脫線了。但是，和平民區的孩子們不一樣，孤兒們不會裁縫，所以無法自行修補。我的裁縫技巧也沒有好到可以教人，所以本來打算等那些衣服變得太破爛，就拿去當抹布使用，另外再買新的舊衣。

「如果多莉願意教他們，我可以準備裁縫工具喔。因為我在這裡都不能動手做事，技術也不好……」

「的確，要是讓梅茵來教，永遠也不會進步吧。只要至少學會了下襬的斜針縫，看起來就會好很多，那妳準備一下裁縫工具吧。」

居然連可說是生活基礎的煮飯和裁縫都不會，多莉很不敢置信吧。臉上的表情充滿擔憂，就和我拜託她擔任料理教室的老師時一樣。

「多虧了多莉和艾拉的教導，現在孤兒院的大家都會煮湯了。這次多莉老師又要召開裁縫教室了呢。」

「多學一點事情，總比什麼都不知道要好嘛。」

我調侃地稱呼多莉為老師後，她略略嘟起嘴，但馬上稍微往下低頭。

「……可是，這裡的孩子們都看得懂一些字吧？剛才在裝訂的時候，他們好多地方都唸得出來。連孤兒院裡那麼小的孩子都看得懂字，讓我有點受到打擊。」

「因為他們平常會玩歌牌啊。多莉下次也可以一起玩。」

歌牌似乎在學習文字這部分上，帶來了很大的貢獻。兒童版聖典也收錄了歌牌裡出現的所有詞彙，所以孤兒院的孩子們很快便能熟悉內容。但是，對於住在神殿外的人來說，我想很難馬上琅琅上口吧。我想先拿給班諾，看看他的反應。

「路茲，要給班諾先生的贈書準備好了嗎？」

「嗯，要給平常照顧我們的人的贈書已經做好了，我也帶來了。」

路茲一臉得意，拿出了以四針眼裝法裝訂好的四本書。

「哇啊，謝謝你！明天一起拿給班諾先生吧！」

「嗯！」

平常即使不知會一聲便前往，通常也能見到班諾，不然也能請馬克代為轉交。但是，如果要送給神官長，就必須從寫信請求會面這個步驟開始。

「……又要寫信請求會面嗎？貴族真是麻煩。」

「梅茵大人，那請羅吉娜為您代筆吧？」

雖然是疑問句，但法藍的表情和語氣，全都流露出了「我想測試羅吉娜是否已能勝任」的意圖。代寫書信是侍從的工作，那麼讓羅吉娜寫信給神官長當作練習，應該非常適合吧。要是寫錯了，神官長還會在批改後再送回來。

「是呀。那交給羅吉娜試試看吧。」

羅吉娜的身體震了一下，隨即露出優雅的笑容，接下工作。真的得向羅吉娜看齊才行呢。我正這麼心想時，發現戴莉雅緊盯著羅吉娜瞧，像是非常羨慕她可以接到新的工作。吉魯因為都負責工坊的工作，每當製作新商品，就等於是增加了新的工作，法藍則是根據我的活動範圍，工作內容也會有所增減。羅吉娜雖然不擅長書面工作，但要做還是做得到，所以法藍的工作必定會分配給她，因而日漸增加。只有依然待在院長室裡的戴莉雅，會覺得自己在原地踏步吧。

……雖然戴莉雅也很認真在學習文字和計算呢。

因為有孤兒院的孩子們當作競爭對手，所以吉魯學習的速度一定比較快。明明覺得自己已經很努力了，卻還是感受不到進步，我可以明白戴莉雅那種焦急的心情。因為我也常常沒什麼進步，覺得自己被同年的路茲拋在後頭。

……是太少稱讚戴莉雅了嗎？

吉魯每次都會簡潔地向我報告結果，主動表示「快稱讚我吧」，所以很容易便能給予表揚。但是，戴莉雅總是一副理所當然的樣子做著每天的工作，所以我很難開口誇獎她。雖然認真做自己每天的工作，是最重要又很了不起的事情，卻找不到什麼機會可以特地開口稱讚。

「戴莉雅，這本書是要送給神官長的，幫我放進辦公桌的抽屜裡吧。」

「是，知道了。」

戴莉雅接過書後，我在她的手上又放了一本。

「這本能幫我放在小客廳裡嗎？我希望戴莉雅可以當第一個看的人，然後再告訴我感想。」

「……我當第一個看的人嗎？」

戴莉雅眨眨眼睛，我慢慢點頭。

「對啊。因為吉魯都在工坊工作，如果沒有戴莉雅，院長室就無法維持整潔了嘛。所以書做好以後，我希望妳第一個看。」

「沒、沒錯，這些都是我的功勞喔！」

戴莉雅立刻揚起下巴，把書抱在胸前，快步走上二樓。看見她這副模樣，所有人都溫柔地瞇起了眼睛。

給班諾的贈書與試裝

今天要去奇爾博塔商會，因此要穿上學徒制服。但是，不光學徒制服，我所擁有的體面服裝全是偏薄的長袖，在現在這個季節穿實在有點冷。最近我很常穿去年冬天班諾給的那件連帽披風，但總不能永遠都穿那件披風。

「看來該買冬天的衣服了呢。」

「去北邊的冬衣嗎？」

多莉問，我點點頭。最近我待在家裡的時候，通常都是躺在床上昏睡，所以老實說不太需要穿到便服。但相對地，每次外出，大抵都是前往神殿和奇爾博塔商會，所以需要購買適合在城市北邊走動的冬衣。

「那去舊衣鋪的時候，記得要約我一起去喔。這次我一定會贏！」

於是我想起了上一次選衣服時，多莉和路茲算是平手呢。在那之後，多莉便很熱中於觀摩服裝，工作休息的日子，會在城裡到處打轉，觀察別人穿的衣服。

「多莉，跟妳說喔，我今天會拿書送給班諾先生，本來打算直接去買衣服……」

「咦咦？但我今天要工作耶？」

昨天因為休息，多莉才會來梅茵工坊幫忙裝訂。每隔一天都有學徒工作的多莉，今天自然不可能出門買東西。她用怨恨的眼神瞪著我，我輕聲笑起來，把完成的繪本放進愛用的托特包裡。

「多莉，我今天還不會去啦，不要露出那種表情。因為還要買侍從們的冬衣，所以等我和多莉同一天休息的時候再去吧。既然要去孤兒院開裁縫教室，多莉也該有一件可以穿去北邊的衣服了嘛。」

「咦？也要買我的份嗎?!」

不只之前擔任料理教室的老師，多莉還幫忙帶了孩子們去森林，之後還要教大家縫紉。為了孤兒院，多莉真的幫了我很多忙，但我從來沒有付過她薪水。路茲感覺就像是奇爾博塔商會派他來這裡工作，而我平常也會多給他一些薪水，每次開發新商品，也會和他平分報酬，所以我也應該要準備禮物送給多莉了。

「多莉就當成是來當老師的薪水吧。」

「……我又沒有教很厲害的事情，這樣的薪水太高了吧。」

多莉鼓著臉頰噘起嘴，臉頰卻出現了紅暈，顯得十分開心。多莉很高興，真是太好了。那就為多莉獻上我的荷包吧！

「梅茵，走吧。」

路茲來接我了，於是拿著托特包走到屋外。透過肌膚，可以感覺到風真的慢慢變冷了。

「路茲，早安……啊，你也決定穿這件了嗎？」

路茲身上穿著和我不同顏色的連帽披風。之前路茲還說因為過了一年，長高了不少，穿起來太緊了不想穿，看來終究抵抗不了寒意。

「我們剛剛才在討論，等下次和多莉同一天休息，要一起去買北邊的冬衣喔。」

「真的該買冬衣了呢。」

路茲低頭看著變小件的披風，輕嘆口氣。

順便說，我也長高了一些。因為原本鬆垮垮到像是晴天娃娃的披風，現在變得只是稍嫌寬鬆而已。我想這是因為我認真奉獻魔力的關係，現在比較少因為身蝕而病倒了。雖然身體一樣虛弱，但病倒的次數稍微減少後，能照常吃飯的次數也就跟著增加。再加上在神殿吃的食物，都是貴族在吃的豪華菜色。暈倒的次數減少後，又能用充滿營養的飯菜填飽肚子，所以我的身高總算有了點長進。

……司掌成長的火神萊登薛夫特，感謝祢！

「祈禱獻予諸神！」

「妳在做什麼?!」

「啊、對不起，一時習慣就……」

原來我在不知不覺間已經適應了神殿的習慣。居然一不注意，就能在街上自然而然地擺出跑○人的動作。受到路上行人的矚目，我尷尬地擦擦汗，和路茲一起走到了奇爾博塔商會。

「馬克先生，我有樣東西想拿給班諾先生看，請問他在嗎？」

「是的，老爺在裡面的辦公室。你們稍等一下。」

馬克通報過後，我和路茲走進辦公室。辦公室裡的班諾正坐在辦公桌前，埋頭振筆疾書。

「班諾先生，早安。」
等到班諾揮筆的動作告一段落，我才開口寒暄。班諾放下筆後，也回應了我，接著用力伸懶腰，放鬆筋骨，視線再投向路茲。
「是，老爺。」
大概是明白了班諾視線的意思，路茲要我坐下後，消失在了通往班諾住家的盡頭那扇門後。
「班諾先生，路茲去哪裡了？」
「嗯，我讓他去吩咐僕人準備茶水。」
班諾接著移動到桌邊來。看他說得一副理所當然，但我還是第一次看到路茲從裡面的那扇門上樓。
「他可以自己上二樓嗎？」
「路茲是都帕里吧？雖然因為還是孩子，現在只提供給他午飯，他也還住在父母身邊，但成年以後，就要像馬克這樣住在我家，由我照顧他的生活起居。」
「哦，原來是這樣子啊……」
並沒有成為商人學徒的我，不太清楚都盧亞與都帕里之間的差異。我還以為類似於約聘員工和儲備幹部的分別。
「妳腦袋裡的知識還真是偏頗。」
班諾受不了地嘆氣，同時路茲也回來了。對於要站在班諾身後，還是坐在我旁邊，露出了遲疑的神色。

「路茲，這是我們一起做的，這次就坐這裡吧。」

我拍了拍旁邊的椅子，呼喚路茲，班諾也輕輕點頭。路茲在我旁邊坐下後，微微笑了下。

「那麼，你們想讓我看什麼東西？」

「鏘鏘——！就是這個！這是給小孩子看的聖典繪本喔。」

「……真的完成了嗎？」

班諾不敢置信地咕噥，接過我遞去的繪本。他來回看了看封面和封底，注視著裝訂用的縫線，瞇起眼睛。

「這本書只用線就固定住了嗎？沒有使用糨糊？」

「明膠現在還沒有完成。本來我考慮過要用澱粉糨糊，但不僅成本會提高，孤兒院的孩子們也都很反對，覺得太浪費麵粉了，所以只好放棄。」

孩子們說與其做成糨糊，寧願把麵粉吃進肚子裡。而我看過他們挨餓的樣子，也捨不得用麵粉去做糨糊。班諾「嗯哼……」地沉吟，撫摸封面上的押花。

「不過，皮革以外的封面真是少見。這和妳之前送我的一樣，是押花吧？」

「對。因為是封面，所以用了點心加上裝飾。要是可以上色，就能做得更可愛了。我也想過要從果實採取染料，但孤兒院的孩子們總是以填飽肚子為優先。」

原本孩子們就是為了填飽肚子，才會著手開始工作。所以對他們來說，比起做書，食材當然更加重要。這次是以做出書來為首要任務，但等以後有時間，必須設法從不能食用的果實、青草、礦物和樹皮中採取到染料。

「只靠黑白兩色，能做到什麼地步？」

班諾說著，翻開封面和書頁。翻開繪本的時候，最讓人印象深刻的就是葳瑪的圖畫了。班諾瞪大眼睛，入迷地看著插圖。

「……這畫好驚人。這是什麼？」

「唔呵呵，先用筆刀切割厚紙，塗上墨水以後，就能印出這樣的圖畫喔。這也叫做圖形板和剪紙畫。是一種新的作畫方式，葳瑪畫得很努力唷。很漂亮吧？」

我挺起胸膛炫耀自己的侍從，班諾卻捧住腦袋。

「新的作畫方式……妳這傢伙又不商量一聲，擅自做了這麼多新東西……」

「哎呀呀，班諾先生，不要這麼苦惱嘛。用植物紙做成的書，本來就是前所未見的新東西，事到如今也不用計較這麼多了。」

這裡雖然有用羊皮紙做成的書，但用植物紙造書還是首次嘗試。現在只是再加上了全新畫法的圖畫而已，我才不接受抱怨。

「什麼事到如今不用計較那麼多，妳……」

「因為，這可是這世上第一本要給兒童看的聖典繪本耶。在近來才出現的植物紙上，用全新做法的墨水，畫上全新畫法的圖，再用全新的印刷技術印出來，還是只用線裝訂起來的線裝書。坦白說，根本沒有任何一部分是大家已知的東西。」

班諾的眼神像在看著什麼恐怖的東西，盯著繪本瞧，然後用力抓頭。

「頭好痛……那麼，定價是多少？」

「如果想要回收初期投資，我想差不多是一枚小金幣和五枚大銀幣。等以後做越多繪本，越能分攤掉初期投資的花費，所以最終應該會落在八枚大銀幣左右。」

這次是我們自己蒐集煙灰，但如果要製造煙灰來做墨水，原物料費用便會再提高。若按平常那樣，把初期投資的花費、原物料費、人事費和手續費都算進來，那麼差不多是這樣的定價。而且紙張也是由我們自己製作，再透過路茲，由孤兒院全部買下來，不需要付給班諾手續費，所以比較便宜。

「哦……」

「等佛苓紙在市面上流通得更廣，價格也會下降吧？到時候書的價格應該也能再降一點。至於墨水嘛……如果亞麻仁油一直很貴，那這部分我也無能為力。定價真的不便宜呢。」

這是我的極限了——我說完，班諾緩緩搖頭。

「一般貴族購買的書籍都要四到五枚大金幣，相比起來已經很便宜了。甚至可以說是非常便宜。內容也很簡單，非常適合讓孩子們學習文字。」

「如果想要看起來豪華一點，也可以把封面換成皮革喔。我只是比起講究的外觀，更重視裡面的量。」

如果沒有達到和貴族一樣的生活水平，根本買不起書。但是，倘若能以不貴的價格購得，應該會有人想要購買，做為身分地位的象徵。對於愛慕虛榮的富豪，只要把封面做得華麗一點，肯定就會上鉤。

「是啊，有些富豪大概會願意掏錢吧……妳還有預計要做其他本書嗎？」

「暫時預計再做幾本像這樣子的繪本。因為切割文字很耗時間，所以我希望文章盡量簡短一點。而且，我的畫師能畫的東西也很有限。因為是從來沒有踏出過神殿，沒有見過外面世界的女孩子，所以一般的東西完全畫不出來。」

最近開始煮湯以後，雖然情況好一點了，但就連食物，也還是很多東西都不知道原本長什麼樣子，孤兒院裡的各種生活用品也很缺乏。其實這從沒有什麼工具和裁縫用具，也沒有去森林用的小刀和籃子，就能明顯看出來了。

「這還真是……極端哪。」

「因為是生活環境不同，這也沒有辦法。所以，最好還是讓葳瑪畫她擅長的圖畫吧。只要思考神話題材的故事就好了。反正神話故事有很多。」

「但是，如果都是神話……」

「會有點無聊吧？」

路茲說完，我露出了苦笑。雖然對孤兒院的孩子們來說，比較容易產生親切感和興趣，但在城裡好像完全不受歡迎。

「如果不放葳瑪畫的圖，做只有文字的書，那為了提升效率和大量生產，我倒是有想做出來的東西。」

「什麼東西？」

「其中一個，是謄寫版印刷的蠟紙。首先要抄出厚度平均的植物紙，而且要薄到幾乎可以看見另一邊，再融合蠟和松脂，在紙上塗上薄薄一層。但坦白說這兩項作業，技巧都要純熟到媲美工匠的等級，才有辦法做出來吧。而且也沒有機器……至少如果不向蠟工坊請求協助，我想很難做出來。」

老實說，肯定不容易成功。恐怕會做出大量失敗的植物紙，還要調配蠟的比例，不斷反覆測試，卻遲遲無法成功地塗上薄薄一層蠟，最終心神俱疲。但是，一旦完成了，就能像在寫字一樣地雕刻出文章，可以省下很多力氣。

「蠟嗎……現在這季節不可能吧。工坊都太忙了。」

「我想也是呢。另外一個，則是活版印刷。我現在正在考慮，要製作蠟紙，還是為活版印刷開始製作活字，哪一個比較好。」

「妳在意的問題點是什麼？」

班諾納悶歪頭。路茲也擺出一樣的動作。

「只要能委託鍛造工坊的約翰幫我製作，我想製作活字並不困難。但是，活字印刷是相當於操作壓榨器的重度勞力工作，孤兒院的孩子們應該做不來。」

報刊的英文叫做press，由來正是因為印刷時要用力施壓。如果想在這裡推行活版印刷，會是相當勞累的勞動工作。

「謄寫版印刷雖然難在蠟紙不好製作，但只要能做出來，連小孩子也能動手印刷。」

「嗯，這樣確實很難選擇。」

班諾和路茲都盤著手臂，陷入思考。

「不過，不管要做哪一件事，都得先存錢再說呢。因為這次花太多錢了。這些繪本我打算當作是孤兒院的教科書，所以沒有半點收入……」

「什麼?!妳不賣嗎?!梅茵，妳到底在想什麼?!」

希望孤兒院的冬天手工活可以熱賣，就能彌補回來——我正這麼心想時，班諾突然怒聲咆哮。我嚇得肩膀一抖，猛眨眼睛。

「班諾先生，你在說什麼啊？賣了不就沒有教科書了嗎？」

「妳怎麼能做這種不賣錢的東西?!既然能賣就要賣！」

「不要！我要當成教科書！而且提升大家的識字率，也是一種很棒的初期投資啊！可以開拓未來的客源耶！」

我已經決定好今年冬天要在孤兒院進行實驗，測試能否成立神殿教室。教科書我絕對不賣。我甚至還想大量添購石板和計算機呢。我這麼說著，努力想讓班諾明白我的想法，他卻一臉疲憊地搖搖頭。

「我完全無法理解妳在想什麼。」

「而且我們也還不知道，城裡的人對這本繪本的接受度有多高吧？因為大家至今都只在神殿聽過神話而已，並沒有滲透到日常生活裡。那倒不如做一本大家可能比較有辦法接受的新繪本，再拿出來賣比較好。」

與其教科書要被搶走，我寧願再做一本可能會賣比較好的新繪本。

「妳說新繪本嗎？」

「妳已經在想新的故事了嗎？」

班諾和路茲的表情都非常驚訝，但其實不太需要多想，就有很多可以做成繪本的故事庫存了。只是如果要配合葳瑪畫得出來的圖，數量就會大幅減少而已。

「如果是公主類型的童話故事，我想服侍過貴族千金的葳瑪應該畫得出來吧。我打算先寫出大綱，請神官長看過後，再做成繪本。」

我覺得以灰姑娘為雛形的繪本應該可行。只要請葳瑪以克莉絲汀妮大人為模特兒，畫出公主，起碼會有八成像。至於王子……雖然還不知道要怎麼辦，但星祭的時候，所有侍從都跟著自己的主人一起去過貴族區，應該能想辦法解決。

「好吧，但要賣也先等妳做出來再說。那麼，這本繪本我要付多少錢？」

「這是贈書，感謝至今照顧我們的人，所以不需要付錢……」

我吞吞吐吐地看著班諾，他的嘴角微微上揚。

「這次又要拜託我什麼了？」

「等多莉下次休息的時候，我們想去買冬衣，請班諾先生帶我們去舊衣舖。」

「嗯，沒問題。總之我和馬克其中一個人會陪妳們。還有嗎？」

在班諾的催促下，我拿出寫字板攤開來。

「關於孤兒院的豬肉加工，應該也需要鹽巴和香料吧？請問該準備哪些，又該準備多少呢？因為我每次豬肉加工的時候都在昏睡，所以完全不清楚，孤兒院又是第一次做豬肉加工，工具也要準備齊全才行。」

「……會花很多錢喔，沒問題嗎？」

班諾目光銳利地望著我。我回望班諾赤褐色的雙眼，用力一點頭。

「我已經做好了陀龍布紙賺來的錢會全部花光的覺悟。」

之所以成立工坊，就是為了讓孤兒院的孩子們可以獨立自主生活。把相當於支付給他們的人事費，和做為工坊獲利存下來的這兩筆錢用在孤兒院上，當然沒問題。

「好，我會幫妳準備好。但相對地，到時我會毫不客氣地使喚男人。因為我們這裡人手不足。」

「我知道了。還有，請問我儀式用的服裝做得怎麼樣了呢？」

「啊，珂琳娜說過她想試裝。」

我說出最後一個好奇的問題後，班諾立即站起來，走向辦公桌。然後搖響鈴鐺，叫來女傭，尋問珂琳娜的行程。

「如果妳還有時間，今天去珂琳娜那一趟吧。」

女傭說完「等準備好了再來叫您」，再度回到樓上。

「班諾先生，你有工作就繼續工作吧。我事情已經談完了。」

現在即將迎來準備過冬的季節，貨物進出頻繁，身為大店的老闆，班諾十分忙碌。事情都談完了，總不能讓班諾一直在旁邊接待我們。等候期間，我和路茲一起討論灰姑娘的故事，寫下繪本的內容。

一會兒過後，某處傳來了鈴聲。班諾抬起頭來，只說了句：「路茲，帶梅茵去找珂琳娜。」便又重新低下頭去。

由路茲帶路，我從後頭的房門走上樓梯，前往珂琳娜家。

「珂琳娜夫人，我是路茲。我帶梅茵過來了。」

「梅茵，歡迎妳來。路茲，你可以先回去了喔。」

和以往見面時不同，珂琳娜現在穿著沒有束起腹部的寬鬆服裝。大概是因為服裝的關係，看起來肚子好像變大了一點。太好了，看來很平安。

「妳看，刺繡很漂亮吧？」

在珂琳娜攤開的青色布料上，畫著之後要裁剪用的簡略線條，配合著裁剪線，可以看見和緩的流水紋路，由上至下也繡著春夏秋冬的花朵。

「好漂亮喔……」

「來，這是試裝用的服裝。妳穿上看看吧。我想檢查尺寸有沒有問題。」

我穿上用其他布料做成的試裝用服裝。因為之前已經量過我的尺寸，所以幾乎是完全合身。要是直接照著這個尺寸縫製儀式服，肯定再過不久就不能穿了。

……看吧，我果然長高了。唔呵呵。

「珂琳娜夫人，麻煩妳保留多一點的布料，然後往上提起來。可以把多的布料往內摺再縫起來，不然也可以做成縐褶，縫製的時候做大件一點，這樣子我長大了以後還是可以穿。」

我把腰部的布料捏起來往內折，珂琳娜卻不解地偏過頭。

「像妳洗禮儀式時的正裝那樣嗎？可是，儀式用的服裝不需要多餘的縐褶吧？」

「當時只是為了可以穿上多莉的舊衣，才修改成了我能穿的尺寸，但做法確實很類似呢。因為一旦裁了布，就沒辦法之後再補上布加長吧？我並不是要添加縐褶，是希望可以在會綁腰帶的腰部、肩膀和袖口這邊，像這樣往內折再縫起來……」

我捏起袖子和肩膀的布料這麼說，珂琳娜更是納悶地眨眼睛。

「但要是穿不下了，再訂做衣服就好了呀？而且當下流行的款式都不一樣，衣服也要合身，穿起來才漂亮喔。」

縫製兒童和服的時候，為了長大後還是可以穿，都會先在腰部和肩膀的地方做打摺。然而，這裡的習慣都是衣服穿不下了便賣掉，再買新的，並不重視久穿這件事。但這樣我就傷腦筋了。

「但那是貴族的情況吧？就算我長大了，也沒辦法一直訂做這麼貴的衣服。」

這次也是湊巧手邊有班諾贈送的布料，只要支付染料費和縫製費便能完成，所以還付得出來，但如果要從布料開始做起，不只線，還要加上紡織的費用，價格會飆到現在的兩倍以上。我沒有錢可以反覆訂做這種用了高級布料的儀式服。

「……對喔。因為只有貴族的衣服會用這麼高級的布料縫製，我的價值觀好像有些麻痺了呢。梅茵並不是貴族嘛。」

「而且做法簡單的儀式用服裝，應該也沒有什麼所謂的流行款式，所以縫製的時候，重點請擺在我能穿越久越好吧。」

珂琳娜明白地點了好幾下頭。

「梅茵，那能告訴我妳知道的縫法嗎？該怎麼摺起來，從外面看還是很漂亮呢？」

於是我和珂琳娜討論了要往上摺多少，又要怎麼縫製後，結束了試裝。

……啊！要是告訴多莉試裝已經結束了，她會不會哭呢？

給神官長的贈書與灰姑娘

來到神殿的院長室後，必須換上青衣，但一定要請人幫忙。要是自己一個人換衣服，戴莉雅會生氣地對我咆哮：「討厭啦！」不管要彎曲還是伸直手臂，都必須配合侍從的動作。一開始我和戴莉雅毫無默契，動作不一致到了我忍不住嘟嘴，覺得自己換還比較快。不過，最近已經能自然地讓戴莉雅為我換衣服了。我也變得有點貴族千金的樣子了呢──我這麼心想著，微低下頭，等著戴莉雅為我整理頭髮，突然聽見她低聲嘟囔說：

「比想像中還好看呢。」

因為太過突然，我不知道她在說什麼，不由得「咦？什麼？」地反問。戴莉雅淡藍色的雙眼立刻發出兇光，狠瞪向我。

「討厭啦！就是您希望我能最先看完的那本繪本啊！梅茵大人不是說了，想聽我的感想嗎！」

「啊，原來在說繪本啊。我只是一瞬間不知道妳在說什麼而已。可以聽到妳的感想，我很高興喔。妳整本都看完了嗎？那現在看得懂的字還不少呢。」

因為戴莉雅都是自己一個人學習，進度會比吉魯還慢。老實說，我沒想到她這麼快就看完了。

「……我請吉魯教了我一些字。也請他讓我看了歌牌。」

一向視吉魯為競爭對手的戴莉雅為了想看懂書，居然請吉魯教自己單字。想像到那幅畫面，我不由得莞爾微笑。當我正嘿嘿傻笑時，表情有些嚴肅的羅吉娜打斷了我和戴莉雅的對話。

「梅茵大人，請別再聊天，快點練習飛蘇平琴吧。沒有時間了。」

「羅吉娜，怎麼了嗎？妳的表情有點僵硬。」

「神官長的回信已經送到，說是會面時，要請您表演第二首作業曲。」

聽到羅吉娜這麼說，我「哦」地心領神會。因為要在神官長面前表演，難怪羅吉娜這麼緊張。

「那得認真練習才行呢。神官長指定什麼時候會面呢？」

「中午用餐過後。」

對於直接跳過了日期的回答，我心生不祥的預感，慢吞吞地歪過頭。

「……呃，羅吉娜，妳是指哪一天的中午用餐過後呢？」

「今天的，中午用餐過後。」

依據帶來回信的法藍說，神官長因為也必須去參加在附近農村舉辦的收穫祭，暫時都抽不出時間，才想在出發之前結束會面。雖然我很高興神官長願意盡快處理，但居然還指定要表演飛蘇平琴，讓人根本來不及作好心理準備。

「梅茵大人，不慌不忙才是優雅的表現。請您要萬分小心，絕對不能讓神官長看出您內心的慌張。」

直到第三鐘為止，我簡直是面色猙獰地拚了死命練習，之後裝作一副若無其事，一直到第四鐘為止都幫忙神官長處理公務，期間一直無聲地主張著：雖然很突然要求我表演，但我還是不慌不忙喔！接著十萬火急地吃完午餐，直到出發的前一秒都和羅吉娜進行特訓。真希望有人能表揚一下我檯面下的努力。

因為不得不認真練琴，進步是進步了，但要在他人面前表演，心情還是很緊張。尤其是這次還要表演自創曲目，也就是麗乃那時候記得的歌曲。

自創曲我放棄了電影主題曲的情歌，改成了中規中矩的學校童謠。直譯也就算了，但如果要用這邊的語言隨便編上歌詞，實在太難了。我每次唱的時候，歌詞都會和之前不太一樣，或是一不留神就哼出了英語歌詞，害得羅吉娜啞然失聲。

「只要冷靜下來彈琴，一定沒問題的。因為梅茵大人彈得比我還好啊。」

「戴莉雅，謝謝妳。我會加油的。」

受到了戴莉雅的鼓勵後，由法藍拿著兒童版聖典及寫有灰姑娘故事的紙張，羅吉娜負責拿小飛蘇平琴，我們三人一同前往神官長室。

「抱歉這麼突然。那讓我聽聽看妳在那之後，進步了多少吧。」

神官長用感覺並不怎麼抱歉的面無表情說完，請我坐在置於房間正中央的接待椅上。我從羅吉娜手中接過飛蘇平琴，擺好放在大腿之間，然後深呼吸。

耳朵深處傳來了撲通撲通的心跳聲，我「鐙」地撥下琴弦，在神官長出的作業曲之後，又唱了學校童謠〈在大栗子樹下〉。但我沒有沿用栗子，而是改成了類似胡桃的某種果實，才不會覺得突兀。神官長對兩首歌都滿意地點點頭，稱讚「非常好」。

「妳進步的速度很快。這是下次要彈的作業。還有，妳自創的曲子也十分有趣。下次也編首歌過來吧。」

看了眼神官長遞來的樂譜，發現下一次的作業歌曲有點難度，我不禁渾身虛脫，但也為平安過關感到鬆了口氣。

「羅吉娜，交給妳了。」

我把飛蘇平琴交給羅吉娜，伸手拿起阿爾諾泡的茶。緊張過後喝的茶，感覺格外好喝。神官長和我相反，剛才是邊喝茶邊聽著飛蘇平琴，這時把茶杯放回桌上。

「那麼，妳之所以要求會面，是因為兒童版聖典完成了吧？」

「是的。這就是兒童版聖典的繪本。」

我看向法藍，法藍輕輕頷首，迅速向神官長遞上繪本。神官長看著法藍遞去的繪本，用指尖輕敲了敲太陽穴。

「妳說這是書？這個封面是怎麼回事？」

和在秘密房間裡時不同，神官長的表情幾乎沒有變化，很難看出情緒，但語氣中帶有責怪的意味。為什麼只是看到封面，就發出這麼尖銳的聲音？

「什麼怎麼回事……就是紙呀？」

「這我看了也知道。為什麼紙裡面有花？」

「咦？因為我們加了花進去。」

「這我也知道。我是問妳，為什麼要加花進去？」

因為得不到想聽的答案，神官長益發不耐，語氣變得更是嚴厲。我完全不明白神官長的心情為什麼突然變得這麼惡劣。班諾還很高興，覺得在貴族千金之間應該會很受歡迎，但貴族禁止在紙裡面加花嗎？

「呃，因為我覺得加花進去比較可愛啊。有什麼問題嗎？」

「因為可愛？不，我不是這個意思……算了。走吧。」

神官長搖搖頭，像是無法理解，站起來走向睡鋪後頭的秘密房間。對於神官長的反應，我也無法理解地歪著頭起身。

「梅茵大人，還有這個。」

法藍急忙向我遞來寫了灰姑娘故事的紙張。我道謝接過後，穿過神官長打開的房門。

踏進依然一片雜亂的秘密房間，我走向平常坐的那張長椅。正想推開占據了長椅的資料時，忽然想起來，這些可能就是和魔法有關的資料。

「喂，我說過妳不能看。」

在我低頭偷看之前，先一步察覺的神官長從我手中抽走資料，疊在桌上。那張桌上的資料，一定都和魔法有關。我這麼心想著環顧房間，忽然覺得房間看起來和以前不太一樣，真神奇。神官長拉來自己要坐的椅子，皺起眉頭。

「不要東張西望。」

「對不起……那麼，請問神官長要問什麼呢？」

「我是在問妳，究竟要怎麼做，才能在紙裡面加花。如果這是工坊的獨門做法，我不會勉強妳回答，但一般在紙裡面加花，是很不尋常的情況吧？」

「會嗎？只要在抄紙的過程中，撒花瓣進去就做得出來了喔。」

「……撒花瓣進去？」

我動著手指，做出往抄紙器裡撒花瓣的動作說明，但神官長好像完全無法明白。我才想起來神官長看過的紙張，基本上只有羊皮紙而已，於是拍了下手。如果只知道羊皮紙的做法，確實無法把花加在其中。不可能讓花瓣融進纖維裡頭，讓花瓣若隱若現吧。

「呃，因為植物紙和羊皮紙的做法根本上完全不同，如果神官長非常好奇，下次請來工坊參觀吧。」

「也好。妳的說明我完全聽不懂。」

大概是放棄了得到自己想聽見的答案，神官長蹺著腳，把兒童版聖典放在大腿上。他翻開扉頁，一看到內文和插圖，面露厭惡地皺起臉龐，往我瞪過來。

「書即是藝術品。封面要鋪上皮革，點綴寶石與黃金，圖畫也要使用大量的色彩，整體要鮮豔而美麗。這本書從藝術層面來看，幾乎沒有多少價值可言。難得圖畫得這麼優秀，應該要加上顏色才對。太浪費了。」

讓能夠寫出一手好字的人負責寫文章，讓藝術家和繪畫工坊負責加上插圖，再讓皮革工匠製作封面，似乎才是神官長心目中的書。只要回想圖書室裡的書，馬上就能意會過來。

「但加上顏色太浪費了。上色不知道要花多少錢。這本繪本是要用來教導孤兒院的孩子們學習文字，與其在一本書上砸下大筆金錢，我寧願為他們多準備幾本書。」

「書是藝術品，是獨一無二的寶物。妳到底在說什麼？」

這句話我才想原封不動地還給神官長。這麼心想以後，忍不住就脫口而出：

「神官長，你才在說什麼啊？書才不是藝術品，是知識與智慧的結晶。我才不想製作什麼藝術品，為了讓所有人都能閱讀，我只想量產便宜的書籍。」

「量產？妳要找一堆人抄寫文章嗎？如果孤兒院裡的孩子們全都識字，這點也許辦得到，但誰知道要花上多少年的時間。」

神官長像是難以理解地按著太陽穴，用關節分明的手指不斷輕敲。但是，我打從一開始都是在思考有沒有其他種印刷方法，所以從未考慮過那種不知道要花上幾年時間的量產方式。

「不是的，我會以印刷的方式量產。同樣的繪本已經印了三十本……」

「慢著。」

神官長的眉毛往上一挑，打斷我說的話。淡金色的雙眸微微瞪大，不敢置信地看著我。

「妳說同樣的繪本已經有三十本，這是什麼意思？」

「就是我們印出了三十本。」

「印出來？」

不知道神官長是從來沒有聽說，還是因為法藍也很少去工坊，不太了解情況，顯然神官長並不清楚工坊的業務內容。因為營收都必須按時向神官長報告，還要繳納奉獻金給神殿，所以我還以為法藍會向神官長說明，但看來並非如此。

對於神官長太過根本的問題，我很猶豫不知道該從何說明。

「神官長知道梅茵工坊在製造植物紙吧？」

「嗯。」

「後來我們做了比較厚的紙張，再把文字和圖畫中要印成黑色的部分割下來。是用『筆刀』……呃，用一種像是小刀的刀子。這就叫做紙版。」

神官長發出了有些變尖的聲音。從這點來看，我發現自己又做出了非常不合常理的事情。但是也來不及了，假裝沒發現吧。

「切割紙張嗎？」

「然後，把紙版放在要做成書的紙張上，刷上墨水後，就只有挖空的部分會留下墨水的痕跡。接著把印好的紙拿開，再把紙版放在新的紙上，刷上墨水。這樣一來，就能做出一模一樣的第二張紙。每一頁都重複三十次這樣的動作以後，就能做出三十本書了。」

從中途開始，神官長就像電腦當機了一樣再也沒有反應。「神官長，你聽得見我說話嗎？」我一邊問，一邊在神官長眼前輕輕揮手。

「聽得見。雖然聽得見……」

神官長又重新啟動，但緊緊閉著雙眼，重重地嘆一口氣。連班諾都沒有這樣的反應，害我不知所措。

「呃，神官長你還好嗎？」

「……想不到妳竟然做了這麼大膽的事情。」

哪裡大膽了呢？我回想製造繪本的過程。最大膽的，大概是我因為「木刻版畫不行」而果斷放棄，決定改做紙版那時候吧。但是，神官長指的應該不是這個。我不知道神官長說的「大膽」是指什麼。我正陷入深思時，神官長又不知道第幾次地嘆氣。

「換言之，所謂的印刷便是切割紙張，再塗上墨水吧？」

「現階段是這樣沒錯。」

「一般沒人會想到要切割紙張，不惜成本地刷上墨水這件事，也讓人難以置信。」

因為羊皮紙價格昂貴又稀有，所以任誰也不會想在羊皮紙上割字，只會覺得太過浪費吧。雖然植物紙的價錢也差不多，但因為可以在梅茵工坊自己製造，我又知道孔版印刷的存在，所以並不認為這麼做很浪費。

我和神官長對書的要求並不一樣，只會演變成沒有結果的爭論吧。但是，與其把封面裝飾得金光閃閃，我認為製作紙版再印刷出來，絕對是更有效益的花錢方式。

「只是為了封面，就不惜成本地砸下大筆金錢，這件事我才不敢置信呢。而且，我是用神官們蒐集來的煙灰做成墨水，所以成本也比外面販售的墨水便宜……」

「真的可以用煙灰做成墨水嗎？」

神官長在我蒐集煙灰時提出過質疑，但我明明說明過是為了製造墨水，看樣子是沒想到我真的會做出來。看著神官長錯愕的表情，我才感到不可思議。

「……這件事讓神官長這麼吃驚嗎？」

「這還用說嗎？」

「我剛才先把繪本送給班諾大人時，他也一樣說過頭很痛呢。可是，因為話題很快就跳到了成本和新繪本上，所以我還以為這件事不會讓人這麼驚訝。」

但是，也許只是因為班諾已經很習慣與我應對，又會從商人的角度去計算利益，所以才順利地緩和了衝擊，但其實一般人都會和神官長一樣吃驚吧。我陷入了沉思，只見神官長緩慢搖頭，用遙望遠方的眼光看向窗外。

「……想不到班諾也相當辛苦。如果妳做的東西全都這般驚世駭俗，可以想見他的勞累一定非比尋常。」

「嗚咦?!但班諾大人是商人，當然會想要可以熱賣的商品啊。雖然的確很辛苦，但有一部分也是他自己要跳進來的，不只是我的責任喔。應該吧。」

無論是成立植物紙協會，和羊皮紙協會形成對立，還是向尹勒絲發下豪語，開始經營義大利餐廳，全是班諾自己的決定。聽了我的主張，神官長只是聳肩哼了聲，揚著嘴角，臉上的表情只差沒說「我想也是」。

「這得問班諾才能知道了，不是問妳……對了，梅茵，妳剛才提到了新繪本吧？」

「是的，怎麼了嗎？」

「記得在做之前，一定要向我報告。我可不想每次都被妳嚇到。」

但不管什麼時候報告，會嚇到的事情還是會嚇到吧——我在心裡頭發著牢騷，把法藍給我的紙交給神官長。既然神官長願意看，那當然再好不過。

「下一本繪本我預計寫這篇灰姑娘，神官長覺得這樣的內容可以嗎？」

把昨天寫好的灰姑娘請神官長過目。他大略看過後，立刻按著太陽穴。

「富豪的女兒怎麼可能和王子結婚？妳是笨蛋嗎？還是不了解何謂身分差距？」

「我確實也不太了解身分的差距，呃……那麼，大約要多高階級的貴族，才是大家都會感到羨慕的飛上枝頭當鳳凰，而神官長也能接受呢？」

如果設定糟糕到被罵笨蛋，可能要稍微妥協才行。對於我的讓步，神官長伸手抵著下巴，尋思了半晌。

「……如果要與王子結婚，對象至少必須要是上級貴族，且是受過嚴謹教育的淑女。根本不會有飛上枝頭當鳳凰這種事。放棄結婚，目標設定為愛妾吧。這已經足以算是飛上枝頭當鳳凰了吧？」

「不不不，愛妾一點夢想也沒有！絕對不行！」

「別管夢想，正視現實吧。」

因為故事的主軸是飛上枝頭當鳳凰，所以必須要跨越身分的藩籬才合乎主題，神官長卻語氣堅決地反駁了。明明是想逃避現實，作作美夢，看這種書也太殘忍了。

「請問，那如果主角不是王子，而是邊境的領主大人呢？有沒有一些飛上枝頭當鳳凰的例子呢？反正只是虛構的故事，神官長能接受嗎？」

「嗯……雖然也要根據領地的大小，但即便身分有些差距，或許也能解決吧。雖然周遭會有很多反對的聲浪……」

即使有些身分差距，但還是跨越眾人的反對，走向幸福美滿的結局，那這樣的發展可以寫成繪本沒問題。修改成了彼此都能接受的劇情後，我鬆一口氣。

「那麼主角就不設定為王子，改成領主的兒子吧。」

「還有，灰姑娘也不能是富豪的女兒，要改為中級貴族的女兒。這個仙女又是什麼？用這麼奇怪的咒文，她到底是怎麼施展出魔法的？就算妳沒有魔法的知識，但這樣也太離譜了。」

於是灰姑娘在神官長接二連三的吐槽之下，有仙女出現的部分悉數遭到刪除，故事也變成了是中級貴族的女兒遭到後母欺負，在和亡母有關係的貴族協助下，進入了社交界，於是領主的兒子對她一見鍾情。整篇故事早已經沒有半點灰姑娘的影子，但畢竟貴族是未來主要的讀者群，所以神官長從貴族角度給出的意見，我還是感激不盡地採用吧。

「但是，上面寫著這兩個人會過著幸福美滿的生活，這是不可能的。」

「什麼？」

神官長說了，堅持結婚以後，主角會被身為父親的領主逐出領地，縱使心胸寬大答應結婚，也會失去成為下任領主的資格，轉為輔佐弟弟。但是，我完全沒打算要寫到這個部分。而知道了現實中毫無夢想的後續發展後，接下來要做的灰姑娘繪本對我來說，根本是篇以悲劇收場的童話。

這次我學到的教訓，便是這裡本就是擁有魔力和魔法的奇幻世界，所以我熟悉的、自行亂編的奇幻設定，在這裡不會被人接受。今後要再寫新的故事，感覺好難。

過冬準備的商量

「神官長，我還有一件事情想和你商量。」

我在大腿上咚咚地併攏收好重新改寫過劇情的紙張，看向神官長。察覺到我的視線，神官長把趁著我在改寫時拿來觀看的資料放回後面桌上。

「是關於孤兒院的過冬準備……」

「過冬準備？……啊，關於木柴和食物，我預計神的恩惠應該會和去年差不多，詳細情況之後再讓法藍向妳報告。得等到青衣神官們從收穫祭回來，才能給妳明確的回答，但最近天候沒什麼異常，也沒有大規模的瘟疫，所以應該能得到和去年差不多的神的恩惠。」

「咦？可以預計嗎？」

按理說必須等到青衣神官他們回來後才知道，為什麼有辦法預計呢？聽到幾乎沒有離開過神殿的神官長這麼說，我眨了幾下眼睛。我可以透過去市場的家人，還有能在收送貨物的同時得到傳聞與資訊的奇爾博塔商會那裡，多少得到一些消息，但神官長應該沒有離開過神殿。

「天候也就算了，但神官長是怎麼知道農村有沒有瘟疫在肆虐呢？神官長從來沒有離開過城市吧？」

「我有我的門路。雖然我沒去過平民區，但去過貴族區。」

對我來說，城裡是指自家所在的平民區，但對神官長而言卻是貴族區。明白了消息來源，我也不再有疑惑。雖然這完全是偏見，但總覺得貴族之間會有非常陰險狡詐的資訊爭奪戰。

「梅茵，既然妳提到孤兒院的過冬準備，已經在計畫了嗎？」

「是的。我請班諾先生幫忙準備了工具與材料。因為是為了自己要準備過冬，所以不只灰衣神官，我也會讓孩子們幫忙。」

「……妳說的孩子們，是指還未受洗的幼童嗎？」

神官長吃驚得瞪大眼睛。神官長是生活瑣事都不需要自己動手的貴族大人，又不會讓尚未受洗的孩子們離開孤兒院，所以從來沒有過要讓年幼孩童們工作的想法吧。但是，這種慣例在貧窮面前一點用也沒有。在「不勞動者不得食」的概念已被徹底灌輸的孤兒院裡，正值發育時期的少年們會爭先恐後地幫忙，而總是最後才輪到神的恩惠的年幼孩子們也不遑多讓。

「這在平民區是很正常的現象，就算年紀很小，還是可以幫忙喔……雖然我每年都在昏睡，幫不上什麼忙就是了。」

「我想也是。」

「然後，雖然豬肉加工會在農村進行，但之後要製作明膠，還要用牛油做蠟燭，所以我想應該會有很重的味道。雖然是在孤兒院這邊，但如果神殿裡頭瀰漫著惡臭，是不是不太妥當呢？」

我戰戰兢兢地觀察神官長的臉色，他的表情變得有些凝重。

「如果是從孤兒院飄過來，青衣神官們可能會有不少怨言。」

「……果然呢。」

製作明膠和蠟燭時，味道會非常強烈，所以我預定在梅茵工坊外面進行。孤兒院雖離貴族區域有段距離，但不可能沒注意到這股惡臭。如果真的無計可施，就只能改到以前是倉庫的舊工坊進行，但那裡十分狹窄，容納不了多少人，要搬運工具也很費力。我個人是希望可以在孤兒院進行。

「平常也許不行……但是，正巧接下來十天左右的時間都有收穫祭，青衣神官悉數外出，不在神殿。就算有些惡臭，應該也不會造成影響。但是十天之後，恐怕就不能在神殿裡進行了。」

可是，我不確定能否在收穫祭這段期間就做完豬肉加工。現在連豬隻和工具都還沒有準備好。不過，只要和班諾商量看看，也許能想出辦法。

「我知道了。我會和班諾先生商量看看。」

對於隱約透露出的希望曙光，我握緊拳頭。神官長撥起劉海說了：

「……梅茵，這麼多人要準備過冬，金錢上沒問題嗎？」

「我是用大家為梅茵工坊賺來的錢，所以沒問題。」

「不是由妳個人全額負擔就好。不過，沒想到孤兒們現在真的能靠自己的力量維生了。」

「雖然也是因為至少有神的恩惠，才能辦到呢。」

神官長感嘆地嘆氣，我聳肩回道。假使沒有神的恩惠，梅茵工坊的收入並不足以維持所有人的生活。說實在話，梅茵工坊根本是提供低廉薪資，還使喚年幼孩子們工作的黑心工坊。

「原本我預計孤兒院的冬天恐怕會不好過，對我來說真是好消息。」

神官長難得放鬆了表情，表示嘉許。感受到自己為孤兒院採取的行動並不算白費，我也開心得綻開了笑容。

「只要孤兒院的過冬準備能在十天之內完成，一切便沒有問題。我擔心的，反而是妳的過冬準備。」

什麼意思？我會在家裡準備過冬啊。雖然正確來說我只會幫倒忙，其實都是家人在做，但今年母親懷孕了，我也長高了一點，正幹勁十足地打算要好好幫忙。可是，這不是神官長需要擔心的事情吧？

「我會在家裡準備過冬喔。」

「那可不行。冬天有奉獻儀式，這妳也知道的吧？」

神官長稍微往前傾身，淡金色的雙眸直視著我。

奉獻儀式是法藍和神官長告訴過我的儀式之一，已經提醒過我一定要出席。是一項祈求明年春天萬物都能夠萌芽、平安成長，並為神殿裡所有神具注滿魔力的儀式。如果沒有在這項儀式上注滿魔力，春天祈福儀式時給予農村的魔力便會不足，進而影響到一整年的收成。

「奉獻儀式需要大量的魔力，所以妳非得參加不可。絕不能發生妳因為暴風雪，無法趕來神殿的情況。因此，妳整個冬天必須住在神殿。」

「我知道因為我住在家裡，要是下雪，可能會影響到奉獻儀式。但是，這麼做我家人會很擔心的。而且我冬天真的很常發燒……」

我甚至可以說就是為了奉獻儀式，才能得到青衣巫女的身分，所以能夠理解神官長的主張。但是，這太讓人為難了。不曉得家人會怎麼說。

「我也知道妳的家人對此會有什麼反應。所以，如果妳的家人擔心妳，我能允許他們出入院長室探望妳，這是神殿這邊最大的讓步了。作好心理準備，別怠慢了妳自己房間的過冬準備。」

什麼「別怠慢了」，神官長說得簡單，要準備好過冬用品，根本不是一件簡單的事。雖然看起來像是除了孤兒院，又多了院長室要準備而已，但完全是預料之外的開銷。

我臉色慘白地走出神官長室。

不——！比起孤兒院，我房間的過冬準備更麻煩！

「梅茵大人，您的臉色有些蒼白呢……」

「羅吉娜，我沒事，只是有些慌了手腳而已。法藍，剛才神官長才告訴我，我整個冬天都必須住在神殿。」

我笑著回答擔心我的羅吉娜，接著和法藍討論準備過冬的事情。法藍對於神官長的主張，不疾不徐地點頭。

「畢竟要舉行奉獻儀式，梅茵大人恐怕暫時無法回家居住吧。」

「……我完全沒想到要為自己作過冬準備，不知道需要哪些東西呢？」

「關於木柴與食物，我們侍從已經估算好了足以過冬的分量，所以即便再增加梅茵大人一個人，也沒有什麼問題。只要每樣東西都增加一些，應該就不用擔心。」

聽到法藍說沒有問題，我才稍微放心地吁一口氣。但是，還是要仔細計算過後，才能知道究竟會增加多少支出。

「羅吉娜，不好意思，能去工坊幫我叫路茲過來嗎？」

「遵命。」

回到院長室，請戴莉雅泡茶，繼續討論過冬該作的準備。包括生活上該準備的東西、做手工活該準備的東西、為了採冬天名產帕露所需的工具、我自己需要的東西，想到什麼就寫在寫字板上。然後請法藍去問問廚師們接下來的規劃，詢問有沒有人能在冬季期間住下來幫忙煮飯。

討論了一會兒後，羅吉娜和路茲從工坊回來了。

「梅茵，妳派羅吉娜來叫我，有什麼事嗎？」

「路茲，我因為沒有參與過，所以完全不清楚，豬肉加工可以在十天之內完成嗎？」

我說明了神官長要求的豬肉加工期限後，路茲沉吟著皺起臉龐。

「這樣也太趕了吧？我也不知道借不借得到燻製小屋。」

「我也覺得太趕了，但神官長說了，只有這段時間青衣神官們才會不在神殿。如果真的沒辦法，我打算在之前的那間倉庫製作明膠，但那裡很小，要把工具都搬過去也很辛苦吧？」

要在只有三坪大的倉庫裡作業，肯定會非常辛苦。路茲大概是想像了那幅畫面，用力皺起鼻子，「嗯……」地低吟。

「我現在回店裡，拜託老爺看看。反正不行就回倉庫去做，應該至少會幫我們去問問農村，現在能不能進行豬肉加工吧。回去的時候請法藍送妳到商會吧。」

「謝謝。路茲，那麻煩你了。」

路茲轉身離開，跑回奇爾博塔商會。我低頭看向寫字板，寫下過冬會用到的東西。雖然只增加了我一個人，但需要的量還是增加了不少。畢竟是好幾個月份的食物量，即使只是多了一個小孩子，還是不能小覷。

……糟糕，錢可能不夠用。必須快點做出灰姑娘的繪本。

「梅茵大人，您也需要新的衣服喔。」

「戴莉雅，這點妳放心吧。我正打算明天去買。侍從和孤兒們也需要冬天的衣服吧。嗯……既然還要幫孤兒院的孩子們買衣服，那明天是不是帶侍從們一起去買東西比較好呢？」

我一說完，戴莉雅立即興奮大叫：「哎呀！」顯然對買東西和新衣服非常感興趣。羅吉娜的表情則有些悶悶不樂，正好和戴莉雅形成對比。一定是比起出門，更想留在神殿彈飛蘇平琴吧。

「……孤兒們已經有神的恩惠了。若無外出必要，應該不需要買衣服吧？」

截至目前為止，都靠著神的恩惠捱過來了，如果一直都要待在神殿裡頭，確實是不需要吧。但是，冬天放晴的時候，我會讓孩子們出去採帕露。

「但冬天有些日子，我會派孩子們去森林，所以需要帽子和手套。」

難得有這麼多人都習慣去森林了，當然要善加利用。尤其今年母親懷孕了，冬天不可能去森林。屆時再讓多莉帶領孩子們去森林，一定要確保我們自己要的帕露。

……什麼？濫用職權？不管別人怎麼說，我才不會放過冬天貴重的甜食呢！

為此，需要禦寒衣物。還需要載東西用的雪橇、烤帕露煎餅用的鐵板和鏟子。我接連把想到的東西寫在寫字板上。算了算開銷，我現在手頭的錢並不夠支付。

「梅茵大人，艾拉表示若還有房間，她冬季期間可以住下來。」

經過法藍的居中交涉，說好了被大雪掩埋的冬季期間，將由艾拉掌廚，再從孤兒院裡選出對煮飯有興趣的孩子，擔任她的助手。

「羅吉娜，因為葳瑪都在孤兒院負責煮湯，妳再幫我問問她，有誰適合擔任助手吧。還有，法藍，路茲已經先回商會了，所以麻煩你送我到商會吧。」

「遵命。」

羅吉娜與法藍兩人異口同聲回答。後頭的戴莉雅一副毛毛躁躁、沉不住氣的樣子，似乎是一直在等著我們討論完事情。她過來幫我解開腰帶、脫下青衣，一邊接二連三地發問。

「梅茵大人，那我們要去哪裡買東西呢？也會幫我買冬天的衣服嗎？要幫梅茵大人挑選冬天的衣服嗎？要買幾件呢？」

「戴莉雅，妳太興奮了。妳這樣子，今晚可能會睡不著唷。」

在戴莉雅氣勢洶洶的追問下，我忍不住苦笑。戴莉雅水藍色的雙眼晶燦發亮，毫不遲疑地說：

「討厭啦！怎麼可能不興奮呢！要出去買東西耶！」

「戴莉雅，法藍正在下面等候，快點幫梅茵大人更衣吧。」

羅吉娜提醒她的手停下來了，戴莉雅才慌忙完成更衣。

「那麼，明天一起去買冬天的衣服吧。如果葳瑪不想出門，那葳瑪以外的侍從，請第三鐘到奇爾博塔商會集合吧。」

我跟著走在前頭的戴莉雅走下一樓，一邊說明明天的行程，戴莉雅笑容滿面地打開大門，回過頭來。

「第三鐘嗎？遵命。梅茵大人，一路請小心。期盼您盡早歸來。」

看見戴莉雅那麼興奮的模樣，我和法藍都笑了起來，一路上一邊討論著寫字板上列出的東西，一邊走在感覺有絲寒意的傍晚街道上。

「法藍，幫我跟吉魯說一聲，請他明天從工坊帶五本兒童版聖典來奇爾博塔商會吧。」

「……這當然沒有問題，但為什麼呢？」

我之前還無比堅定地說：我要當成教科書！因為法藍知道這件事，所以眨著眼睛這麼問我。對於一手掌管著院長室所有事務的法藍，還是知會一聲好了。

「因為不賣就沒有錢。」

「……啊？」

「神官長說得簡單，雖然要我住在神殿，但我根本沒想到要為自己準備過冬。現在得快點向班諾先生下訂單，又沒有足夠的時間做第二本繪本，紙和墨水也要用來做接下來的繪本，所以不能賣掉……荷包已經見底了。」

聽到我這麼據實以告，法藍像是不知該作何反應，渾身僵硬，微微地張合著嘴巴。

腦袋陷入混亂時的模樣，跟神官長當機時的樣子真像呢——我這麼心想著，仰頭看著法藍。法藍搖了搖頭。

「那麼，呃，沒有錢的話，會有什麼問題嗎？因為我不太明白沒有錢是什麼樣子的情況，但就是指沒有辦法買東西……對嗎？」

在孤兒院長大，之前還服侍過身為有錢貴族、帶了多達五本書進神殿的神官長，法藍從來沒有遇過所謂手頭拮据的情況。他說他是在服侍我之後，才知道有時候並非想要的東西都能得到，要是沒有錢、即便是主人也得忍耐，不賺錢也就沒有錢。

「法藍，放心吧。我會趕快做好灰姑娘的繪本賣掉，也有信心可以靠冬天的手工活賺回來，只是現在手頭有點拮据而已。畢竟戴莉雅那麼開心，你也別讓其他人知道我現在缺錢，幫我跟他們說，是班諾先生覺得繪本做得很好，無論如何都想買下來吧。要不然不能開心地買東西，太可憐了。」

「……遵命。」

和法藍聊完秘密的時候，前方也能看見奇爾博塔商會了。店門口有道人影。人影發現我們以後，對我們揮了揮手，是路茲。

「路茲，讓你久等了。」

「那我們回去吧。」

「法藍，謝謝你。現在太陽比較早下山了，你直接回神殿吧。明天麻煩你了。」

聽到我這麼說，法藍露出複雜的笑容點點頭，在胸前交叉雙手，微微彎腰行禮，然後轉身走回神殿。

接著路茲向我報告他和班諾討論後的結果，兩人一起往住家的方向移動。

「老爺已經答應我，說他會和農村的人談談看了。不過，果然還是要看燻製小屋的出租情況。」

「是嘛。要是能在青衣神官他們回來前做好明膠就好了……」

來得及嗎……我嘀咕說著，路茲無奈地聳聳肩。

「梅茵，比起明膠，妳更該擔心豬肉加工吧。所有人都是第一次做吧？商會要再過一段時間才會準備過冬，所以就算能找到農村，也幾乎沒有有經驗的人能來幫忙。老爺雖然說了會派肉攤的人過來幫忙，但不多找點有經驗的人，現場會很混亂喔。」

原本預計要和奇爾博塔商會一起準備過冬，現在因為孤兒院的預定時間大幅提早，只好各自做準備了。但是這樣一來，現場幾乎沒有幾個是有經驗的人，大家又都是第一次參加，根本不知道自己該做什麼，恐怕也都是第一次親眼看見豬隻遭到解體。回頭看看自己，就能知道毫無經驗的人多半派不上用場。

「……我會問問看爸爸和多莉，可是現在都還不知道是哪一天要進行豬肉加工，很難開口拜託呢。」

母親因為懷孕了很辛苦，不可能讓她出門，但我很希望父親和多莉可以來幫忙。只是現在日期都還沒有決定，很難開口提出請求。

「嗯，也是……話說回來，妳真的沒問題嗎？要是知道妳冬天得住在神殿，昆特叔叔會非常生氣吧？」

沒錯，今天吃完晚餐，要召開久違的家庭會議。雖然只能說服家人，但可以想見家人一定會又擔心又生氣，我的胃已經開始在陣陣絞痛。

「可是，奉獻是梅茵的工作吧。我也覺得梅茵留在神殿裡頭比較好。說實在話，比起妳家，妳在神殿的房間絕對更溫暖，比較不容易感冒，而且法藍現在也很了解妳的身體狀況了。」

「路茲，謝謝你。我會引用你這句話來說服家人的。因為比起我說的話，我家人更相信你說的嘛。」

「加油啊。」路茲鼓勵我說。和他在水井廣場道別後，我慢吞吞地走上樓梯。

「梅茵，那麼妳想商量什麼事情？」

吃完飯後，我一開口說「我有事情想和大家商量」，家人的臉色瞬間變了。所剩不多的生命、進入神殿、收到神殿的邀請函……隨便想一下，便能發現至今我想討論的事情全都讓人心驚肉跳，也難怪家人嚴陣以待。

「呃，那個，其實是……今天神官長對我說了，冬天因為有重要的儀式，怕我因為暴風雪不能去神殿，所以開始下雪以後，要我住進神殿……」

「什麼意思?!不是說好梅茵要住在家裡嗎！」

不出所料，父親拍著桌子激動大喊。多莉和母親也一起點頭。

「話是沒錯，但奉獻儀式也很重要。那是要往神具注入魔力的儀式，如果沒有注滿魔力，就會影響到隔年的收成。農作物要是長不出來，很多人會很傷腦筋吧？」

「咦？神殿要負責做這種事情嗎？」

多莉十分驚訝地反問，我點一點頭。直到成為見習巫女之前，我也完全不知道神殿會舉行哪些儀式。在神殿工作的人基本上也不會來到平民區，只有為了洗禮儀式和成年禮去神殿時，才會看見他們。當下也不會提到神殿負責做哪些工作，所以城裡的居民對於神殿的評價並不高。

「但是，妳的身體更重要。讓妳自己一個人住在神殿，誰知道什麼時候會出事。」

「路茲說了，法藍現在已經很了解我的身體狀況了。而且，神官長也答應家人可以來探望我，還說這是最大的讓步了。」

父親用力地咬著牙關。雖然明白儀式很重要，也明白神官長已經讓步了，但不想答應的心情還是令人難過地流露出來。

「梅茵，那妳自己想怎麼做呢？」

母親像要讓自己冷靜，摸著肚子問我。我已經回覆了神官長，為了準備過冬，也拜託了很多人幫忙。所以，答案只有一個。

「……我會住在神殿。因為這是我的工作。」

「梅茵！」

父親大聲怒吼，但我慢慢搖頭。

「爸爸，我是孤兒院的院長，也必須要看著孤兒院才行。而且，我能進入神殿，就是因為需要我的魔力吧？所以才答應讓我穿上青衣，也不用去做辛苦的勞力工作。」

父親緊緊握起拳頭，咬住嘴唇，把想說的話吞回去，緊閉上眼睛。

「神官長已經盡可能答應我們的條件了。所以，這種需要魔力的儀式，我也一定要出席才行。而且奉獻魔力以後，我現在也很少因為身蝕的熱意病倒了吧？奉獻魔力對我來說也有好處喔。」

倘若沒有魔導具，我大概早就死了。因為能在神殿為神具奉獻魔力，我才能活到現在。

「那梅茵要是病倒了怎麼辦？」

「我房間裡有床，也有侍從，不會丟著我一個人不管。不過，可能要請多莉來告訴侍從，我發燒病倒的時候，她都是怎麼照顧我的。」

「梅茵房間的床看起來軟綿綿的，好好喔……」來過院長室的多莉喃喃說道。

「那由媽媽去吧。既然梅茵冬天期間要麻煩他們照顧，得過去打聲招呼……」

「媽媽現在不能亂跑吧？絕對不能勉強自己喔。」

「沒問題的，懷孕又不是生病。現在害喜也沒有那麼嚴重了。」

看來母親已經下了決心，等身體狀況再好一點，就要來看看我在神殿的房間，順便向侍從們打聲招呼。當事人的我已經決定要住在神殿，母親也站在我這一邊，開始以住進神殿為前提討論事情。畢竟事到如今，也不可能推翻等同貴族的神殿的決定。父親用力撓了撓頭，臉上已經是放棄的表情。

「……家人可以去探望妳吧？」

「嗯，我會很寂寞喔，所以來看我吧。」

「我不只要擔任裁縫教室的老師，還要學習文字，冬天會常常去孤兒院喔。會順便過去探望梅茵的。」

多莉笑咪咪地說著預計要前往孤兒院做哪些事情。相較之下，父親不高興地沉下了臉，瞪著我說：
「為什麼梅茵都只拜託多莉？也可以多仰賴爸爸啊。」
因為女兒都不仰賴自己，父親明顯地開始鬧起彆扭。我趕緊想工作丟給父親。
「呃……那麼，爸爸能來孤兒院教大家怎麼做冬天的手工活嗎？因為要裁切木板，又要在上面挖洞，只有路茲一個人教太辛苦了。」
「沒問題，交給爸爸吧。還有嗎？」
雖然本職不是木匠，但父親的手很靈巧，拜託他當木工教室的老師後，他笑著一口答應。既然可以仰賴父親，他也願意幫忙，那想拜託父親的事情可是多得很。
「還有還有，雖然日期還沒有決定，但拜託爸爸也來幫忙孤兒院的豬肉加工吧。孤兒院裡沒有半個有經驗的人，這些加工食品又是我們冬天的食物。」
「這不幫可不行。等日期決定了，我再請人幫我代班，想辦法調開。」
「另外，想請大家告訴我，過冬需要準備哪些東西。我每次都發燒，不清楚家裡在準備過冬時做了哪些事情吧？也不知道神殿的房間裡缺少了什麼……」
於是家人你一言我一語地開始說起過冬需要準備的東西、要檢查哪些事情。大半內容都是在擔心我的身體，我一邊苦笑，一邊全部寫下來。

購買冬衣

這天預計第三鐘在奇爾博塔商會集合，大家一起去買衣服。但班諾要我和路茲提早過去，先討論準備過冬的事情。

「那多莉呢？在我們討論的時候，她會很無聊吧？」

「她可以去和珂琳娜討論冬天的手工活。」

班諾說完，多莉的藍色雙眼開心一亮。班諾搖了鈴後，一名女傭便從裡頭那扇門後走出來，帶著興奮雀躍的多莉走回樓上。

「總之，今天早上我已經訂好了兩隻豬，還請了肉攤的兩個員工幫忙。沒有專家幫忙，你們一群沒有經驗的人只會手忙腳亂吧？」

「真的嗎?!才不到一天耶?!班諾先生，工作效率好快！太驚人了！」

我拍著手大力稱讚班諾，他露出得意的笑容，挺起胸膛說：「再多稱讚一點。」接下來還要訂購大量的工具，所以我繼續稱頌讚揚。

「班諾先生好厲害！佩服！要是可以算我便宜一點就更帥了！」

「笨蛋，免談。」

「梅茵，妳也太直接了。」

我試著在手續費上討價還價，兩人都一臉傻眼地直接拒絕。

「關於燻製小屋，如果是最近這十天的話，隨時都有空位。因為考慮到食物的保存，所有人都想等到快入冬時才做。那麼妳要哪一天？」

豬肉加工是要製作冬季期間的保存食品，所以很少人會想在這麼早的時期就開始製作吧。鄰居也大多是在快要下雪前才進行。現在地下室只有一半的空間像冰箱一樣冰涼，比起保存的品質，我覺得問題更在於很可能直接當成平日的食材煮掉。說不定冬天才過一半，保存食品就沒了。

「請訂在三天後吧。那一天爸爸和多莉都休息。」

「好，那就預計三天後進行。之前決定要一起進行加工的時候，我就已經訂好了工具，大部分也都送到了。數量如果不夠可以借妳，也別忘了帶你們家自己的工具。」

「謝謝班諾先生。還有，這些是木柴和食材以外，孤兒院過冬要準備的東西。」

看了我列在木板上的清單，班諾皺起臉沉吟。

「……還真不少。」

「因為今年是第一次正式進行準備，所以什麼都缺，人數又很多……」

「但以前就算沒有也熬過來了，其實沒有必要特地準備吧？」

聽到路茲這麼說，我含糊地笑了笑。事實上孤兒院那邊，我就是打算這麼做。今年先只準備木柴和食物，其他東西以後再慢慢補齊。

「但是因為我要住在神殿，家人不可能讓我都不準備。這部分完全是意料之外的開銷呢。」

「也是。因為妳很容易就暈倒，還會昏睡上好幾天。無法親眼看到妳，家人會這麼擔心也很正常。」

「如果想長時間生活，妳的房間確實少了很多瑣碎的日常用品。」

因為平常會在神殿吃午餐，所以三餐方面沒什麼問題，但洗澡和寢具方面的日常用品便明顯不足。像是完全沒有毛巾和床單這類的布巾，床上雖然有棉被，卻沒有毛毯。如果要從家裡帶來，風格會很不搭，也會變成家裡不夠用，所以只能買新的。

傷腦筋的是，房裡也沒有可以鋪在地板上的秋冬用地毯。聽說前任主人留下來的地毯已經發霉了，無法使用。

「梅茵，要不要我借妳錢？」

「不行！朋友之間最好不要互相借錢。有可能會破壞友情的。」

第三鐘響時，法藍帶著其他侍從出現了。所有人都在外出服上套了一件灰色外衣。因為樣式很簡單，如果再戴條圍巾或戴副手套，增加點個別差異，在街上看起來還不會那麼突兀。但是，因為所有人都穿著同樣顏色又同樣款式的外衣，非常引人側目。

「看來不快點買衣服不行。」

「對吧？我突然覺得冬天的衣服比起裡面，大衣好像更重要。只要穿件大衣，裡面就算還穿著神官服也沒問題嘛。」

我這麼說完，班諾立即張大赤褐色的雙眼咆哮：

「喂，那怎麼行！一定要買整套的衣服給他們！」

「我只是說說看而已嘛。」

「妳講的話肯定有八成是認真的。」

內心的想法被一語料中，我別開視線不去看班諾，走向屋外。路茲從裡面的內門跑到樓上去叫多莉。

「多莉和大家都可以各買一套衣服，去找自己喜歡的款式吧。」

「是！」

多莉和戴莉雅踩著輕快的步伐開始挑選衣服。兩人開心地嘰嘰喳喳，在兒童服那一區看了起來。路茲和吉魯因為身高差不多，互較高下地挑起衣服。羅吉娜的體型已經逼近成年，所以安靜地獨自一人在另一區看衣服。

「……梅茵大人，真的沒問題嗎？」

法藍不安地悄聲問我。我算了算餘額，對他點頭。剩下的錢還足夠在這裡買衣服。然後我瞄向法藍拿在手上的籃子。

「在這裡買衣服還沒問題……而且，要是真的不行，我會把聖典賣掉。法藍，你也去幫自己挑件衣服吧。等天氣一冷，就能在房裡多穿件衣服了吧？」

因為我只有偶爾才能表現得像個主人，要法藍今天別客氣。但是，法藍萬分困擾地眼神左右游移。

「但要我挑選自己的衣服，我也不知道該以什麼為基準……」

倘若是挑選主人的衣服，法藍便能依據要前往的場所、季節、目的、訪問對象等，參考這些資訊來作選擇，卻沒辦法把這項技巧套用在自己身上。看到法藍對自己的事情這麼不知所措，我提供挑選基準給他參考。

「首先要合身，接著再看布料。因為是冬天要穿的，要挑暖和的衣服。法藍先選幾件合身又暖和的衣服，我再幫你看看哪一件最適合你吧。」

「感激不盡。」

法藍顯得十分惶恐。我不禁微笑，想起了昨晚母親說過的話。

「法藍，媽媽說她想來院長室打聲招呼，什麼時候方便呢？」

我表示母親說她想來看看房間，確認冬季期間住起來是否舒適，法藍為難地垂下目光。

「……梅茵大人，我認為最好還是避免。以前也對您說過，神殿裡有許多人都對懷孕的女性和所謂的家人，懷抱著十分複雜的情感。不喜歡去孤兒院的戴莉雅其實也是個敏感的孩子，又有可能讓不必要的消息傳進神殿長耳裡，所以如果真的想當面打聲招呼，由我親自上門一趟吧。」

「也是……呢。我會這麼轉告媽媽的。」

我先看了一眼發出歡笑聲的戴莉雅，然後慢慢點頭。和法藍待在成年男性的衣服區時，班諾從容地踱步走過來。

「妳剛才說了妳要住在神殿吧？」

「是的。畢竟要在神殿生活，總不能成天穿著便宜的衣服吧？」

「廢話。平常在房裡穿的衣服、在神殿拜訪他人時穿的訪問服、睡衣、外出服，這些都要買。貼身衣物也要有一定的品質，再來是厚襪子。冬天的神殿很冷喔。」

「……嗚嗚，開銷太可怕了。反正貼身衣服又不會有人看到，不用那麼計較，穿破爛一點的有什麼關係嘛。」

只要看得到的地方有維持到體面——我這麼說完，班諾憤怒得雙眼圓瞪。

「笨蛋！不准鬆懈！而且妳本來就很容易病倒，還不多穿一點！」

「所以是要我能穿幾件就買幾件對吧？」

若要疊加式地穿上好幾層衣服，就得買不少件。如果去平常買便服的便宜舊衣舖購買，要買幾件都不是問題，但換成要買好幾件能在神殿裡穿的衣服，金額就會非常嚇人。對錢包簡直是一大重創。結果我的過冬準備最花錢。

「貼身衣物妳可以先向我買布，再請母親和多莉縫製。她們的手藝都很好吧？」

「很好是很好……但我沒有錢可以準備這麼多東西。班諾先生，等一下回到店裡，請買下我之前做的五本繪本吧。」

如果連貼身衣物也要買新的，完全超出了我的預算。

「那為什麼不再多印幾本？只要有墨水，不就能印出一樣的東西嗎？」

「啊……如果要印，每次都必須一次印完。」

回想起自己的失策，我垂下腦袋瓜。班諾不明所以地輕挑起眉。

「墨水乾了以後，紙版就整個縮起來，沒辦法再使用了。因為那些插圖真的切割得很精緻，材質也不是木板和金屬，沒辦法把墨水擦乾淨或洗掉，所以一旦乾掉就不能再用了……」

製作繪本需要相當大量的紙張。我本來還心想這三十本是試作品，如果成品不錯，再量產紙張繼續印製，未料紙版卻不能用了。覺得太浪費了的我還哭了。

「以後就知道印刷的時候要先準備好大量的紙張，然後要一口氣印完。」

「紙要是不夠，可以向我這邊的工坊下訂購買啊？」

「……不要，太貴了。我要在梅茵工坊製作，再向路茲買下來。」

我沒好氣地鼓起臉頰，班諾便露出苦笑。就在這時候，店內傳來了路茲和吉魯搶奪衣服的爭吵聲。「我已經說過了！這件是我的！」雖然是舊衣舖，但這裡畢竟仍是高級店家。班諾的臉頰抽搐抖動。

「……梅茵，妳去調解一下。」

我邁開雙腳，小步地走向班諾示意的方向，只見路茲和吉魯正吵鬧不休地爭執不下。因為身高相近，正在搶同一件衣服。

「你們兩個人太吵了，安靜一點吧。會給店家造成困擾的。」

一看見我，兩個人抓著同一件衣服，爭先恐後地衝過來。

「梅茵，妳看這件衣服，我和吉魯誰比較適合?!是我對吧？」

「才不是！明明是我比較適合！對不對，梅茵大人！」

兩人都帶著可怕的表情向我逼近。我看向兩人手上的水藍色外衣，非常刻意地嘆一口氣，然後搖搖頭。

「兩個人都不適合。」

大概沒想到我會這麼回答，兩人都瞪圓了眼，閉上嘴巴。

並不是款式不適合，而是兩人的髮色都很淡，冬天若再穿上水藍色的衣服，看起來只會覺得很冷。夏天穿還無所謂，但不適合冬天。

「路茲，班諾先生之前不是說過嗎？顏色有分看起來溫暖，和看起來寒冷的顏色吧。你覺得這是哪一種顏色？寒冷的冬天，該穿哪種顏色的衣服比較好呢？」

路茲驚覺地放開手上的衣服。吉魯還拿著那件水藍色衣服，一臉茫然地歪過頭。

「吉魯，你把這件水藍色外衣放回去，穿穿看這件紅褐色外衣和這件褐色褲子吧。這兩件看起來比較暖和吧？」

「知道了，我穿穿看。」

吉魯轉身把水藍色外衣放回去。路茲有些沮喪地垮下肩膀，看著我接連抽出來的衣服。駱駝色的外衣乍看很薄，但內裡有刷毛，應該很暖和。

「路茲，你應該要穿這件深褐色的褲子吧。再搭配這件駱駝色……黃褐色或這件綠色外衣，看你喜歡哪一件。但布料不一樣，選的時候要考慮到可以走在我們住家附近喔。」

「那我一開始就只能選這件了吧！」

路茲抓起駱駝色的外衣，瞪著我說。綠色外衣的布料非常高級，並不適合出現在我們住家周邊。

「嗯。但考慮到挑選衣服的條件，水藍色更不適合了吧？」

路茲不甘心地「唔」了一聲，不再說話，套上駱駝色外套。雖然有些大件，但裡面會再穿好幾件衣服，而且如果想要明年也能穿，稍微買大件一點也比較好。內裡的刷毛似乎很溫暖，路茲的嘴角不由得咧開笑容。

路茲心滿意足地穿著駱駝色外衣時，多莉兩手上各拿了一件連身裙走過來。

「梅茵，妳覺得這兩件哪件比較好？」

連身裙一件是加了精美花朵刺繡的深綠色，一件是樣式簡單的藏青色。就我個人而言，很想看看多莉穿上藏青色連身裙後，再穿上白色圍裙打扮成女僕。

「多莉，妳為什麼會選這兩件呢？」

「這件是因為很可愛。妳看，顏色和刺繡都很棒吧？我想應該也很適合我的髮色，這件是布料很好，非常溫暖。」

若基於往常的實用主義，多莉會選擇藏青色吧，但她好像比較想要深綠色那件。

「如果穿可愛的這件走在外面，可能會太過引人注目，但反正冬天的時候會再穿件大衣嘛。既然只會穿在裡面，又有大衣遮住，我覺得兩件都可以，選多莉喜歡的就好了。雖然如果是我，比起可愛會更重視保暖，但多莉想要可愛的這件吧？」

「唔唔……好煩惱喔～」

如果想要磨練裁縫師的品味，我覺得買件自己喜歡的衣服也未嘗不可。但是，多莉一直被自己至今的常識局限住，很難真的捨棄實用，選擇外表。

「梅茵大人，我想要這件衣服！」

多莉還在煩惱時，戴莉雅踩著跳躍的步伐，拿著一件可愛的粉紅色衣服跑過來。還沒有放過大好機會地多拿了一件溫暖的大衣。這個精明的傢伙！不過，看得出來戴莉雅非常興奮，所以我也無法多說什麼。今天的我就專門負責出錢吧。

「好吧。戴莉雅就決定是這兩件了吧？」

「梅茵大人，非常謝謝您！唔呵呵～」

戴莉雅一邊哼著歌，笑容滿面地看著粉色連身裙，全身都洋溢著喜悅。看到她這麼高興，雖然貴了點，也會覺得那就算了吧。雖然我一點也不想明白進貢物品給可愛女孩子的心情，此刻卻不得不明白了。

看見戴莉雅拿著可愛的衣服這麼高興，多莉好像也下定了決心。她小手一伸，向我遞來深綠色的連身裙。

「梅茵，我也要這件可愛的！」

「好。不過，多莉要是在這裡買大衣，在住家那邊和工作的地方會太醒目，所以只能放棄了呢。但可以在這裡買條溫暖的披肩或圍巾，也幫媽媽和爸爸各買一條吧。」

「嗯！梅茵，謝謝妳！」

看著多莉開心地跑進店裡，我走向獨自一人選著衣服的羅吉娜。羅吉娜似乎已經選好了自己的衣服，手上拿著胭脂色的連身裙，雙眼則盯著一件沒有任何裝飾的藏青色連身裙。看起來非常樸素，可能連說過比起衣服、更想要畫圖工具的葳瑪也會願意穿。

「羅吉娜，葳瑪的衣服……」

「她說她不需要。因為她無法離開神殿，說自己沒有必要買衣服。不過，現在她已經可以不時去工坊露面了，所以我想若買一件不怕弄髒的舊衣，讓她去工坊時穿，她應該會比較高興……因為葳瑪很厭惡裝扮自己。」

明明長得那麼漂亮卻不打扮，真是太可惜了。但本人不喜歡，我也不能強求。

「梅茵大人，您不需要感到消沉喔。葳瑪現在光是敢和孩子們一起去工坊，就已經是一大進步了。」

羅吉娜溫柔地微微一笑。我和她一起走向班諾正等著的櫃檯，途中發現法藍正站在成年男性的衣服區動也不動。大概是客群的關係，這間店成年男性的舊衣最多。法藍在眾多衣服的環繞下，看起來像是走投無路。

「法藍，你決定好了嗎？」

「……梅茵大人。」

法藍轉過身來，難得一臉無助。這麼傷透腦筋的法藍有點可愛。

「法藍的氣質很穩重，如果喜歡簡單的樣式，這件跟這件都不錯喔。如果想要有品味一點，可以選這件或這件。」

「梅茵大人……請您決定吧。」

看見法藍虛脫無力的樣子，羅吉娜倏地雙眼發光，往前站了一步，栗色髮絲跟著搖晃。

「法藍也必須克服自己不擅長的事情才行呢。」

「羅吉娜，立場和平常顛倒過來，妳看起來很開心呢。」

「因為我終於也能幫上法藍的忙了呀。」

「那就交給羅吉娜囉。我也已經說完我的意見了。」

留下一臉興致高昂的羅吉娜，和求助地大喊著「梅茵大人?!」的法藍，我再度走回到班諾旁邊。大家各自選好的衣服都已經疊在櫃檯上，卻沒看見其他人的人影。

「咦？班諾先生，路茲他們呢？」

「嗯，我怕他們太吵，叫他們去挑妳的衣服了。妳至少需要兩到三件室內便服，訪問服和外出服也要各一件吧？我想這次會不相上下，妳就放輕鬆選吧。」

班諾說上次平手的路茲和多莉都渾身迸發著火花去找衣服了，戴莉雅和吉魯也因為是我的侍從，所以加入了戰局。

「嗚啊啊啊……好貴。結果我自己要買的衣服花了最多錢。」

「那當然，畢竟妳得打扮得像是貴族。本是平民的妳都已經因為穿上青衣，因而招來反感，現在更不能再穿著窮人的衣服在神殿裡亂晃，刺激到其他人。」

班諾說得完全沒錯，所以我只能垮下腦袋瓜。我在櫃檯飛快地拚命計算存款時，多莉和路茲誰也不讓誰地拿了衣服過來。

「梅茵，這件怎麼樣？」

兩人手上都拿著布料較厚的襯衫、長裙與背心。因為上次說過衣服不只有連身裙，兩人都從連身裙以外的衣服開始找起吧。戴莉雅和吉魯也接著拿了幾件衣服過來。

「梅茵大人，這件很可愛喔。」

這次是連身裙和袋狀長洋裝。這裡符合我體型的孩童衣服本就不多，這也意味著，現在這間店裡符合我尺寸的衣服全都攤在了我面前。

我在四人的注視下，思考著要選哪些衣服。大概是終於作好了決定，法藍和羅吉娜也走來櫃檯。聽到在挑選我的衣服，兩人看著排開來的服裝，接連幫我作出決定。

「如果要在神殿裡頭走動，這幾件衣服比較適合吧。」

「春天還有祈福儀式，會和神官長一起離開城市，所以要這邊的衣服才符合身分吧。那麼就是這件與這件。」

用不著我出馬，法藍和羅吉娜便開始挑選在神殿生活所需的衣服。雖然侍從們非常可靠，但對我的荷包來說卻是大危機。

不——！我在心裡頭發出無聲的吶喊。只見班諾勾了勾手指，把路茲叫到他旁邊，附耳說了些什麼。路茲聽完小臉一亮，拍了一下掌心。

「梅茵，妳的衣服由我買給妳吧！」

「路茲?!班諾先生，你對路茲灌輸了什麼觀念?!」

我惡狠狠地瞪向班諾，後者只是哼了聲，饒富興味地看著路茲。

「梅茵每次發明新商品的時候，都會給我一半的報酬，還幫了忙讓我能跟家人和好，所以算是謝禮。朋友之間不能互相借錢，但可以送妳禮物吧？」

怎麼樣啊？路茲得意洋洋地挺起胸膛，但我覺得這實在太超過送禮的範圍了。而且讓家人以外的男性買衣服給我，這種經驗連麗乃那時候都沒有。我煩惱得不知道該怎麼辦才好，班諾卻還掛著賊笑，在旁邊推波助瀾。

「梅茵，怎麼能在這麼多人面前拒絕男性贈送的禮物呢。這樣不僅不解風情，還會讓男人很沒面子喔。」

雖然班諾的語氣充滿調侃，但我這時候如果拒絕，肯定會讓路茲很沒面子吧。我根本不知道有什麼方法可以圓滑地婉拒。我求助地環顧四周，戴莉雅卻雙手扠腰，斥責我說：

「討厭啦！梅茵大人只要帶著笑容接受就好了呀。有男人向自己貢獻禮物，女人的價值才會提升喔。」

「戴莉雅，拜託妳不要說話。」

那樣子說，我簡直像是要男人對自己進貢的壞女人。這下子我更難收下了。我正抱著頭苦惱，路茲卻舉著自己的公會證，輕拍我的肩膀。

「總之我已經付完錢了，妳就死心吧，梅茵。」

……這麼聰明是怎麼回事！拜託分我一點！

「幹得好。」班諾笑著大力揉了揉路茲的頭髮，我想路茲絕對是受到了班諾的影響。即便接受了羅吉娜的貴族教育，還是沒有學到半點圓融機智，我真對自己感到心灰意冷。我也跟著結算了多莉和侍從們的衣服。

侍從們依序進入試衣室，換上新買的衣服，再把換下來的衣服放進籃子裡。我的衣服因為要放回神殿，由侍從們分頭整理收起。在大家的視線都集中在自己眼前的衣服時，我迅速地挨向路茲說：

「路茲，謝謝你……真的救了我一命。」

「別在意啦。是老爺之前提醒了我。」

不光是紙，還有繪本、衣架和寫字板，明明所有東西的獲利都各分一半，但初期投資你並沒有和梅茵平分吧——路茲說班諾這麼提醒過他。

「雖然老爺也說了，直到妳發現為止，或等妳真的沒錢了再告訴妳，但妳現在一定已經沒錢了，所以沒關係吧？」

……嗚嗚！我真的完全沒發現。

於是，我收下了路茲與我平分的初期投資費用，用來購買自己要做成貼身衣物的布料、替換用的床單和冬天用的溫暖毯墊。之後，更是採購了孤兒院孩子們可以穿的冬天衣物，和雜七雜八的生活用品，才結束了這趟為了過冬的購物。

豬肉加工的留守

買完東西的隔天開始，梅茵工坊的孩子們便多了一份工作，就是把向班諾訂購的東西搬回到神殿。孩子們都換上了厚衣服，把行李堆在新買的板車上，在奇爾博塔商會和孤兒院之間忙碌來回。有一半東西都送進了我所在的孤兒院長室，但也有些東西是要在孤兒院使用的。不只這些，豬肉加工用的工具也陸陸續續被運送進來。

「行李都先在這裡打開，要搬到孤兒院長室的東西請交給吉魯。木柴和食材請搬到女舍的地下室，木柴和各種工具請搬到男舍的地下室。」

法藍一邊清點貨臺上的物品，一邊指示哪些東西要搬到哪裡去。會這麼分配，是因為女舍的底樓是廚房，男舍的底樓是梅茵工坊。保存用食品交由薇瑪管理，之後還會上鎖，讓其他孩子無法擅自進出。因為冬天貴重的食材要是中途就吃完了，所有人都會很困擾。

灰衣神官和巫女各自把東西搬到男舍和女舍的地下室，孩子們也一起幫忙，一邊發出開心的叫嚷聲。路茲望著這一幕說：

「我家人說也會來幫忙孤兒院的豬肉加工。雖然沒有明確講出來，但我爸爸好像一直很感謝神官長。」

個性頑固又沉默寡言，有著匠人脾氣的狄多老樣子講話簡潔，但對於製造了機會讓大家可以溝通的神官長，似乎心懷感激。

「但妳看嘛，因為神官長是貴族大人，想道謝也不知道能怎麼做。所以爸爸好像是覺得既然如此，那就改為幫忙孤兒院吧。結果變成了我們一家人都要出動。」

「你們一家人……狄多伯父是不是又自己亂決定了？」

路茲家的四個孩子都是男生，如果能在豬肉加工時多了他們這幾個人手，一定能幫上大忙，但我很擔心其他人本身的意願。

「妳放心吧。我哥他們都說『那只好幫了』，我媽也很起勁。」

「有路茲的家人願意幫忙，那一定能進行得很順利。我開始期待豬肉加工了！」

唔呵呵～我興奮地露出開心的笑容，路茲卻皺眉看向我。

「梅茵，妳當然得留下來啊。每年這個時期妳都會發燒，上一次還自己一個人在貨臺上發燒昏倒，被送到了大門吧？這次又是要帶一群完全沒有經驗的人去做豬肉加工，怎麼可能再帶妳去。」

「雖、雖然是這樣沒錯……可是，現在媽媽懷孕了，我明年又要當姊姊，我才下定決心今年一定要參加，學會怎麼做豬肉加工耶。」

好不容易現在就算看著解體的過程，我也能夠不掉一滴眼淚地挖出內臟，居然不能去參加，太過分了。而且今年為了一定要參加街坊鄰居間的豬隻解體，努力幫上忙，我還打算要趁著孤兒院的這次機會先演習。

「不行。既然要帶孤兒院的孩子們過去，那梅茵也不能動手做事吧。要是待在外面看我們工作一整天，妳一定會發燒。那就沒辦法做那個叫明膠的東西了吧？」

路茲一個接一個地列出我不能參加的理由。可恨的是，無法反駁。

「梅茵要留下來，趁這時候想想要怎麼賺錢吧。呃……那叫什麼？就是妳之前說過的，這就叫做適材適用。」

「嗅嗚……」

豬肉加工的當天早上，我的家人和路茲的家人先在水井廣場集合，討論好了工作順序後，決定了我、父親和多莉先一起前往孤兒院。因為我要留在孤兒院裡等大家，父親和多莉則負責搬運放在孤兒院的工具，並且為孩子們帶路。

路茲以奇爾博塔商會學徒的身分，先去肉攤，和員工一起前往農村；路茲的家人和母親則先去農村，在燻製小屋做好準備和汲水。

「那麼，今天就依照剛才的分組著手進行工作。豬肉加工組負責推板車，出發前往農村。留守組負責打掃神殿和孤兒院，並且準備煮晚飯要喝的湯。」

法藍將孤兒院的所有人分成了兩組。適合做勞力工作的灰衣神官除了負責監督的人員外，全被編進了豬肉加工組裡頭。

「爸爸，一定要帶著豬皮回來喔！因為我要用來做明膠。骨頭和內臟要是沒有剩下來，那也沒有辦法，但皮一定要留住喔！拜託爸爸了。」

我提醒父親一定要帶著皮回來，父親輕拍了拍我的頭笑道：

「我知道、我知道。梅茵就乖乖待在房間裡吧，小心不要發燒。路茲不是說過，之後的作業很重要嗎？」

「我知道。其實我也想跟大家一起去，但我會乖乖等你們回來。」

提醒完父親後，我跑向正和孩子們一起把東西搬上貨臺的多莉。

「多莉，戴莉雅就麻煩妳照顧了。」

「我知道啦。一起加油吧。」

多莉轉向戴莉雅，露齒微笑說道。但戴莉雅用力挑起眉，瞪著我抗議：

「梅茵大人，為什麼我也非去不可呢？」

「因為我希望也讓戴莉雅看看神殿以外的世界。」

我的侍從中，羅吉娜和葳瑪會留下來，但其他人都要一起參加豬肉加工。雖然戴莉雅很不情願，但這次是強迫參加。畢竟不是要去孤兒院，我也希望她可以在孤兒院以外的地方，與其他孩子們有點互動。戴莉雅和孤兒院的孩子們好像幾乎沒有往來，但在買東西的時候，看起來和多莉意氣相投，吉魯和法藍也在，應該不至於落單吧。

「梅茵，那妳留下來要做什麼？」

「我要做新繪本喔。羅吉娜和葳瑪也會陪我一起做。兩個人的字都很漂亮，還要請她們畫圖。」

羅吉娜不只是我飛蘇平琴的老師，字美的程度也是有目共睹，所以決定請她幫忙一起製作下一本繪本。今天也因為所有男性侍從都外出了，可以讓葳瑪來院長室一起做繪本。順便還請她帶了兩個擅長做菜的女孩子過來，為了冬天，要在廚房進行特訓。

我和羅吉娜一起目送大家離開後，回到院長室。正在練習飛蘇平琴的時候，葳瑪帶著兩個女孩子過來了。

「妮可拉、莫妮卡，為了可以煮出好吃的飯菜，請好好練習廚藝吧。」

開口鼓舞神色緊張的兩人後，便請羅吉娜帶兩人去廚房。

「收穫祭期間，因為青衣神官們不在，神的恩惠都會變得非常粗糙。有些神官會帶廚師一起出門，也有些廚師因為知道主人不會吃到便偷工減料。如果不是我們自己會煮湯，否則這十天會很難熬吧。」

聽到葳瑪這麼說，我打了個冷顫。如今青衣神官的人數減少了，收穫祭期間會一直留在神殿裡的青衣神官，就只有我一個人而已。其他青衣神官都被派到了某處的農村。要是所有青衣神官都帶著廚師出門，根本沒有神的恩惠。

「往年因為青衣神官人數不少，所以即使有一半的青衣神官出門了，至少還有一半神的恩惠，在其他青衣神官面前，為了不丟主人的臉，廚師也絕對不敢偷工減料。但是，現在卻……」

葳瑪說完嘆一口氣，垂下目光。但很快地，緩緩張開的褐色雙眼又回復到了平常柔和的笑意，注視著我說：

「多虧了梅茵大人，我們才能自己煮東西吃。年幼的孩子們也不用挨餓了。您還為了孤兒院作好過冬的準備，我真的非常感謝梅茵大人。所以只要是我能做的事，都請您儘管吩咐。」

說完，葳瑪走上二樓，馬上開始在桌上擺放畫圖用的工具。

「這是接下來的故事嗎？」

「對，這篇故事叫做灰姑娘。」

葳瑪看起了灰姑娘的文章，於是我拿起飛蘇平琴，再度開始練琴。練習內容是神官長出的第三首作業曲和自選曲。這次的自選曲配合季節，我選擇了〈小狐狸〉。但為了套用這附近動物的名字，所以改掉了小狐狸，變成小兔子，這點就別介意了。

「好懷念的琴聲呢。」

「葳瑪也會彈飛蘇平琴嗎？」

「只是愛好而已。對於聽慣了羅吉娜琴聲的梅茵大人來說，只怕很刺耳吧。」

葳瑪笑著這麼說，但肯定比還是初學者的我厲害。

「羅吉娜的琴藝太好了，所以我不清楚愛好究竟是指怎樣的程度。我想聽聽看葳瑪彈的飛蘇平琴。」

「真的只是愛好程度而已唷？」

但是，果然很久沒碰樂器了吧，葳瑪顯得很開心，表情還有些沉醉地接過羅吉娜手上的大飛蘇平琴。

鐙！地撥下琴弦後，傳來的琴聲如實地體現出了葳瑪的性格，柔和又沉穩，聽了讓人非常放鬆。要是再加上葳瑪搖籃曲般的溫柔嗓音，不開玩笑我絕對會睡著。

「葳瑪的琴音還是和以前一樣，非常柔和呢。」

「是因為我沒有羅吉娜這樣的琴藝，都選些緩慢的曲子吧？」

看著開心談論的兩人，對於她們要求達到的標準之高，我不禁目瞪口呆。要是這樣還只算是愛好程度，那貴族的小孩根本全是飛蘇平琴大師。

「……如果這樣只是愛好程度，那表示羅吉娜也很會畫畫吧？」

「因為我們都得磨練到可稱作愛好的程度呀。」

從葳瑪在音樂方面的愛好程度，可以大概推敲出羅吉娜的繪畫水平。能讓侍從們接受如此高規格的教育，看來克莉絲汀妮果真是位非比尋常的見習巫女。

第三鐘響後，結束了飛蘇平琴的練習，開始製作灰姑娘的繪本。葳瑪看完故事後，我和她討論要加入什麼樣的插圖。

「要表現出灰姑娘的美麗這點很困難呢。膚色也無法變化……」

「那如果是在體型上，和繼母與繼姊她們作出分別呢？」

「但是，能夠成為中級貴族的續弦，想必是位美麗的貴婦人吧？」

為了和美麗的灰姑娘作對比，卻被迫面對繼母和繼姊也很美麗這項現實，真是讓人頭痛。我「嗯……」地陷入苦思，羅吉娜看著灰姑娘的故事，提議說了：

「梅茵大人，與其為新的故事煩惱，是不是重新印刷已經寫好內容的兒童版聖典比較好呢？我覺得梅茵大人現在就要創作貴族的故事，還有些太早了。至少等您再熟悉一些神殿的內部情況以後，再來考慮會比較恰當吧？」

神官長也說過一樣的話，連羅吉娜也指明了我對貴族社會還太一無所知。

「我是因為想要知道一般的故事能不能被接受，才想試著寫灰姑娘呢……」

「梅茵大人，那是寫得出一般故事的人才會說的話唷。」

羅吉娜緩慢地左右搖頭。「羅吉娜，妳說得太直接了。」葳瑪從旁制止。但這也意味著，葳瑪也覺得灰姑娘並不是一般常見的故事。

「……灰姑娘並不是一般常見的故事嗎？」

「大家常聽到的故事，都是建國事蹟、諸神的故事與騎士的故事。像這篇灰姑娘的故事，我從來沒有聽說過。」

兩人在服侍克莉絲汀妮大人時聽說過的故事，基本上也都是藝術的源頭。還有以這些故事為題材所創作的繪畫、音樂和詩歌。既然如此，如果不研究那些故事，就無法做出能被貴族階級接受的繪本吧。

「那兒童版聖典和灰姑娘，妳們覺得哪一個更能被貴族階級接受呢？」

「當然是兒童版聖典。因為具備了教養所需的知識，也概括得簡單易懂。」

都說得這麼直截了當了，我果斷地決定放棄創作灰姑娘繪本。明知道不會被人接納，那當然要改做肯定會熱賣的其他繪本。

「那就放棄灰姑娘，重新製作兒童版繪本吧！……羅吉娜，下次說那些大家常聽到的故事給我聽好嗎？我要用來做下一本繪本。」

「那些故事都是學習教養所需的知識，隨時都可以問我唷。」

我們把一本兒童版聖典拆解開來，把內頁對半切開，分成文字和插畫兩邊。然後，把插圖疊在原本要用來做灰姑娘紙版的厚紙上，割下黑色的部分。這樣一來，就能做出和之前一模一樣的圖畫了。羅吉娜拿來了路茲放在工坊的筆刀，和葳瑪一起認真地切割圖畫。

「梅茵大人，請您和上次一樣，負責割字吧。」

羅吉娜盈盈微笑，分配工作，我點一點頭。因為兩人很快便得出結論，我不適合切割細膩的圖畫這項工作。

……雖然羅吉娜的手比較靈巧，可以切割得很漂亮，但一定只是因為我手太小了而已！等我長大了，一定也會變得很靈活！

至於麗乃那時候長大後也沒有變得多靈活這項事實，我默默別過頭不去正視。

第六鐘響前，要送到孤兒院的晚餐完成了，首次擔任料理助手的妮可拉和莫妮卡一臉筋疲力盡地走出廚房。說好了等法藍回來後，會由他把晚餐送到孤兒院，便請羅吉娜讓廚師他們回家了。

「……大家好慢呢。」

「豬肉加工很花時間喔。大家大概會忙到第六鐘的關門前一秒吧。」

我說著看向窗外。太陽快西下了，天色逐漸變暗。因為左鄰右舍都是等天氣再冷一點才會進行豬肉加工，所以往年家人回到家的時候，太陽早就已經下山了。由此來推算，應該要再一會兒才會回來吧。我這麼心想著時，戴莉雅氣喘吁吁地回來了。不知道是外面開始變冷了，還是用跑的回來，臉頰像蘋果一樣紅撲撲。

「戴莉雅，妳回來了。做好了很多東西嗎？」

「我回來了！有那麼多食物，我想今年冬天一定沒問題喔！」

本來還很擔心戴莉雅，看到她這麼開心地回來，我鬆了一口氣。戴莉雅是為了幫我更衣才先回來，她說其他人正把加工好的各種豬肉食品搬進地下室。戴莉雅一邊幫我更衣，一邊興奮地滔滔不絕說著他們是怎麼做香腸，肉攤員工切肉切得有多熟練。

「而且從孤兒院帶過去的這麼一大塊醃肉，居然被吊起來燻烤呢。聽說用煙燻過以後，肉會比較不容易腐敗，真是太神奇了！還有……」

看來出外和大家一起進行豬肉加工，對戴莉雅來說是很良好的刺激。希望她今後可以照這個樣子，開始和孤兒院的孩子們有所互動。

「梅茵大人，路茲說想和您討論豬皮的事情。待更衣完畢，能請您移駕工坊嗎？」

樓下傳來法藍的聲音。已經換好衣服的我走下樓梯。

「吉魯，麻煩你為梅茵大人帶路。」

「是。」

前往工坊途中，只見板車正擺在神殿大門旁邊，大家都忙著把食材搬進女舍的地下室。還看見了父親和多莉。我強忍著想跑向大家的衝動，先走向工坊。

「梅茵，這些豬皮要怎麼處理？」

一看到我，路茲立刻指著捲起來的豬皮問。我環顧了工坊內部一圈，指著一個鍋子說：「先放進那個鍋子裡面吧。」

「不用做些預先處理嗎？」

「是有打算浸在石灰水裡去毛，但因為我也不知道要浸泡多久，所以最好邊觀察邊慢慢去毛吧。今天時間也很晚了吧？」

「要是浪費就糟了。」路茲說著拿出寫字板，握著鐵筆瞥來一眼。明白他的意思後，我開始說明要怎麼製作明膠。

「首先，浸在石灰水裡去毛後，剝離成鞣製用的表層和內層。這個部分路茲沒問題吧？」

「不是很拿手就是了。」

路茲聳聳肩說道，用眼神催促我說下去。

「內層是明膠的原料，但表層不會用到，可以鞣製後做成書的封面。」

「那誰要負責鞣皮？」

路茲兇巴巴地瞪著我，我歪過頭。

「呃……委託皮革工坊？」

「有錢再說吧。」

被一語刺中痛處，我當作沒有聽到，繼續說明。

「然後內層再繼續浸在石灰水裡，直到變得膨脹而且柔軟，消除掉原料中的『蛋白質』和『脂肪』……它會自己消除，所以放著不管就好了。之後再清洗豬皮，把石灰洗乾淨，放進熱水裡面，用小火煮上兩鐘的時間。」

「兩鐘的時間嗎？還真久。」

路茲邊說邊用鐵筆在寫字板上做筆記。

「接下來才是困難的地方，要保持在我們喝茶的溫度下靜置不動，讓雜質往上浮起和沉澱，正中央就會變成透明的。我們就是要使用中間那一部分的透明液體。」

我說到這裡停下來，路茲從寫字板上抬起頭，滿臉納悶。

「……要怎麼只使用中間的部分？」

「因為我也沒有做過，只能試做看看了。」

「真的假的？那分裝到小鍋子裡面比較好吧。」

我知道可以把上層的雜質輕輕撈掉，但不知道該怎麼做，也不知道該撈到哪種程度比較好，所以只能試做才知道了。

「然後把膠液倒進木盒裡，放在吹得到冬天寒冷北風的窗邊，讓它冷卻凝固就完成了。」

「嗯……浸泡和熬煮都要花不少時間，那應該可以一起做蠟燭。」

路茲看著寫字板上的筆記，這麼下了結論。

「那明天做明膠的時候，也順便做蠟燭吧。把會臭的工作一口氣做完。」

「好～！一起加油吧！」

第一次製作明膠，我興奮得舉高雙手。

過冬準備完成

希望可以在青衣神官們回來之前，一口氣做完會有難聞氣味的工作。加工完豬肉的隔天，路茲說除了主要製作明膠和蠟燭之外，還要順便做乳酪。

我們家會向養牛的人家買牛奶，但只加醋做過茅屋起司，而路茲家常用雞蛋換到牛奶，所以也會做發酵熟成過的乳酪。

「乳酪比較適合保存，孤兒院做乳酪比較好吧？」

「……我是聽不太懂啦，總之只要冬天的食物能增加就好了。」

路茲和吉魯一邊做著今天的工作，一邊討論著這些事情。我直到第三鐘響前都要練習飛蘇平琴，比較晚才到工坊，但所有作業看來都進行得很順利。我帶著法藍來到工坊，只見神官和見習生們正分工合作，各自負責著不同的作業。因為平常這段時間我都在幫忙神官長，很少來巡視工坊，感覺有些新鮮，真好玩。

「路茲、吉魯，情況怎麼樣？」

「都還滿順利的。豬皮在這邊，蠟燭在那邊，現在正在融化牛脂，過濾後撈掉肉末。還沒進行妳所謂的『鹽析』。」

路茲和吉魯眼前的鍋子裡，已經去掉了表層的豬皮內層正漂浮在石灰水裡。看樣子才剛泡進石灰水裡不久，所以目前一點膨脹的跡象也沒有。而在路茲指著的方向，三名灰衣神官正在合力過濾融化好的牛脂。

「豬皮再放一陣子吧。『鹽析』雖然有點麻煩，但可以讓味道變得不那麼臭，油的品質也會變好，大家加油喔。」

路茲家並不會特別進行鹽析。在我家也是我開口提議之後，發現臭味真的變淡了，才開始採用鹽析，但這種做法在這裡並不常見。我想有部分也是因為我生活在貧民區，雖然沒有其他香料誇張，但鹽巴的價格並不便宜。

「可以把汀耳芬和路墨莎這兩種藥草切碎，再加進融化的蠟裡頭，就能消除臭味喔。不過，絕對不可以加迦耶利和桑可萊勒，只會變得更臭，所以一定要小心。」

我告訴路茲有什麼方法可以稍微減輕蠟燭的動物性臭味後，他稍微瞪大雙眼，搖晃著肩膀竊笑起來。

「哈，這些是梅茵失敗過的例子吧？」

「唔嗚……所謂失敗是成功之母。失敗過好幾次後，一定會成功的嘛。」

「哦……原來是這樣。梅茵大人好了不起喔。」

我話一說完，吉魯的雙眼便熠熠生輝，乖巧點頭。我家的侍從真可愛。希望他可以就這樣正直地長大成人。

「對了，梅茵大人，『鹽析』是什麼？很難嗎？」

「只是多了一些步驟，比較麻煩，但並不困難喔。只要在牛脂裡倒進鹽水，用小火煮一陣子，再反覆地撈掉殘渣。冷卻之後，就會分離成上面是油，下面是鹽水。等油凝固成了雪白色以後，就倒掉底下的水，只用上面鹽析過的油。」

我簡單說明了步驟，吉魯「嗯嗯」地連連點頭。路茲也邊聽邊點頭，但忽然間眨了眨眼睛。

「梅茵，要做肥皂的份不先保留下來嗎？」

「因為神的恩惠包括肥皂了，所以可以全部做成蠟燭。」

我們家會在春天做肥皂，所以部分的油會保留下來，但在神殿，會提供肥皂當作神的恩惠。因為灰衣神官必須維持衣服與身體的潔淨，所以肥皂提供得相當充裕。雖然站在孤兒院的立場，比起肥皂更想要食材，但青衣神官的優先順序和我們不一樣。

「啊，吉魯，剛才過濾牛脂的那些布裡頭，應該有很多附在油上面的小碎肉，可以加進今晚的湯裡面，會很好吃喔。跟灰衣神官他們說一聲吧。」

吉魯用力點頭，跑向正在過濾牛脂的神官。神官們打開過濾用的布，探頭往裡面一看，開心地發出了大叫聲：「有肉耶！」

「嗯，因為肉很重要嘛。」

路茲說，我和他相視微笑後，來回地環顧了工坊一圈。除了明膠和蠟燭，也有灰衣神官和見習生正在利用壓去紙張水分的壓榨器，榨取果實的油。不只能做燈油，還能用在煮飯上，希望能擠出越多越好。但孤兒院基本上只煮湯，不會用來做菜就是了。

平常的主角現在則被堆在工坊的角落。牆邊可以看見做到一半，正在壓掉水分的紙和晾乾中的白色及黑色樹皮。我的視線停留在做好後堆起來的紙張上。

「路茲，現在工坊做好的紙大概有多少？」

路茲往我看著的方向看去，瞇起眼睛。

「前陣子才印了繪本，現在應該不到三百張。等那些正在壓掉水分的紙晒乾了，才能知道確切的數量。妳需要紙嗎？」

「嗯，我想再重印一次兒童版聖典。但因為不想浪費紙版，我想要一口氣大量印刷，所以需要大量做繪本用的紙……現在開始做的話，可以做出多少呢？」

為了不浪費紙版，需要大量的紙張和墨水。墨水我已經向班諾加訂了亞麻仁油，煙灰也還剩下不少，所以沒問題。最後需要的就是紙張。

「雖然佛苓不適合砍來當木柴，但現在這個季節，樹皮都開始變硬了。我會去木材行問問看。如果把現在工坊裡的黑白樹皮都做成紙，應該會有七百五十張左右吧。」

「是嗎？那就麻煩你盡量多做點紙吧。」

「交給我吧。」

路茲攬下了這份工作後，紙這件事就交給路茲了。

「梅茵，如果妳還有時間，在皮泡脹之前，要不要去看看做乳酪的情況？」

我對路茲的提議點點頭，帶著法藍，一起移動到女舍的底樓。

「乳酪是在女舍那邊製作嗎？」

「對，因為鍋子的關係……做紙和做乳酪的鍋子還是分開來比較好吧？」

在我的觀感中，無法接受煮過灰和樹皮的鍋子，再用來煮長期保存用的食品，但是在這一帶，很多人都認為洗過以後就沒問題。只是摻到了一點灰而已，東西還是可以吃。雖然可以吃，但我不想。而且，孤兒院的孩子們一般都是吃貴族剩下的飯菜，所以如果鍋子的數量多到足以分開使用，還是分開來比較保險。

「做好了！」

「接下來把這個拿去晒吧。」

來到女舍，孩子們正在晒著從森林採回來的水果和菇類，巫女和見習巫女們則辛勤地在製作乳酪和煮湯，還用採回來的水果和蜂蜜一起熬煮成果醬。現場彌漫著濃濃的甜香，和男舍的動物性臭味完全不同。

「可是就算煮了這麼多，還是一到中午就吃完了呢。」

「希望收穫祭快點結束。一天之內要煮湯這麼多次，累死人了。」

收穫祭期間，青衣神官分送下來的神的恩惠很少，所以負責煮飯的巫女們忙得馬不停蹄，還得熬煮比平常多出將近一倍的量吧。少女們都嘟著嘴巴在切菜，不然就是面帶苦笑攪拌鍋子。看見她們這副模樣，我忍不住笑了。

「哎呀，梅茵大人?!」

發現到我來了，孩子們都慌忙停下動作，在胸前交叉雙手，彎腰鞠躬。聽到我說：「大家繼續工作吧。」大家便用和剛才不同，緊張到無比僵硬的動作重新開始工作。

……啊啊啊啊，大家都很怕我呢。

因為我會跑去和路茲討論事情，還會巡視新開始的工作項目，所以常常出入工坊，在裡頭工作的神官們現在也沒那麼緊張了。但是，我從來沒在女舍煮湯時來露過面，看得出來大家都緊張得直發抖。

「路茲告訴我妳們在做乳酪，我只是過來看看而已。還順利嗎？」

「現在才剛熱好了牛奶而已。」

少女一邊僵硬微笑，一邊用較大的木鏟慢慢地畫圓攪拌鍋子。路茲探頭往鍋裡看，微微點一點頭。

「那繼續慢慢加熱，等鍋子邊緣開始冒出小泡泡了再來叫我。」

多半是看過鍋子和火勢後，就能計算出大概的時間，路茲喃喃說著「這樣子應該沒問題」，然後對正在晾晒水果的孩子們喊道：

「喂～小鬼頭們，我要去店裡拿東西，過來工坊這邊吧。東西會不停送過來，趁有空的時候先過去拿吧。」

孩子們口齒清晰地應聲，停下晾晒水果的動作，開始整理籃子。

「梅茵，那妳回房間吧。有妳在，旁邊的人都很緊張。」

「嗯，知道了。那接下來就拜託路茲了。」

看到所有工作都順利進行，我心滿意足地回到院長室。照這情況，應該能在青衣神官們回來之前完成所有作業。只要會有臭味的作業結束了，之後可以慢慢來。

院長室的廚房除了和平常一樣要準備三餐，同時也忙著對昨天切成薄片後，沒有加以煙燻的大量豬肉進行醃製和油封，廚師們顯得非常忙碌。側眼看著手忙腳亂的廚房，我走上二樓，戴莉雅正看著兒童版聖典，一邊練習寫字，羅吉娜則處理著法藍指定的事務工作。

「那接著做紙版吧？」

我也打算動手開始工作，法藍卻微微一笑，遞來木板。

「不，梅茵大人，比起紙版，為了不論何時接到騎士團的請求都能應對，請您先複習祈禱文吧。」

騎士團想當然是由一群貴族集結而成，所以接到請求，出動的時候，不容許任何細微的失誤。比起孤兒院的過冬準備，法藍最擔心的是來自騎士團的召集。

「……騎士團是什麼時候會提出請求呢？」

「並沒有明確的時間，但往年進入冬天之前，都會有一到兩次的召集，所以可能再過不久就會收到請求了。」

「這樣啊……」

原本見習神官和巫女絕對不會出現在儀式上。任誰都不希望由還不成熟的見習青衣來執行重要的儀式。所以，神殿在舉行洗禮儀式、成年禮和星結儀式時，我從來不曾以青衣巫女的身分參加。騎士團又多為男性，為了避免不好的流言，青衣巫女也不會靠近半步。所以騎士團提出請求時，向來都是由已經成年的青衣神官前往。然而，現在因為沒有能夠舉行儀式的青衣神官，所以才會由在神殿當中只是青衣見習巫女，本來也最不需要履行職責的我來負起這項重責大任。

「可是，法藍，我不太明白，神官長的魔力不是很強大嗎？」

除了我之外，還有人可以勝任啊。在目前神殿裡剩下的青衣神官當中，神官長的魔力應該算得上很強大。

「視時機與場合，比起神殿的職務，神官長更必須以貴族的責任為優先。」

不只神殿的貴族人數不足，騎士團也是一樣的情況。只要表現優異，不少騎士也和神殿這邊一樣，受到提拔前往中央，結果騎士團只好招收原本魔力量並不足以過關的貴族入團。在這種情形下，神官長身為畢業自貴族院的正式貴族，有可能必須負責支援騎士團，所以才會要求我以巫女的身分出席，完成這項儀式。以上是法藍私底下告訴我的。

……總算能像個巫女，但首次出任務就是騎士團的召集，會不會太責任重大了？

我內心冷汗直流地背著祈禱文，法藍像想到什麼地抬起頭來。

「梅茵大人，儀式服縫製好了嗎？」

「試裝已經結束，開始正式縫製了，所以應該再不久就完成了。」

珂琳娜說過，身體狀況不錯的話大概四天，即使狀況不好，也應該不出十天就能完成。我對法藍這麼說了後，他才放下心來。

「那麼，請盡快帶到神殿來，以便收到召集時能夠立即出發。」

接著我和法藍一起複習祈禱文，不久吉魯抱著木箱回到院長室。好像是奇爾博塔商會的物品送到了。

「法藍，你可以幫我嗎？有些包裹很大件。」

「知道了，現在就過去。戴莉雅、羅吉娜，麻煩妳們拆開包裹。梅茵大人，請您留在這裡繼續複習。」

聽到吉魯的呼喚，法藍站起來，羅吉娜和戴莉雅也接著走下一樓。戴莉雅和羅吉娜拆開放在小客廳裡的包裹，法藍和吉魯去工坊搬東西。

「哇啊！毯子都送到了呢！」

一樓傳來了戴莉雅興奮的大叫聲。她最喜歡裝飾和更改房內的配置了。

「這樣一來，院長室也能準備過冬了。那馬上更換房內的擺飾……」

「戴莉雅，就要吃午餐了。等吃完午餐，再更換房內的擺飾吧。」

羅吉娜制止了衝動的戴莉雅。於是乎，便敲定了下午要更換房內的擺飾。

「好了，梅茵大人快和吉魯一起去工坊吧。」

吃完午餐，戴莉雅便笑容滿面地將我趕出房間。神官長因為收穫祭外出，所以即使有法藍陪同，我也不能進入圖書室。而進不了圖書室的我，若連院長室也不能待，就只能去工坊了。法藍又因為是貴重的男性人手，戴莉雅表示不能帶走，所以由吉魯陪同我去工坊。

「剛好路茲上午才說，現在豬皮膨脹了不少，想請梅茵大人過去工坊看看呢。梅茵大人，和我一起去工坊吧。」

大概是回到孤兒院的大家還沒吃完飯，工坊裡半個人也沒有，空空蕩蕩。既然沒有人會制止，我也不客氣地靠近鍋子，探頭往裡面看。

「好像可以了。那仔細把石灰洗掉以後，再放到熱水裡面熬煮吧。」

「……咦？梅茵，妳來了嗎？」

想來是已經回到班諾那裡吃了午餐和報告完畢，看到我出現在工坊，路茲張大眼睛。因為我都不能動手做事，所以很難得一天來工坊好幾次。

「奇爾博塔商會把毯墊那類的東西都送來了，所以戴莉雅正興致勃勃地要更換房內的擺飾……嫌我礙事，就把我趕出來了。」

「哦，那真剛好耶。老爺要我跟妳說，儀式用的服裝已經做好了，要妳有時間就去找珂琳娜夫人。既然不能待在房間，那妳要不要現在去找珂琳娜夫人？回去的時候我再去那邊接妳。」

我聽了路茲的提議後重重點頭。現在是越來越有寒意的秋季，我一直站在外面太危險了。若有地方可以避難，最好轉移陣地。

「好。那我會帶羅吉娜陪我去找珂琳娜夫人，路茲來接我的時候，記得帶法藍一起來喔。不能讓羅吉娜單獨一個人回來。」

「了解。」

「路茲，你先洗豬皮吧。我送梅茵大人回房間。」

和吉魯一起回到院長室時，戴莉雅正開始搬開大型家具，對著我們怒吼：「討厭啦！」因為不能被看見房間亂糟糟的樣子，所以直到打掃完為止，主人都不能回房間。

「聽說儀式用的服裝已經做好了。我打算去奇爾博塔商會，之後就直接回家。至少讓我換身衣服吧。還有，羅吉娜能隨我一起去找珂琳娜夫人嗎？」

「遵命。」

羅吉娜轉身去換上外出用的服裝，戴莉雅一邊迅速幫我更衣，一邊眉飛色舞地說：「明天之前會把房間整理好的。」

「法藍，不好意思，路茲要回店裡的時候，應該會來叫你，麻煩你和他一起來商會吧。因為不能讓羅吉娜在天黑之後，自己一個人回神殿。」

「遵命。梅茵大人，請小心慢走。期盼您盡早歸來。」

在法藍的目送下，我和穿上了新買胭脂色連身裙的羅吉娜，一起走在陽光雖暖，但風開始變涼了的大道上。一直以來，法藍都負責接送我往返於奇爾博塔商會和住家，吉魯也會去森林，但羅吉娜和兩人不同，沒有什麼機會外出。對於街上的臭味，她有些皺著臉龐，但也感到新奇地左顧右盼，我覺得很可愛。

「葳瑪要是也能出來走走，就能畫出更多東西了吧……」

「也許在不久的將來，葳瑪也會想出門喔。一開始在底樓煮湯的時候，灰衣神官只是幫忙運水，葳瑪都害怕得站在遠處觀看，現在甚至敢向他們下達指示了呢。」

如今葳瑪負責掌管孤兒院和孩子們，比起以前，慢慢變得堅強了吧。聽了羅吉娜的報告，可以感覺到葳瑪一點一點在改變，不由得非常開心。

「馬克先生，午安。因為班諾先生找我，我馬上趕過來了。」

「老爺現在正在談生意，我直接向珂琳娜夫人通報吧。請在此稍候。」

在馬克的招呼下坐下後，羅吉娜靜靜地站在我身後。一名學徒依著馬克的指示，端了茶水過來。我喝了口茶，吐出長長的氣。

「梅茵大人，這邊請。」

因為今天羅吉娜也在，我又是珂琳娜的客人，馬克加上了「大人」稱呼我。先走出店門，從正面的樓梯走上三樓。

「珂琳娜夫人，梅茵大人到了。」

「梅茵，歡迎妳來。」

馬克敲門後，珂琳娜便帶著柔美的笑容出來迎接我們。視線一落在羅吉娜身上，珂琳娜微微瞠大雙眼。

「今天侍從也一起來了嗎？那是不是該稱呼梅茵大人比較好呢？」

「其實都可以，但考慮到羅吉娜內心的觀感，可能改一下比較好呢。」

「呵呵，那麼梅茵大人，請進。」

跟著珂琳娜走進往常那間接待室，平常當作衣架使用的家具，現在擺設成了像是展示和服用的衣杆，儀式用服裝正攤開來掛在正前方。

「哇啊！」

因為儀式服就擺在照得到窗外陽光的位置上，以同色絲線繡成的流水紋和季節花卉變得非常醒目。在光線的照射下，絲線還隱隱綻放出了白色的光芒，看起來好像是真的流水一樣，讓我目瞪口呆。

「……真是太美麗了。」

聽見羅吉娜充滿讚嘆的聲音，我才回過神來。

「珂琳娜夫人，成品真是太棒了。非常謝謝妳。」

「我才非常謝謝梅茵大人喔。」

珂琳娜柔柔微笑，捧著又變大了一些的肚子，用非常謹慎的動作，輕輕地拿下儀式服。

「請您試穿看看吧。真是不好意思，因為現在大著肚子，能請妳幫個忙嗎？」

「是，當然沒問題。」

羅吉娜接過珂琳娜手上的青衣，為我穿上。不愧服侍過青衣見習巫女，羅吉娜的動作沒有任何遲疑。全面染作青色的服裝上有著同色的刺繡，而邊緣的袖口和下襬是用銀線，胸前是用金線。脖子四周以金線繡出了梅茵工坊的店徽，從正面來看，正巧落在胸口正中央的位置上。

我緊張兮兮地立正站好，感覺就像穿上了成年禮的長長振袖和服。必須表現得端莊典雅才行。絕對不能弄髒。這些想法在腦海裡揮之不去。

「腰帶在這邊。」

至於搭配儀式服的腰帶，見習青衣都固定是白底配上銀線刺繡，成年以後，是白底配上金線刺繡。珂琳娜說明道，這些刺繡也都是聖典的祈禱文。

「請問，這件儀式服的布料感覺相當厚呢……」

幫我穿上衣服的羅吉娜邊調整著腰帶，邊抬頭看向珂琳娜。珂琳娜臉上依然是可人的微笑，說明了加在服裝內部的打摺。

「像這樣預先把布料折起並縫起來，便能隨著成長，增加服裝的長度……其實是在梅茵大人的請託之下，才修改成了這樣的款式。雖然少見，但畢竟儀式服的穿戴次數不多，所以也算合理吧？」

「……梅茵大人總是令我感到吃驚呢。」

聽到不是珂琳娜獨創的縫法，而是我的提議後，羅吉娜表示理解地嘆口氣。為我穿好衣服後，羅吉娜站起來，從各個角度檢視穿上儀式服的我，然後用力一點頭。

「梅茵大人，這套服裝非常出色。配合著您的動作，刺繡的流水和花朵紋路便跟著浮現而出，人們的目光肯定會深受吸引吧。」

有了服侍過克莉絲汀妮大人的羅吉娜的保證，這次因為在儀式服上採用了新的縫法，珂琳娜總算如釋重負地放鬆了緊繃的肩膀。

儀式服準備好了，房內家具也替換成了冬天的擺飾。做好了的保存用食品和蠟燭，也與木柴一起搬進地下室。明膠放在吹得到冷風的地方，為了進行第二次印刷，工坊也製作了大量的紙張和墨水。順便也清點了冬天手工活所需工具的數量，不夠的再買齊。就這樣，孤兒院的過冬準備總算都完成了。

騎士團的請求

收穫祭的時期已過，青衣神官們好像都回到了神殿。雖然我並沒有親眼看到青衣神官他們，但孤兒院裡神的恩惠增加了，所以是一目了然。

神官長受派前往的農村相當近，所以在青衣神官當中，算是相當早回來。幫忙處理公務的工作於是不久便重新開始，第三鐘響後，都要去神官長室幫忙。

「神官長，這邊我計算好了。」

這一天也是如同既往，努力計算著神官長交給我的資料。就在剛好告一段落，抬起頭時，我看見一隻白鳥朝著窗戶筆直地飛過來。「危險！要撞上了！」我忍不住驚聲大叫，但下一秒，白鳥卻穿過了玻璃窗，在房內繞行一圈後，拍著翅膀下降到神官長桌上，規矩地收起羽翼。

「哇哇！這是怎麼回事?!」

我吃驚得張大雙眼，但神官長身邊的侍從們卻和我不同，好像都明白這隻鳥是什麼來歷，全都有些警戒地注視著白鳥。

「梅茵，安靜。」

神官長出聲斥責，伸手摸向白鳥。瞬間，鳥的口中傳出了男性的話聲。

「斐迪南，騎士團提出了請求。即刻準備出發。」

同樣一句話重複了三次後，白鳥忽然間憑空消失，原地只留下了一顆黃色石頭。

神官長不知從哪裡拿出了像是發光指揮棒的魔杖，嘰哩咕嚕地說了些什麼，輕敲向桌上的黃色石頭。於是石頭一陣扭曲變大，又變成了和剛才相同的白鳥外形。

「收到。」

神官長對白鳥這麼說完，揮下魔杖，白鳥便張開翅膀，和進入房間時一樣，穿過玻璃窗飛走。

……哇噢！好奇幻！

看到神官長在眼前施展了類似魔法的不可思議現象，我興奮不已，神官長卻沒好氣地瞪著我。回過神時，我才發現四周的侍從明明剛才為止都還安靜地工作著，此刻卻有些慌亂地收拾整理，作起準備。

「梅茵，騎士團提出請求了！馬上換上儀式服，趕往貴族門！」

被神官長驚人的氣勢影響，我也精神百倍地回應：「是！」但是，我不知道貴族門在哪裡。

「呃……請問貴族門在哪裡呢？」

「這我知道。」

法藍說著，向神官長行了一禮，便把我抱起來，快步走出神官長室。緊接著大步流星地移動，穿過走廊。

「梅茵大人，您還記得儀式的祈禱文吧？」

我緊抓著法藍的肩膀，點了點頭。

「戴莉雅、羅吉娜！立刻準備儀式服！」

快步返回院長室的法藍一打開房門，便用我頭一次聽到的洪亮聲音大喊。儘管向二樓的兩人下了命令，法藍的腳步也沒有停下來。他接著迅速走上二樓，把我放下來後，立刻轉身又快步奔下樓梯。

戴莉雅手上拿著儀式服衝過來，把衣服先放在桌上，馬上開始脫下我身上的青衣。

「哇哇?!」

「討厭啦！請您不要亂動！」

因為不同以往，動作有些粗暴，我不由得腳步踉蹌，戴莉雅一雙水藍色的眼睛就兇悍地掃射過來。對於大家十萬火急的模樣，我還感到不知所措，接著儀式服從頭披在了我身上。我的手臂才剛套進袖子裡，羅吉娜就開始綁起腰帶。戴莉雅再拿來了一條束帶般細長的黃色布條，遞給羅吉娜，羅吉娜把束帶纏在腰帶上，綁出裝飾性的繩結。

……好驚人的合作無間。

羅吉娜綁好了腰帶的同時，戴莉雅一把抽起我的髮簪。頭髮都還沒有披散下來，羅吉娜便伸手到我的腋下把我舉起來，讓我坐在椅子上。

「梅茵大人，對象是騎士團，即便發生了讓您感到不愉快的事情，也請小心絕對不能表現在臉上。」

坐上椅子後，羅吉娜先為我梳頭髮，戴莉雅趁著這時候從衣櫃裡拿出了洗禮儀式時戴過的豪華髮簪。

「梅茵大人，請改用這個髮簪。」

接過戴莉雅遞來的髮簪，我和平常一樣盤起頭髮。

「梅茵大人準備好了！」

戴莉雅大喊道。法藍衝上二樓，身上帶著像是腰包的袋子，把去神官長室幫忙處理公務時所用的工具放在桌上。

「羅吉娜，這些東西麻煩妳歸位。梅茵大人，因為時間緊迫，恕法藍失禮了。」

法藍說完再度把我抱起來，大步走出院長室。

「法藍，貴族門在哪裡呢？」

「在神殿貴族區域的最深處。貴族門是通往貴族區的大門，青衣神官返回自己的住處，前往貴族區舉辦儀式時，都必須經過這道大門。」

為了避免遇見青衣神官，一直以來我都留意著不要在貴族區域逗留徘徊，再加上又是平民，根本不會有事要去貴族區，看來是我不會用到的一道門。

「抱歉來遲了。」

走出貴族區域盡頭的門扉，只見神官長穿上了白銀色的鎧甲，阿爾諾則拿著水之女神芙琉朵蕾妮的神具法杖。神官長全身覆蓋著可稱作板甲的鎧甲，左手上抱著頭盔。頭盔並沒有什麼華麗的裝飾，有著T字形的護鼻，樣式像是只看得見眼睛和嘴巴的科林斯式頭盔。青色斗篷與閃耀著白銀光澤的鎧甲相互輝映，增添了鮮豔的色彩。

正前方是一整面像要與城市及外界隔絕開來的高聳圍牆，和一道看起來單靠人力絕對無法打開的巨大對開門扉。兩者都和神殿一樣用石頭砌成，刺眼地反射著陽光。

「這是儀式服嗎？」

法藍把我放下來後，神官長從頭到腳將我打量過一遍，旋轉食指，示意我轉圈。為了讓神官長能看清楚儀式服，我張開手臂，原地轉了一圈。

「雖然很少看見這樣的花紋，但比我想像中出色。」

神官長忽然放鬆臉部表情，稱讚我的儀式服，然後喚道：「阿爾諾。」阿爾諾向我遞來了某樣東西。

「梅茵，妳是夏天出生的吧？這個借妳，戴在中指上吧。」

阿爾諾遞來的，是鑲著偌大藍色石頭的戒指。我接過明顯尺寸不合的戒指，向神官長道謝。太大了吧？我這樣心想著，還是依言戴在左手中指上。下一秒，石頭發出了藍色光芒，戒指的尺寸自動縮小，剛剛好地套住我的手指。

「哇哇?!」

「別每件小事都大驚小怪。」

「可、可是……」

怎麼可能不嚇到嘛。對我來說，這才不是「小事」。

神官長會把這枚戒指借給我，代表接下來要前往的地方有需要用到。前往我的常識完全不管用的奇幻世界。

「在原地稍候。」

神官長對我們這麼說完，發出喀鏘喀鏘的聲響走向前，往巨大的門扉舉起手。和打開神官長室的秘密房間時一樣，半空中浮現出了偌大的發光魔法陣。隨後，大門自行慢慢敞開。雖然在麗乃那時候已經看習慣自動門了，但在這裡還是第一次看到，我吃驚得心臟幾乎要跳出胸口。

「嗚咦?!」

「妳表現得太像平民了，至少閉上嘴巴。」

但我本來就是平民了啊，神官長真是強人所難。但是，事實上身為神官長的侍從，會同行前往貴族區的阿爾諾和法藍都是一派習以為常，臉色完全不為所動。如果這就是貴族的日常生活，侍從也經常跟著主人一起經歷的話，那我要是一直大驚小怪，騎士團肯定會用怪異的眼神看待我吧。於是我在嘴角上使力。

「走吧。」

神官長邁步走向敞開的大門，阿爾諾緊隨在後，接著是再度抱起我的法藍。

穿過大門，門後就是貴族區。僅隔了一道門而已，眼前卻出現了明顯與平民區截然不同的另一個世界，我張口結舌。門外是一片有著巨大噴水池的石板廣場，石板潔白燦燦，大道也都以同樣的石頭鋪成。和密布著高窄建築物的平民區不同，放眼望去是沒有盡頭的白色石板路和翠綠公園，完全看不見我熟悉的又髒又臭街道，地上連一點髒污也沒有。是整潔又美麗到了驚人地步的一個地方。也許還用了什麼進行隔離，連空氣都不一樣。

在雪白的石板路廣場上，有一群騎士也和神官長一樣穿著白銀鎧甲，人數約二十人左右。和神官長不同的是，他們都披著明亮黃土色的斗篷。這群人肯定就是騎士團吧。察覺到大門打開，男人們聚集前來，排作四列。

「梅茵大人，請表現得像位貴族。」

法藍繼續把我抱在手臂上，用只有我聽得見的音量小聲提醒。我點點頭，露出了羅吉娜親自傳授的優雅笑容。

只有站在最前面的那名騎士把頭盔夾在腋下，是個有著紅褐色頭髮，體型魁梧的中年大叔。動作嫻熟而挺拔，帶有武人的氣質，全身散發出了勇猛的威嚴。他對著神官長跪下後，列隊的騎士團也一致跪地，喀鏘的鎧甲聲齊聲響起。

「斐迪南大人，真高興看到您絲毫未變。」

「嗯，卡斯泰德，你也是。」

和神官長說話，名為卡斯泰德的男人，應該就是團長或部隊長，立場屬於統率在場騎士團的人吧。

「人怎麼這麼少？」

「還有許多人尚未從收穫祭趕回來。」

神官長像是放棄追問，應著「是嗎」，略微抬手。法藍便把我放下來，輕推了推我的背，示意我上前。

「卡斯泰德，她是執行這次儀式的見習巫女梅茵。麻煩你多關照了。」

「卡斯泰德大人，我是梅茵。還望您多多關照。」

我在身為貴族的卡斯泰德面前跪下，向他寒暄。目光與跪在地上的卡斯泰德相接後，他打量般地瞇起淡藍色雙眼。

「還請多指教。」

「那麼，出發吧。」

神官長話聲一落，所有騎士同時起立，觸碰右鎧甲手套上的石頭。下一秒，石頭發出光芒，為數不少的動物雕像瞬間掩沒了整片廣場。所有人鎧甲手套上的石頭都消失了，只留下圓形的空洞，由此可知這些色彩不一的動物，全都是用鎧甲手套上的石頭變成的。

「卡斯泰德，找兩個人幫忙載侍從吧。梅茵，妳過來。」

神官長邊下指示邊戴上頭盔，然後把我抱起來，讓我坐上有著白色翅膀、外形像是獅子的動物。為了保持穩定，我跨坐在獅子身上。緊接著，神官長用輕盈到了難以想像全身穿著鎧甲的動作跳到我身後，握住韁繩。下一秒鐘，我還以為是雕像的獅子就好像活生生的動物一樣，開始動了起來。

「呀啊?!」

始料未及的情況讓我的身體猛烈搖晃，後腦勺大力撞上了神官長的胸口。

「好、好痛……」

「閉上嘴巴，不然會咬到舌頭。」

我用力咬著牙關，稍微往前傾身，握緊在眼前搖來晃去的韁繩。長有翅膀的獅子往前輕盈地跑了幾步後，抖動著張開翅膀，蹬向空中。中途雖然有種像是穿破蜘蛛網、彷彿勾到了什麼的感覺，但也只有那麼一瞬間而已。獅子繼續破空前行，飛過了平民區上方。

「嗚哇，好高喔……」

「妳不害怕嗎？」

「我只是對自己沒有看過的神奇現象感到驚訝而已。而且幾乎不會搖晃，並不會比

馬車可怕。」

神奇的獅子在空中繼續飛行，感覺就像是速度很慢的雲霄飛車，並不像馬車那麼搖晃，十分穩定。雖然沒有繫著安全帶這點非常驚悚刺激，但因為神官長在我後面握著轡繩，手臂從兩邊固定住我，所以不會很可怕。

隨後周圍開始出現同樣在空中飛翔的動物雕像，並且整齊排開。飛馬好像很受歡迎，數量最多，各種顏色的飛馬翱翔於空中。其他還有像狼和像老虎的動物。個人覺得最可愛的，是長了翅膀的兔子。

「神官長，這些動物是什麼？」

「是用魔石變幻而成的騎獸。只要魔力沒有停止供應，就能自由自在地進行操控。至於要變幻成什麼形狀，端看術者的喜好。」

獅子越過平民區上方後，再越過了大門。城外的街道往外延伸，街道盡頭隱約可以看見其他城市的外牆。城市周圍，到處都散布著已經收割完畢的農地和遼闊的繁綠森林。

「神官長，我們要去哪裡？」

「那裡。」

神官長指向我們平常去採集的森林，只是再更深處。森林當中，只有那個地方出現了像是巨大火山口般的大洞。我定睛一看，發現只有那裡的地表顯露出了土壤，沒有看見半棵草木，正中央只有一棵大樹正揮舞著長長的枝條，不受控制地扭動著。而且大樹越是張牙舞爪，火山口般的大洞好像跟著越是擴大。

「那、那個是什麼？」

「是叫做陀龍布的魔樹。」

「咦咦?!那個是陀龍布?!」

在坑洞正中央揮舞著枝條的陀龍布，和我所知的快速生長樹未免相差太多，就算親眼看到了，我也無法將兩者連結起來。這麼說來，路茲和平民區的其他孩子們也是一聽到陀龍布，就會臉色大變地衝上前砍伐，如果比較大一點，還會出動一半以上的守門士兵。甚至聽說過如果長得太大，連士兵也應付不了，就得出動騎士團前往討伐。但是，陀龍布居然可以長到這麼大，真是超出我的想像。

……這樣子太危險了。

剛開始做紙的時候，我還提議過想栽種陀龍布，事到如今，我總算可以明白路茲為什麼會氣得七竅生煙了。

「等騎士團討伐完畢，再輪到妳出場。在那之前很危險，妳先躲在森林裡吧。」

等到騎士團消滅了巨大的陀龍布，讓徹底被吸走了魔力的土地再度盈滿魔力，便是神官的工作。這次因為騎士團的人數過少，神官長必須加入消滅陀龍布的行列，之後再協助我。

……神官長真是無所不能。

神官長操縱著韁繩，朝著與陀龍布形成的大坑洞有一段距離的開闊空地下降，騎士團也跟著神官長降落。

「梅茵、法藍、阿爾諾，你們三人在此待命。卡斯泰德，派兩名護衛保護他們。」

神官長敏捷地跳下獅子，往後回頭對卡斯泰德這麼說道。卡斯泰德輕輕頷首，指定了護衛人選。

「達穆爾、斯基科薩，由你們兩人擔任護衛。」

「是！」

為了擔任護衛，名為達穆爾和斯基科薩的兩人跳下飛馬，動物便消失了。一道閃爍的光束飛向鎧甲手套上的空洞，變回了原本的石頭。

「謝謝，給您添麻煩了。」

法藍和阿爾諾向載他們一程的騎士道謝後，跳下動物。我也想效仿兩人，正想華麗地從獅子一躍而下時，神官長早一步瞪著我，用憤怒的眼神制止：「不行！」

……我都忘了。要優雅、優雅。

我頓時想起了自己現在的身分，坐在已經徹底化作雕像動也不動的獅子背上，轉過身體，併攏雙腳等待。「妳這傢伙真是……」神官長低聲嘀咕，把我從獅子背上抱下來。

「保護好見習巫女，別讓她受半點傷。」

神官長說完，受命擔任護衛的兩名騎士點頭回應：「是！」

期間，陀龍布形成的大坑洞仍在一點一點慢慢擴大。冷不防一大群鳥振翅飛起，接著是某種東西倒下的轟隆巨響，地面一陣搖晃。

「呀啊?!」

我看見樹木之間有一棵大樹突然倒下。那棵大樹朝著陀龍布的方向倒下後，從土壤中竄出的樹根彷彿自己有生命一樣，將大樹緊緊纏住。一眨眼間，大樹的樹葉就徹底枯萎，原本粗厚的樹幹也沒了生氣地變得乾癟癟。吸取完了生氣，那些樹根好像完成了自己該做的事一樣，再度縮回土壤裡。

沒想到陀龍布居然這麼恐怖，冷汗淌下我的後背。我來回看向在群木後方瘋狂肆虐的陀龍布，和即將與陀龍布展開大戰的騎士團，當場跪下來。

「神官長、騎士團的所有團員……祝福各位此行順利。願萊登薛夫特的眷屬英勇之神安格利夫庇佑你們。」

我話才說完，神官長借給我的戒指便發出藍色光芒，灑落在騎士團一行人身上。察覺到戒指上的石頭吸走了魔力，我急急忙忙壓下來。一壓下魔力，戒指的光芒也就消失了。

「見習巫女給予了我們祝福。走吧！」

聽見卡斯泰德這句話，我才理解到自己做了什麼。我抬眼偷覷向神官長，他用難以形容的複雜表情低頭看著我。

「梅茵，在輪到妳出場之前，千萬、千萬不要擅自行動。」

神官長強調了「千萬」兩個字，留下這句叮囑後，跨上獅子，再次升空。緊接在神官長身後，騎士們也操縱韁繩，飛上天空。

討伐陀龍布

「真是毫無意義的祝福，幹嘛做這種蠢事。」

我仰望著越變越小的騎士團，背後傳來了輕蔑的哼笑聲。

「斯基科薩，你在說什麼?!」

由於兩人都戴著頭盔，只看得見眼睛和嘴巴，無法區分長相，但傲然站著的是斯基科薩，制止著他的是達穆爾吧。嗓音聽起來，感覺兩人都還很年輕。可能剛成年，也說不定還未成年。

「我有說錯嗎？現在到處都是魔力不足的情況，居然還使用魔力給予騎士團祝福，真是少根筋。她就只是個愚蠢的丫頭。」

斯基科薩揮開達穆爾的手，指著我說。

「確實即便沒有祝福，騎士團也不可能輸給陀龍布，但有沒有英勇之神安格利夫的祝福，還是有很大的差別吧？畢竟這次的人手這麼少。」

我聽著兩人的對話，在心裡冷汗直流。我只是想祈求要與巨大陀龍布戰鬥的神官長他們好運，才選了自認為在貴族面前說出來也不奇怪的句子，結果說完以後竟自行變成了祝福。看到戒指突然發光，我自己才嚇了一跳。如果沒有神官長借給我的戒指，多半也不會變成祝福，所以這次只是偶然而已。

……神官長大概也嚇了一跳吧。

而且，雖然斯基科薩說這樣很浪費魔力，但一發現戒指的石頭在吸取魔力，我馬上就停下來了，所以只釋放出了一點點而已，對於之後的儀式不會有任何影響。

「若讓兩位感到不快，真是萬分抱歉。往後我會多加留意。」

我把反駁留在心裡，為免演變成麻煩的事態，立刻道歉。對方只是哼了一聲回應我，但希望這件事可以就此落幕。

「妳不用在意斯基科薩說的話。現在人手不多，我們很感激能有強化魔力的祝福……妳看，開始了喔。」

達穆爾體貼地對我這麼說，指向天空。循著達穆爾的指尖看去，樹木之間不時可以看見在空中盤旋飛行的騎士團。究竟要怎麼做，才能夠消滅變成了怪物的陀龍布呢？我稍微踮起腳尖，凝神注視騎士團。

「──！」

半空中響起了像是某種號令的聲音。我只知道好像叫喊了某些句子，總之下達號令後，所有人手上都出現一團黑暗，拿著發出黑色亮光的武器。

「那是什麼？法藍，你知道嗎？」

「不，我也是第一次在這麼近距離下觀看，所以不曉得。」

法藍說原本都是由兩名神官陪同騎士趕往現場，一名攜帶神具、主要負責執行儀式，另一名負責在魔力上給予支援，所以接到騎士團的請求時，從不會讓侍從同行。但是，這次因為神官長要和騎士團一起戰鬥，我又沒辦法在移動和待命時自己拿著有我兩倍高的神具，法藍則要負責監督我的身體狀況，所以考慮到以上三點，今天才讓兩名侍從同行。

「見習巫女，那是得到了黑暗之神庇護的武器。只要注入魔力進行攻擊，就能奪走兩倍的魔力，在討伐陀龍布時不可或缺。」

沒想到貴族居然會特地為我解說，所以我有些驚訝，仰頭看向全身覆著金屬鎧甲的達穆爾。在頭盔縫隙間只能看見他的嘴巴，但感覺不出他對身為平民的我有任何避諱。

「很少有人能親眼看見騎士在戰鬥時的模樣，好好欣賞一下吧。」

「非常謝謝您。」

「一開始要射箭削弱陀龍布的力量。妳看，那件藍色斗篷就是斐迪南大人。」

在達穆爾指著的前方，有個騎士正跨坐在獅子上拉弓。跨在坐騎上拉弓的姿態，和騎馬射箭十分相似。所有斗篷都被風吹得鼓脹飛起，在一片黃土色中，只有一個人是藍色。

……是神官長！好厲害喔！加油！

因為不能發出聲音，我在心裡拚命為神官長搖旗吶喊。雖然遠得看不見弓弦，但從手臂的動作和往外飛出的黑色箭矢，可以知道神官長射出了箭。「咻！」地一聲，箭矢離弦後，在半空中又分裂成了無數細小的黑色箭矢，如雨一般灑在巨大陀龍布上方。被箭射中的地方迸出微光，接著是一連串「砰！砰！」的小規模爆炸聲。但是，巨大的陀龍布好像完全不將這種程度的攻擊看在眼裡，繼續猖獗地揮舞樹枝。

「要讓射出的箭分裂成那麼多細小的箭矢，需要相當強大的魔力。斐迪南大人甚至可以射出好幾次這樣的箭雨，很令人佩服吧？」

達穆爾顯然非常尊敬神官長，得意地告訴我神官長是哪裡、又為什麼很厲害。

「要是斐迪南大人能早點回到騎士團就好了……」

在讚揚神官長的途中，達穆爾冷不防喃喃脫口說出這一句話，我眨了眨眼睛。發現我抬頭看著他，達穆爾在一陣尷尬的沉默後小聲說：

「……這件事是秘密。」

「知道了，我不會說出去的。」

我之前聽神官長說過，他並不是在神殿出生長大，但沒想到竟然還待過騎士團。難怪和卡斯泰德講話時，兩人的感覺像是認識彼此，還有著一模一樣的鎧甲。神官長的身材瘦長，個性有些敏感纖細，有著適合處理辦公室業務的長相和體型，難以想像他居然待過騎士團。但是，看著他現在戰鬥的模樣，並不覺得突兀。

……身為貴族，不僅文武雙全還琴藝精通，神官長真的是無所不能。

真希望能力能稍微分給我一點。我這樣心想著，抬頭看著神官長。神官長身上的藍色斗篷隨風翻飛，接二連三地朝著陀龍布灑下箭雨。

「有效果了。妳看陀龍布開始變黑了，看得到嗎？」

真的如達穆爾所說，被神官長接連射中的地方開始出現了微小黑點。污漬般的小黑點隨著箭雨不斷撒下，數量越來越多。

「我看見了。啊，樹枝……」

像是從黑點開始腐蝕般，原本陀龍布還氣勢驚人地揮著樹枝，樹枝卻突然斷裂，掉了下來。斷掉的樹枝形成點點亮光後便消失不見。

巨大的陀龍布伸長了還能活動的樹枝，想把在半空中飛行的騎士們打下來，卻根本打不中可以隨心所欲逃竄的騎士們。騎士們反而拿著手上像是結合了斧頭、長槍和長矛的黑色斧槍，攻擊、撥開、刺穿樹枝，受到攻擊的樹枝全都變得漆黑，咚沙咚沙地掉落下來。

不知道到底掉了多少樹枝，當我注意到時，陀龍布形成的大坑洞已經停止了擴張。在半空中飛舞亂揮的樹枝數量也減少了，騎士們接著穿過扭動的樹枝之間，直接開始攻擊陀龍布的基幹。樹幹非常碩大，但黑色斑點卻無所不在地持續增加。受到越多攻擊，越能明顯看出陀龍布正逐漸失去了生氣。

「就快結束了。」

達穆爾稍微放鬆下來地低聲說道。剛才看到巨大的陀龍布那麼危險，一時之間我還很擔心要怎麼消滅，想不到這麼快就結束了，不禁撫胸鬆了口氣。

「本來還擔心和那麼可怕的魔樹戰鬥，不知道會有什麼結果，但看起來騎士團的人幾乎都沒有受傷，我就放心了。」

「因為每年都會出現陀龍布，就算人數再少，也從來沒有打輸過。這次又有斐迪南大人助陣，看起來連砍伐樹枝都很輕鬆。」

達穆爾說，因為神官長可以連續地灑下箭雨，有沒有他在，效率完全不同。倘若能夠避開陀龍布的攻擊、從遠距離展開攻勢的人手太少，就會遲遲無法削弱陀龍布的力量，每次總有幾名騎士會被樹枝打飛。

因為戴著頭盔，看不太清楚表情，但達穆爾的聲音很溫柔。我面帶微笑，仰頭看著他，身後傳來了不悅的咂舌聲。

「達穆爾，你和平民這麼親近做什麼？你不知道嗎？這傢伙是平民。區區平民，居然穿上了只有貴族能穿的青衣，真是狂妄的愚民。真不知道斐迪南大人到底在想什麼，就算現在貴族人數減少了，但怎麼能夠給予平民青衣。」

「斯基科薩，你在說什麼……請不要胡說。」

從達穆爾慌了手腳的聲音，可知原來他並不知道我是平民。剛才會那麼溫柔地為我解說，也是因為以為我是貴族出身的青衣見習巫女吧。我和對我釋出惡意的斯基科薩，和發現我是平民後倉皇無措的達穆爾，都悄悄地拉開距離。知道了我是平民後，不曉得貴族會採取什麼樣的態度。要是變成和神殿長那時候一樣，情況就糟了。

「我可沒騙人。星結儀式的時候，前來我家的神殿長才感嘆過，說神殿的秩序全被區區一個平民破壞了。」

……神殿長，原來兇手是你嗎！

因為在神殿完全沒有碰到面，也沒有對我採取任何行動，所以我早就把神殿長拋在腦後，但看來他一直在到處向貴族們抱怨我的事。

……糟糕，這種情況太危險了。

我的身分是平民，不管我再怎麼想反駁，也不能反駁，神殿長又一定是往對自己有利的方向加油添醋，多少扭曲了事實。在必須與全由貴族構成的騎士團一起行動時，這種帶有惡意的謠言，會演變成非常棘手的阻礙。

「平民，說句話啊。」

就算要我說句話，我也不知道該說什麼。要是不小心對貴族說了不該說的話，不知道當場會有什麼下場。但是，明明我只是靜默不語，好像還是惹得斯基科薩不快，只見他的嘴角冷酷地往上揚起。

「怎麼，斐迪南大人不在，妳連那張傲慢自大的嘴巴也不敢張開了嗎？」

「斯基科薩，住手！她可是護衛對象！」

在職責結束之前，身分並不重要——達穆爾把我護在身後，不讓斯基科薩接近我。然而他這麼做，只是讓斯基科薩更加火冒三丈。

「達穆爾，你閉嘴！記住你是什麼身分！不准命令我！」

達穆爾用力咬一咬牙，往旁退了一步。在變得開闊的視野中，斯基科薩一步步地往我逼近。一個全身包裹著龐大金屬鎧甲的男人對自己懷有惡意，還發出喀鏘喀鏘的金屬聲走過來，我的內心只有恐懼。

……好可怕。

我的雙腳在發抖，牙齒也在打顫。雖然很想當場逃跑，腳卻發軟動彈不得。大概是看出了我的害怕，斯基科薩發出嗤笑聲，舉起包覆在金屬鎧甲下的拳頭。

「梅茵大人！」

「滾開！少礙事！」

法藍飛身切進我們之間，卻被斯基科薩用力撞開。

「法藍！」

我忍不住想跑向法藍，斯基科薩卻大手一伸，揪住了我的頭髮。側頭部一陣痙攣，我聽見了好幾根頭髮被拔掉的聲音。

「痛！」

「梅茵大人！」

「法藍，不可輕舉妄動！你若亂動，主人會受到斥責。別讓事態更加惡化。」

法藍動作迅速地起身，想要衝過來救我，但阿爾諾厲聲告誡。看到法藍不甘心地咬住嘴唇，斯基科薩露出了無比愉快的笑容，揪著我的頭髮，再次粗魯地往上拉扯。

「平民，我來教教妳吧。這種時候，該由妳為侍從的無禮道歉。」

法藍正咬著嘴唇忍耐的時候，我可不能失控。一直以來我都被告誡不能反抗貴族，所以決定先道歉。

「……非常抱歉，我的侍從對您太無禮了。」

但是，道歉好像又惹得斯基科薩不高興。我被他使力推開，跌坐在了地上。屁股好痛，頭皮也陣陣刺痛，但至少他終於放開我了。

「妳那是什麼狂妄的眼神?!想要我把妳的眼睛挖出來嗎?!」

斯基科薩暴跳如雷地怒吼，手貼在左鎧甲手套的石頭上，取出淡淡發光的魔杖。他一邊旋轉著發光魔杖，一邊低喃說著「密撒」，原本細長狀的魔杖於是變成了一把小刀，銳利的刀尖反射著冷光。

看見對著自己的刀子，我忍不住吞了吞口水。冷汗流下背部，心臟以不自然的速度飛快跳動。我怕得直不起腰，也無法站起來，只能注視著冷冽發光的刀子。

「斯基科薩，不行！她是護衛對象，還是等一下要執行儀式的見習巫女！」

看到斯基科薩拿出武器，達穆爾慌忙伸出手想阻攔他。但斯基科薩完全不理會他的忠告，揮開了他的手，舉起小刀。

「少囉嗦！只是眼睛看不到而已，對執行儀式能有什麼影響！」

眼見刀子就要朝自己揮下來，跌坐在地上的我趕緊抱住頭，像烏龜一樣縮成一團。

「平民就該像妳現在這樣子，乖乖縮起身體，對貴族表示敬畏之意吧！」

我緊緊閉上眼睛，這時在斯基科薩的咆哮聲之外，聽見了翅膀拍動空氣的聲音。往上仰起頭，只見在高舉著小刀的鎧甲手套後方，藍色斗篷出現在了上空。

「神官長！」

一看見想必可以制止斯基科薩的監護人，我馬上站起來求救。但似乎是在我站起來的同一時候，斯基科薩也喊著「神官長」，慌忙收回舉起刀子的手。瞬間，我抱著頭的左手背上傳來灼熱的痛楚。

「好痛！」

「愚民，誰教妳要突然站起來！」

我放下手一看，顯然劃傷的力道不小，一眼就能看出傷口很深，可能要一段時間才會停止流血。我知道即使向貴族抱怨，對方也不可能理會，所以急忙捲起袖子，至少不要弄髒儀式服。我伸直左手臂，用右手按著左邊衣袖，以免沾到鮮血。

「梅茵大人，我馬上拿布給您……」

法藍立刻將手伸進腰際上長得像腰包的袋子裡。原來還準備了受傷時的應急用品。我家的侍從真是太優秀了。

「法藍，謝謝你。」

鮮血從呈直線綻開的傷口湧出，流向手腕，接著往下滴落。紅色鮮血一滴滴落在地面上，地面便一陣蠕動，發出了啵啵啵的聲音。

什麼聲音？我低頭往下看，鮮血還在不停地向著地面滴落。每次滴到地面上，地表就冒泡般地往上隆起，然後發出啵、啵啵、啵啵啵的聲音。我正眨著眼睛時，突然間冒出了好幾棵陀龍布的芽。

「哇?!」

陀龍布從我鮮血滴到的地方發芽後，用著比我平常熟悉的陀龍布要快上好幾倍的速度生長變大，纏繞住我的雙腳。

「噫！呀！」

我急急忙忙想把陀龍布踢開，但陀龍布繼續光速生長，就像牽牛花的莖一樣，接二連三地纏住了我的腳。還沒拉開一條莖，無數條莖又接著捲住我的腳踝，讓我動彈不得。期間，陀龍布好像又因為我滴下的鮮血更是促進生長，以我為中心，四面八方的陀龍布接連發芽。

「這、這可不是我的錯！都怪妳自己突然站起來！」

斯基科薩像是發現到了什麼事，丟下這句話後，開始用手上的小刀砍向陀龍布，一邊和我拉開距離。

「梅茵大人！」

沒有任何刀子的法藍想空手扯下陀龍布，但已經長大了些許的枝條光用雙手，根本沒有辦法扯開。

陀龍布從腳踝到膝蓋，再從膝蓋生長到了大腿的高度。綠色嫩芽冒出頭後，變作白色的莖。隨著越長越高，根部的顏色漸漸變成了像是樹木的褐色。雖然速度很緩慢，但纏繞住我的莖逐漸變得粗壯，綑住我的力量也變緊了，同時又有新的綠芽往我伸來，想要抓住我。

「見習巫女！」

達穆爾從左手背上取出發光魔杖，變作小刀的形狀。期間陀龍布的枝條依然繼續生長，在我身上纏繞了一層又一層。

「妳等等我，我馬上召喚黑暗之神的庇護，盡快救妳出來！」

達穆爾開始朗誦起祈禱文。和我在儀式上要奉獻的祈禱文非常類似。內容在讚揚神祇，請求庇護。換句話說，內文長得還要反覆練習才能記住，在他祈禱的時候，不知道陀龍布又會長大多少。光想像我就驚駭得繃緊全身。

……好可怕！

牙齒不停打顫。剛才大樹倒向巨大陀龍布形成的大坑洞，被樹根吸走生氣後腐朽枯萎的模樣閃過腦海。

……好可怕！好可怕！

被陀龍布緊緊纏繞住的恐懼讓我湧出眼淚。即使揮手想趕走陀龍布，也只是鮮血飛濺到的地方又不斷地冒出綠芽。

纏繞住大腿的莖不知何時又從腰部開始往腹部爬升。在動也動不了的恐懼驅使下，我再也忍不住大聲求救：

「路茲！路茲！路茲！救命啊！」

救援與訓斥

我努力舉高左手，盡可能不讓鮮血再滴下來，扯開喉嚨大聲求救。幾乎同時，戒指也發出光芒，一道藍光朝著天空筆直伸出。

下一秒，我聽見了振翅聲，某種黑色物體也從天而降。砰！砰砰！腳底感受到了陣陣微小的衝擊。我轉過臉龐，發現腳邊扎著許多黑箭，同時四周的陀龍布像是沒了力氣般地停止動作。

「神官長！」

看到熟悉的箭矢，我再度往上抬頭。張著翅膀的獅子一直線地往我這裡下降。有了神官長的箭矢，可以不用擔心了。

但是，看見神官長的我也只安心了幾秒鐘而已。陀龍布僅安分了短暫的時間，吸收到了我往下滴落的鮮血後，馬上重新快速生長。靜止不動的陀龍布再度動起來，從腹部往胸部生長。接連長出的嫩芽更是繼續往我身上纏繞，腳上的陀龍布越勒越緊。

「神官長，快點……」

白色獅子滑行般地俯衝而下，神官長輕盈地跳下來，難以想像全身穿著金屬鎧甲。手上拿著的，是受到了黑暗之神祝福的黑色箭矢。神官長揮著箭矢攻擊陀龍布，往我跑過來。

「梅茵，這是怎麼回事?!」

「見習巫女，讓妳久等了！」

大概是終於得到了黑暗之神的庇護，達穆爾揮著黑色小刀，開始努力救我出來。然而，達穆爾小刀的效果，和神官長的黑色箭矢卻有著天壤之別。不論他怎麼砍傷，陀龍布都沒有停止動作。

「庇護居然一點用也沒有?!」

「並不是沒用！而是陀龍布馬上就復活了！為什麼?!」

被箭矢刺傷後，陀龍布只是停下來幾秒鐘，馬上又得到了力量開始活動。雖然成長速度變慢了，卻絲毫沒有枯萎的跡象，神官長咂著嘴繼續揮箭。

「神官長，是血、我的血，讓陀龍布……」

「妳的血嗎?!太糟糕了！」

告訴神官長為什麼陀龍布這麼快速成長後，他倏地抬高了音量。雖然因為頭盔看不清楚表情，但光是這樣，就能知道神官長現在一定瞪大了眼，眉毛也往上揚。

「妳以為我是為了什麼才讓妳遠離現場，還特別派護衛保護妳?!你們這些護衛在做什麼?!真是無用！」

神官長憤然吐出了這一串話，怒罵留下來擔任護衛的兩名騎士。達穆爾正拿著黑色小刀抵死奮戰，斯基科薩則是現在正努力得到黑暗之神的祝福。畢竟無視了上司的命令，還拿著刀對準護衛對象，讓我受了傷，導致了眼下的情況，做為護衛確實是非常沒用。

此外，聽了神官長邊揮箭抑制陀龍布邊吐出的抱怨，我才知道我的魔力算是相當強大。神官長嘀咕說著，不只達穆爾，就算騎士團一半的人拿著受到祝福的武器攻擊，恐怕也不會有什麼效果。

「再怎麼牽制，也要先把傷口堵住才有意義。梅茵，妳的傷口在哪裡?!」

「這裡。」

我努力伸長左手。看見傷口，神官長輕嘖了一聲，低喃說道：「因特凡弗汝古。」漆黑的弓箭變回了淡淡發光的魔杖。接著神官長又輕喃說：「路德。」揮下魔杖，一道紅光便向著天空延伸而去。紅光大概是某種信號，只見其他騎士陸續飛來。

「接下來會很痛，但妳絕對不能哭。淚水和血一樣，都含有魔力。」

神官長提醒後，用發光魔杖慢慢地撫過我的傷口。發光魔杖釋放出的朦朧微光一碰到傷口，我的身體猛然一震。

「呀啊！」

一種不屬於自己的東西要強行進入體內的衝突感和痛苦，讓我全身竄起了雞皮疙瘩。基於生理反應，雙眼馬上浮出淚水。我仰起頭，不讓眼淚掉下來，「呼——」地吐出大氣。傷口開始發燙，像要阻擋異物入侵般，感覺得到體內的魔力不約而同地往傷口流動。我的魔力和神官長想流進來的魔力互相衝突，傷口發出了淡黃色的光芒。光芒消失時，傷口也完全堵住了。

「傷口……」

「這只是把傷口堵住的急救措施。只是用魔力將傷口堵住，並不是痊癒了。雖然在陀龍布上面釋放魔力無異於自殺行為，但也無可奈何。」

神官長心力交瘁似地嘆氣，咕噥說道。傷口雖然堵住了，陀龍布卻比剛才還要生氣蓬勃。

「神官長……」

「為了封住妳的傷口，我已經中止庇護，所以沒有了可以對抗陀龍布的武器。救援應該馬上趕到才對……」

神官長說著瞪向空中，朝著正往這裡下降的騎士團放聲怒吼：「太慢了！」平日神官長都保持著貴族風範，在秘密房間之外從不顯露真正的情緒，所以現在聽到他的怒吼聲，無法動彈的我嚇得渾身一震。

「斐迪南大人，剛才的求救信號究竟是……這是怎麼回事?!」

騎士們相繼著地，看到接著出現的陀龍布和被困在中心的我，全都瞠目結舌。

「卡斯泰德，都怪你選的護衛太過無能，才導致了這樣的不測。即刻救出梅茵。我因為中止了庇護，無法幫忙。樹枝已經延伸到脖子了，動作快！」

「是！」

沒有了能與陀龍布對抗的武器，神官長轉身走開，相對地一群騎士穿著金屬鎧甲，拿著黑色斧槍衝上來，一鼓作氣揮下武器。「磅！」的爆炸聲響起，大量塵土和陀龍布濺起的小碎片瀰漫沖天。

「咳……咳……」

「卡斯泰德，別傷到梅茵半根寒毛！會成為絕佳的餌食！」

這麼多陀龍布密密麻麻地纏附著我，神官長仍是吩咐揮舞武器時，絕對不能傷到身在中心的我半根寒毛，然後走向斯基科薩和侍從。彷彿可以看到神官長的背影正燃燒著怒火，感覺非常恐怖。

該不會在貴族與平民的身分有別這項原則下，斯基科薩身為貴族，犯下的所有過錯會全部推到我身上，只有我一個人不容分說地遭到斥責吧？因為陀龍布會這麼加速生長，都是我血的關係，會不會懲罰我，或是向我問罪呢？

……有可能。

想到接下來可能的發展，我的心情變得鬱卒，大量騎士則聚集在我四周。騎士們拿著黑色斧槍，往地面突刺，沒有片刻懈怠地砍斷陀龍布的樹根。同時，拿著黑色小刀的騎士負責慢慢割下開始纏繞住我脖子的莖。

「……庇護開始生效了。」

達穆爾發出了如釋重負的聲音。因為手背上的傷口堵住了，不再流血，陀龍布無法再加速成長，也停止了長大。

因為使用了帶有黑暗之神祝福的武器，和剛才的巨大陀龍布一樣，我身上的陀龍布也開始出現黑色的變色部分，從遭受過攻擊的地方逐漸枯萎。總算擺脫了被陀龍布勒死的恐懼，我也暫時安下心來，吐一口氣。

「唔，真不好用！」

「達穆爾，在場只有你一個人有小刀，小心點割開吧。」

看來武器受過祝福以後，好像就不能再改變形體。其他騎士舉著討伐巨大陀龍布用的大型武器，緩慢而慎重地砍下我周圍陀龍布的樹枝。

「達穆爾、見習巫女……妳叫做梅茵吧？為什麼會發生這種情況？我第一次看到斐迪南大人如此震怒。」

卡斯泰德一邊以斧槍砍去我腳邊的樹枝，一邊壓低音量迅速問道。

「這……」

達穆爾發出了喀鏘喀鏘的金屬摩擦聲，轉頭看向斯基科薩。但是，看起來並不積極地想告發斯基科薩，講話支支吾吾。對於達穆爾模稜兩可的態度，我心生了難以言喻的焦躁，也感受到了階級社會的嚴苛。

原本伸向了喉嚨的陀龍布在砍伐過後，如今降到了胸前的位置，所以現在的狀態要說話是沒問題，要我坦承一切也很簡單。但是，對方相不相信我，卻是另當別論，而且恐怕現在的情況是身分才是一切。我不知道身為平民見習巫女，我說的話對方能聽進多少，又會相信多少。畢竟卡斯泰德也是貴族。

……怎麼辦？

「我必須了解情況，快老實說。」

卡斯泰德近乎咬牙切齒，用不耐的嗓音低聲嘶吼，催促我和達穆爾。

這麼說來，神官長剛才也憤怒地對卡斯泰德說過：「都怪你選的護衛太無能。」此刻卡斯泰德為了保全自己，正努力想知道神官長為什麼大發雷霆，那或許會願意認真聽我說話。

「卡斯泰德大人，如果我告訴您是怎麼回事，您能保障我的生命安全嗎？」

我這樣子問卡斯泰德，也是為了確認斯基科薩的舉動在貴族之間是否算是常態。現在還沒有進行儀式，至少不會突然就殺了我吧。我在心裡這樣盤算，開口說了：

「即使我坦白說出了一切，只要貴族不高興，還是可以揪住我的頭髮把我甩在地上，還會拿刀子威脅要挖出我的眼睛吧？」

「什麼意思？難道……你們對見習巫女做了這種事情嗎?!」

卡斯泰德喀鏘一聲摘下頭盔，露出了底下充滿怒意的臉孔，凌厲的目光掃向達穆爾。被這麼一怒吼，達穆爾像是被卡斯泰德怒氣騰騰的模樣嚇到了，開始拚命為自己辯解。

「不是我！是斯基科薩拿出了刀子威脅見習巫女。雖然我想幫她，但斯基科薩要我記住自己的身分……」

「蠢貨！那難怪斐迪南大人怒不可遏！」

卡斯泰德用力扯下黑化後變得易脆的陀龍布。陀龍布發出了劈哩啪啦的聲音裂開。不只神官長，看來卡斯泰德也對護衛們的行動感到憤怒。照這情形，就算我據實以告，應該也不會突然間被一刀砍死吧。我如此下了判斷，卡斯泰德盈滿怒火的淡藍色雙眼往我看過來。

「梅茵，快說。向神發誓，妳會完全無誤，沒有一絲虛假地說出真相。」

「我知道了，卡斯泰德大人。我向神發誓，絕對沒有說謊。」

等一下——達穆爾舉起了手想要制止，但被卡斯泰德一掌揮開。感覺到了卡斯泰德是認真要聽我說話，我於是詳細地說出了兩名護衛的行動。順便聲明可以向侍從查證，強調證人的存在。

為了在毫髮無傷的情況下，將我從複雜地盤繞交錯的陀龍布中救出來，耗費了相當久的時間。久到我把事情都告訴卡斯泰德了，騎士們都還沒有解救成功。

「喂，妳沒事吧？」

「……不行了。請喚來我的侍從。」

慘遭陀龍布層層圈起，現在的我可說是滿目瘡痍。剛做好的儀式服上到處都被劃開了裂縫，滴到血的地方還像被陀龍布啃噬過一樣開了大洞。全身上下無處不痛，而且大概是因為抵死反抗的關係，全身疲憊得使不出力氣。

「見習巫女的侍從在哪裡?!」

卡斯泰德將完全使不出力氣的我扛起來。為了徹底剷除陀龍布的根，癱成一團的我很礙事吧。一被扛上金屬鎧甲，全身上下到處都痛，但我連抱怨的力氣也沒有了。

「梅茵大人！」

我看向一個箭步衝過來的法藍。卡斯泰德把我交給法藍，我馬上軟綿綿地倒在法藍身上。

「神官長，梅茵大人發燒了！」

「想也知道。讓她躺在那裡休息，餵她喝藥吧。不僅失血，還被那麼多陀龍布纏繞住，應該也流失了不少魔力。」

聽完了斯基科薩的說明，神官長只是瞥了我一眼，又重新面向前方。摘下了頭盔後，現在可以清楚看見表情，神官長好像變得比剛才還要生氣。

「遵命。」

法藍移動到照得到陽光的溫暖場所，讓我坐下來後，從袋子裡拿出裝有淺綠色液體的小瓶子。

「梅茵大人，請喝藥吧。這是神官長做的藥。」

雖然不敢亂喝不知道是什麼東西的藥劑，但若不乖乖喝下，可能也會被強行灌下。我非不得已地想伸手拿瓶子，但剛才為了不讓血滴下來，拚命舉高的雙手卻如鉛一般沉重，根本無法自己抬起來。

「不行，法藍，對不起。我手臂抬不起來。」

我渾身使不出力氣，法藍從背後扶著我，打開蓋子，將瓶口湊到我嘴邊。熬煮過的藥草氣味迎面撲來。聞到類似中藥的臭味，我「嗚」地屏住呼吸。

「法藍，這個真的可以喝嗎？」

「神官長方才也飲用過了。這是神官長所調配，據說能消除疲勞與恢復魔力的藥水。」

既然能消除疲勞，不能不喝。至少神官長本人都喝了，應該不是毒藥吧。我對強烈的臭味皺起整張臉龐，喝下藥水。

「唔咕?!」

我慌忙摀住差點要把藥水噗地吐出來的嘴巴。眼淚馬上湧上來，全身不停發抖。舌頭都發麻了，喉嚨深處也燙得快燒起來。苦味強烈又激烈到了讓我懷疑暫時不管吃什麼東西，大概都吃不出味道來吧。這根本不是人能喝的東西！我摀著嘴巴，全身抽搐顫抖。看到我這樣，法藍臉色鐵青，急忙奔向神官長。

「神官長，梅茵大人好像非常痛苦……」

「因為我犧牲了味道，但應該很快就見效。」

神官長看也不看這裡一眼地說。但他說得沒錯，無力的身體再也沒有了疲倦和沉重的感覺，連我也感覺得到發燒在轉眼間退去了。

「好厲害，好像已經退燒了……」

藥水的效力非常驚人。但是，雖說良藥苦口，這也未免太苦了。我打從心底希望神官長能改善一下味道。雖然剛才神官長已經斷然說過，他為了效果犧牲了味道，所以不太可能幫忙改良，但不能至少改良到果菜汁的程度嗎？

在我休息恢復體力的時候，騎士們也徹底消滅了陀龍布。不同於剛才的巨大陀龍布，這裡的並沒有形成坑洞。一名騎士說了，這是因為此處的陀龍布是吸收了我的魔力才發芽。一般自然出現的陀龍布，會潛伏在地表下，花上數個月甚至是數年的時間，吸收周邊土地的魔力，累積力量後才發芽，所以扎根的範圍又深又廣，消滅起來更是費時費力。

「全員整隊！」

消滅完了陀龍布，騎士們在卡斯泰德的號令下整齊列隊。唯一沒有列隊的，就是剛才受命擔任我護衛的那兩個人。兩人都拿下了頭盔，並排跪在神官長面前，往下低著頭。

「梅茵，上前來。」

已經能夠動彈的我也被叫上前，所有人都聚集在這裡。我照著神官長的指示，站在他的半步後方。因為身高不高，視線和微微抬起頭的兩名護衛相接。果然和我從聲音判斷的差不多，兩人看起來都才只有十幾歲，剛成年不久吧。

斯基科薩有著搶眼的黃綠色頭髮，深綠色的雙眼裡滿是憎惡。五官雖然斯文端正，但流露著毫不掩飾的傲慢，那雙眼睛正強烈控訴著一切都是我的錯。

達穆爾則有著色調溫和且樸實的褐色頭髮，灰色眼眸既無措又感到抱歉地看著我。戴著頭盔的時候還看不出來，但怎麼說呢，總覺得達穆爾散發著一種讓人很想欺負他的氣質。

「斯基科薩、達穆爾，關於這次的騷動，有任何辯解儘管說吧。」

神官長這麼說了後，斯基科薩抬起頭來。

「我沒有任何事情需要辯解。她是平民，這句話就足以解釋一切。」

斯基科薩的態度理直氣壯，相信神官長一定懂得自己的意思，我暗暗捂著胸口。如果對象是平民，連辯解的必要都沒有。我再度認清了這在這裡是理所當然。

「我應該命令過，別讓她受半點傷吧？」

「那是她自己突然站起來才受了傷，我認為不應該怪罪於我。」

聽見神官長夾帶了怒氣的話聲，斯基科薩態度依然堅決地搖頭。「是嗎？」神官長低聲說完，目光投向達穆爾。在神官長的注視下，達穆爾渾身一震，低著頭一口氣把話說完：

「因為斯基科薩要我記住自己的身分，所以我無法反抗，真是萬分抱歉。」

看著低頭如此辯解的達穆爾，神官長輕嘆口氣。

「沒錯。正如兩人的主張，確實是要認清自己的身分。」

斯基科薩聞言，喜上眉梢地抬起頭，得意洋洋地看著我。我默默撫摸儀式服上的大洞，心裡很不甘心。

神官長往前走了一步。

「斯基科薩，那麼在場身分地位最高的人是誰？」

「當然是斐迪南大人。」

斯基科薩一副「這還用說嘛」的樣子回答。不過，他好像沒有搞懂神官長這麼問的意思，不解地微偏著頭。

「沒錯，正是如此。而我這麼命令過了，要保護好見習巫女，別讓她受半點傷。如果你明白自己的身分，自然會曉得自己該保護的對象是誰，什麼又是優先事項。倒是你才該認清自己的身分！」

斯基科薩仰頭看著神官長，像是受到了巨大的衝擊。錯愕的表情上，雙眼不敢相信地瞪得老大。

「可是，她是平民，不過是個擾亂神殿秩序的愚蠢小孩……」

「你似乎完全不明白現在的情勢，那我告訴你吧。梅茵是授予了青衣的見習巫女。為了仰賴她擁有的強大魔力，是神殿提出請求，也得到了領主的許可，才授予她青衣。倘若你對此有任何不平不滿，便等於是對神殿及領主懷有不平和不滿！」

神官長厲聲說完，不只斯基科薩和達穆爾，在後方列隊的部分騎士也發出了倒吸口氣的聲音。

「你們也知道，現在這個國家的貴族人數不足。這也意味著能夠操縱魔力的人手短缺。尤其是你先前還從神殿回到貴族社會，應該更明白這一點吧？」

我還在好奇不知道斯基科薩和神殿長有什麼關係，原來斯基科薩本是青衣見習神官，是在神殿裡長大的。知道以後，就能理解他為什麼對於身為平民的我穿上青衣這件事，會有那麼強烈的反彈了。因為神殿裡的青衣神官都憤慨於自己居然與平民畫上等號，無法接受這種事。

「事實上現在神殿當中能夠執行這項儀式的人，只有我與梅茵。倘若有青衣神官可以負責，根本不會派見習巫女到這裡來。連這點小事也想不明白，你的愚昧真教我無話可說。梅茵是以執行儀式的青衣見習巫女身分來到這裡。你所傷害的，並不是一個平民，而是授予了青衣的見習巫女。」

神官長強調了好幾次我青衣見習巫女的身分。但也代表反過來說，倘若我只是平民，便無法向斯基科薩問罪。我緊握住可以保全自己的藍色衣服，再一次由衷感謝班諾的英明。是他建議我既然能夠操控魔力，就該設法談到青衣的待遇。

「你們兩人不僅違反命令、放棄任務，還傷害了護衛對象，造成本不該出現的陀龍布出現，擾亂騎士團的秩序，增加了騎士團的工作。甚至受命擔任護衛的騎士竟然危害護衛對象，毀壞騎士團的名譽。以上全是重罪。處分將由領主日後發落。」

接著神官長從兩人身上別開視線，轉向一字排開的騎士團，視線冰冷地望著跪在最前方的卡斯泰德。

「卡斯泰德，你身為騎士團長，卻選擇了這樣無能的下屬擔任護衛，且對新人教育不足，致使他們違抗命令，是你的罪責。處分同樣日後發落。」

「是率領騎士團的我無德無能，才招致這起風波。為斐迪南大人造成莫大的困擾，謹致上十二萬分的歉意。」

卡斯泰德曾說過難怪神官長會生氣，所以也作好了自己會遭到處分的心理準備吧。他的表情文風不動，靜靜地對著神官長低下頭去。同時，在後方列隊跪著的騎士們也一致地向神官長低頭行禮。

治癒儀式

「梅茵，趁藥效還在的時候完成儀式吧。」

訓斥完後，神官長說著揮開斗篷，觸摸右手背，變出了白色獅子。配合著神官長的行動，騎士團也站起來，各自變幻出騎乘用的動物。

「過來吧。」

我強裝優雅地走過去，握住神官長伸來的手。他把我抱上獅子後，這次我自己先握住韁繩，保持平衡。神官長動作矯捷地跳坐到我後方，抬起一隻手來。

「出發！」

神官長握緊韁繩，原本有如雕刻的白色獅子便有了生命般開始動作。獅子抖動著碩大的翅膀，飛上天空，朝著剛才巨大陀龍布肆虐過後的殘跡前進。

剛才的陀龍布因為是吸收了我的鮮血才成長，所以幾乎沒有奪走四周土地的魔力，並不需要舉行盈滿魔力的治癒儀式。但是，生長過巨大陀龍布的地方成了面積廣大的坑洞，若不注滿魔力，聽說永遠都會是寸草不生。

「……我對妳感到很抱歉。」

在空中飛行時不用擔心被人聽見，身後的神官長耳語般地低聲說道。

「我無意讓妳受傷，也無意讓妳面對那麼赤裸的惡意。更沒想到居然會演變成得用藥強行讓妳恢復健康後，才能舉行儀式。完全沒有考慮過騎士團有可能違背我的命令，是我的失策。」

神官長的聲音中帶著後悔和懊惱。本來是為了做好萬全的準備才指派護衛給我，結果護衛卻搞砸了這一切，神官長好像很後悔這麼做。但是，不管是護衛違抗命令，還是不懷好意的謠言在外廣為流傳，還是我因為身蝕而身體虛弱，神官長都不需要為此感到自責。

「這些並不是神官長的責任喔？」

「不，和妳有關的事情都是我的責任。」

神官長斬釘截鐵說道。神官長又說，既然神殿的處境已經危急到必須利用身為平民的我，才能繼續運作下去，那麼要如何妥善運用我，便是上司神官長的責任。神官長因為太過全能，看來是屬於任何事都無法交給別人，得由自己扛下來的勞碌命。

「梅茵，藥水有效嗎？」

「有的。」

「那就好。我知道儀式會對妳的身體造成負擔，但這時候必須要讓騎士團知道，妳身為青衣見習巫女，能夠完成自己的工作。我會負責祖護妳。讓他們知道妳有資格穿上青衣，對於神殿和守護這塊土地的騎士團而言，也是不可或缺的存在。只要騎士團認定他們確實需要妳，往後便能成為守護妳的力量。讓他們見識一下吧。」

神官長才以我不是平民，而是青衣見習巫女為由祖護我，我也必須在工作上展現出符合自己身分的成果。

「可是……好緊張喔。因為是第一次，我很擔心真的能成功嗎？」

雖然知道非做不可，但對於我是否真的能辦到，還是擔心得不得了。這是我第一次舉行儀式。但對於我的擔心，神官長卻只是一笑置之。

「哼，用不著擔心。我會準備好騎士團不得不認同妳的陪襯。」

「……咦？」

「我這個人的原則是絕不打沒有勝算的仗。」

神官長冷若冰霜的語氣，讓我打了個寒顫。看來對於自己的計畫遭到破壞，神官長還沒有完全消氣。

「……呃，神官長，但達穆爾對我十分親切，還曾經想救我，開口勸了斯基科薩，所以請對他手下留情喔。」

生長過巨大陀龍布的地方形成了一個圓形坑洞，土壤裸露在外，看起來像是有人在森林裡頭放了一個巨大的紅褐色盤子。

「要是執行儀式後盈滿魔力，植物生長出來，看起來都能蓋一座農村了呢。」

「這裡要是變作農地，苦的可是要來參加祈福儀式和收穫祭的神官及貴族。」

因為若不舉行祈福儀式，土地的魔力假以時日便會流失——神官長低聲說道。說的也是，不管是要搬來這種森林深處的農民，還是為了儀式要前來的神官和貴族，大概都會叫苦連天。

獅子在坑洞的正中心降落，神官長護送著我，讓我站在地面上。騎士團的團員們也接連著地，動物們咻地回到鎧甲手套上。

騎士團全員列隊後，摘下頭盔跪下來。聽說若是戴著頭盔參加儀式，是種對神不敬的行為。神官長也摘下頭盔，放在腳邊。腳下的土壤和我在森林裡常見的溼潤黑土不一樣，變成了像是學校操場上的紅褐色乾土。

「神官長。」

神官長接過阿爾諾遞來的，比一般成年男性要再高上一些的法杖。法杖是這次儀式需要用到的神具，也是水之女神芙琉朵蕾妮的象徵。黃金做成的法杖前端有顆反射著太陽光，閃耀著晶亮光芒的綠色透明魔石，大小約有成人的掌心那般大。握把部分則成排地嵌著小魔石，幾乎所有魔石都變了色。表示法杖已經蓄滿了魔力。

「斯基科薩。」

神官長轉向騎士團喊道。只見斯基科薩快步走來，一身鎧甲喀鏘喀鏘響。神官長朝斯基科薩遞去法杖。

「由你來執行儀式。」

斯基科薩一臉不明所以地眨眼睛。神官長眼神冰冷地低頭看著他，非常刻意地嘆口氣。

「既然你膽敢無視任務，表示還有多餘的魔力吧？原本是打算由我先做示範，但因為你的關係，額外增加了工作，我已經沒有多餘的魔力了。」

……騙人！明明就還綽綽有餘！

神官長調配的藥簡直苦得要人命，舌頭都發麻了，但也正如本人所說的，犧牲了味道，只著重於提升效果，所以藥效非常驚人。喝了藥的神官長不可能沒有魔力。

「你不可能辦不到吧？讓梅茵看看範本和等級的差異吧。」

神官長遞出法杖，半強迫地讓斯基科薩握住。始料未及的事態似乎讓斯基科薩不知所措，但一察覺到我的視線，馬上狠瞪著我，挺直腰桿。

「帶來治癒與變化的水之女神芙琉朵蕾妮，侍其左右的十二眷屬女神啊。」

斯基科薩用清晰嘹喨的嗓音開始唸起祈禱文。與之同時，法杖上的大魔石發出亮光，土壤從法杖拄著的地方，以斯基科薩為中心慢慢往外變作黑土。土壤變成了黑色以後，翠綠的嫩芽接二連三地探出頭來。

我忍不住「哇啊」地發出驚嘆。想不到只是握住神具，再唸出被迫背下來的祈禱文，土壤的顏色真的明顯地改變了。好像麗乃那時候在自然科學課上看教育節目時能看到的畫面。

充滿了魔力後，土漸漸變了顏色，植物慢慢發芽。但是，這種現象只持續到半徑約十公尺寬的圓形就停住了。

「不行，完全還不夠。」

神官長斥責想停下來的斯基科薩，不允許他放開雙手。只要一直握著，法杖就會逕自吸走魔力。魔力不斷被法杖吸走後，斯基科薩好像開始逐漸失去意識，當場雙腳發軟地跪下來。

「哼，剛才還那麼不可一世，只有這麼點能耐嗎？看來騎士團也嚴重人才不足。」

神官長看也不看當場倒下的斯基科薩，抓住搖晃不穩的法杖。然後扶著法杖，指名我上前。

「梅茵，剩下的是妳的工作了。」

我鼓足了幹勁，雙腳打開與肩膀同寬，用力握緊只要我一不小心就有可能倒下來的高大法杖。多虧斯基科薩為我做了示範，我總算能放心地進行儀式。

……既然要我讓大家見識一下，那最好把大量的魔力灌注進法杖裡吧？

我在握著法杖的雙手上使力，慢慢地深呼吸，垂下視線。接著打開平常總是牢牢關緊，不讓魔力流洩出來的蓋子，讓體內的魔力開始流動。魔力從深處溢出來後，尋求著出口流向法杖。

「帶來治癒與變化的水之女神芙琉朵蕾妮，侍其左右的十二眷屬女神啊。請聆聽吾的祈求，賜予吾聖潔之力，使吾得以治癒受屬魔之物迫害，因而枯朽之姊妹神土之女神蓋朵莉希。」

法杖上的偌大綠色魔石剎那間綻放出了強烈光芒。魔力開始形成漩渦，以我為中心捲起旋風。髮絲被風吹得往上飄揚，儀式服的袖子和下襬也不停翻動。

「神聖的樂音奉獻予祢，請為吾等布下至高無上的波紋，賜予祢清澄明淨的守護。願祢之貴色，滿布吾所希望之地。」

魔力一鼓作氣流向了法杖，更透過魔石滲透進土壤。黑土的面積瞬間往外擴張，彷彿能夠聽見「唰！」地一聲，眨眼間草木開始冒出新芽。

「……停，夠了。」

聽到神官長這麼說，我立刻壓下往外釋放的魔力，關回蓋子。同時，法杖的光芒也黯淡下來。原本一整片的不毛之地，頃刻間青草已經長到了腳踝的高度。

「神官長，這樣就好了嗎？」

「嗯，整片土地都充滿了魔力……其實是有點過火了。」

最後一句話非常小聲又模糊。因為聽不太清楚，我納悶地歪過頭，但神官長只是輕輕搖頭，轉身面向騎士團列隊的方向。我也跟著轉向騎士團，發現一排排的臉孔都是目瞪口呆，好像看到了無法相信的東西。幾乎所有騎士都張大了眼睛，怔怔地張著嘴巴。

……咦？為什麼大家都是這副表情？因為神官長要我讓大家見識一下，所以我才努力表現，難不成……做得太過頭了？

看見大家都用驚愕的表情看著我，我感到非常坐立難安，慢慢地躲到神官長背後。神官長則是站到我面前，假咳了一聲。

「這位便是得到了神殿與領主認可的青衣見習巫女。還有人有異議嗎？」

騎士團眾人像是忽然恢復清醒，動作一致地垂下目光，沉默不語。所有人都低著頭，在原地動也不動。這樣的動作大概是表示沒有異議吧。我還眨著眼睛，前方的神官長輕輕點頭。

「……看來是都沒有。很好。」

神官長輕笑一聲，騎士們才終於抬起頭來。但是，在他們抬起來的臉上，雙眼不再和剛才一樣吃驚得瞪大，全都閃著像找到了獵物的精光。

「嗚?!」

我強忍下險些要叫出來的大叫聲，在眾人的虎視眈眈下，全身像石化一樣僵硬。該怎麼形容呢，有一種被蓋章認定成了獵物的感覺。我的心情就像被蛇盯上的青蛙，感覺一不留神就會被吃掉。為了逃離騎士們的視線，我鞭策瑟瑟發抖的雙腳悄悄移動一步，整個

人都躲到神官長背後。
「還有，忘了告訴你們，這名見習巫女是在我的庇護之下。你們都明白這代表什麼意思吧？」
神官長此話一出，瞬間他們都收起了那種好像是肉食性動物的眼神。我感到如釋重負，但只有我一個人不明白這代表什麼意思。
「明白就好。回城。」
我還在一頭霧水地眨眼時，其他人都已經開始準備回城。阿爾諾從神官長手中接過神具，法藍走過來確認我的身體情況。騎士團重新戴上頭盔，召喚出動物，做好騎乘的準備。
「梅茵，過來。」
神官長和卡斯泰德站在斯基科薩還倒著的地方呼喚我。我忍下想奔跑的衝動，從容不迫地走過去。
「梅茵，關於今天發生的意外，妳有任何要求嗎？」
神官長的雙眼看著斯基科薩問。畢竟還是要做做樣子，問問身為被害人的我的意見，但神官長的表情明顯在說「快說沒有」。但我決定當作沒有看到。
「有的。」
我一回答，神官長便用力皺眉，狠瞪向我。雖然知道神官長瞪著我在心裡說「給我看狀況！」，但我決定視若無睹。
「我想要求重新幫我準備一件儀式用的服裝。」

兩人似乎都對我的要求感到意外，瞪圓了眼低頭看我。我攤開雙手，好讓兩人可以看清楚我的衣服。隨風飄動著的袖子上破了大洞，還可以看見對面的景色。

「請幫我準備和這件一模一樣的服裝吧。因為是剛做好的新衣，價格非常昂貴。像我這樣的平民，已經沒有錢再訂做儀式服了。」

「原來如此，這確實是該補償。」

卡斯泰德露出苦笑，馬上表示理解。神官長大概是不太明白我的意思，有些納悶地問：

「妳說要一模一樣是什麼意思？」

「這件衣服是特別訂做的喔。為了長大後還可以繼續穿，我特別指定了款式，結果現在都還沒有長高，就在舉行儀式前變得破破爛爛，太殘忍了。」

我有些誇張地大嘆口氣，惹得卡斯泰德哈哈大笑。

「就算是小孩子，但女人對衣服的執著都一樣哪。知道了，會為妳再準備一套儀式服。」

卡斯泰德答應準備一件新的儀式服，做為對斯基科薩、達穆爾和自己的處罰。只要能答應我這件事，我就很滿足了。

「謝謝卡斯泰德大人。請您委託奇爾博塔商會，應該就能訂做出一樣的服裝。因為沒有儀式服，就無法出席儀式，還請趕在冬天之前完成。」

「趕在冬天之前嗎？為什麼？」

卡斯泰德偏過頭，神官長按著太陽穴說了：

「神殿會在冬天舉行奉獻魔力的儀式……倘若在奉獻儀式上沒有穿著儀式服，確實會惹來神殿長和其他青衣神官的冷嘲熱諷，嘲笑平民連件儀式服也買不起吧。即使梅茵並沒有任何過錯。」

神官長說完，我一本正經地點頭。這是我覺得最麻煩，也最害怕發生的事情。即便陀龍布再度出現，反正騎士團都知道今天發生的事，就算穿著滿是破洞的儀式服也沒關係吧。但是，在冬天的儀式上，我還是想穿上完好的新衣。

「我明白了。儀式服我們會想辦法解決。其他還有嗎？」

「只要能為我準備儀式服，其他只要依照騎士團的規則做懲處就可以了。我不想再招來不必要的怨恨。」

「嗯，很明智的決定。那麼，之後的事就交由騎士團決定了。」

卡斯泰德滿意地點點頭說，我跪下低下頭去。

「討厭啦！為什麼衣服會破這麼大的洞?!這是才剛做好的新衣服耶！」

「法藍，梅茵大人到底發生了什麼事?!」

回到神殿，戴莉雅看著破破爛爛的儀式服發出慘叫聲，羅吉娜則摀著嘴巴，腳步有些踉蹌。

「發生了不少事情，但因為和騎士團有關，神官長已下令不能多言。」

法藍這樣回答，避開了兩人的追問。

我趕在路茲看到前急忙換下衣服，路茲卻知道我曾經身陷險境。來接我的路茲一看到我，馬上跑過來說：「梅茵！幸好妳沒事！」接著他馬上檢查我的手背，還檢查我有沒有發燒或哪裡受傷。他的行動怎麼看都像是知道我發生了什麼事。

「路茲，你怎麼知道的？」

「我突然在腦海裡面聽到妳喊『路茲，救命啊！』的聲音，然後眼前就看到了妳……雖然想去救妳，但又不知道妳人在哪裡，害我快急死了。」

再加上我被陀龍布纏繞住的影像，在神官長把手上的黑色弓箭變作發光魔杖，開始治療後就中斷了，所以路茲也不知道我有沒有獲救，這段時間一直過得惶惶不安。

「路茲，對不起讓你擔心了。」

「沒關係，而且實際上遇到可怕事情的人是妳啊……但那到底是怎麼回事？」

我猜路茲經歷到的神奇現象，原因肯定是那時候發出的藍光吧。我看向已經還給神官長，不再戴著戒指的自己的手，今天發生的各種事情也在剎那間全閃過腦海。

「真的幸好妳沒事。」

路茲張手抱住我後，他的聲音直接傳進了耳朵裡。面對和身分、關係、魔力這些事全然無關，只是發自內心擔心我安危的路茲，我繃緊的神經也終於放鬆。因為知道想撒嬌的時候，對方不會把我甩開，所以我也能夠毫不扭捏地對路茲撒嬌。

「……貴族社會真的好可怕。」

我緊緊抱住路茲，這麼低喃。

回應了騎士團的請求後，想當然我隨後便陷入昏睡。雖然昏睡了好幾天，但我在這個時期陷入昏睡早已經是家常便飯，所以家人都沒有說什麼。只希望神官長別再自己攬下根本不必負的責任，覺得都是他的錯。

在我恢復到能夠動彈時，秋天的尾巴也漸漸近了，天氣也冷得沒辦法再用河水做紙。

「回家前得去一趟奇爾博塔商會才行呢。」

這樣討論著來到神殿，法藍已經在大門等著我。

「梅茵大人，神官長召見您。似乎是有重要的話要說，要您一到神殿，不練琴也沒關係，立即前往神官長室。」

我先到院長室換上青衣後，再往神官長室移動。偏偏今天特別想練飛蘇平琴。我踩著沉甸甸的步伐，走得慢慢吞吞，最終還是抵達了神官長室。

「梅茵，妳來了嗎？法藍已經告訴過妳了吧。進來這邊。」

神官長的表情有些嚴肅，大步走向秘密房間。這肯定是要進入說教模式。我按著肚子，走進神官長打開的秘密房間。

「把那邊的資料全部拿給我。」

我把長椅上的資料推到旁邊，正打算和平常一樣坐下時，神官長卻這樣說著朝我伸出手來。我把長椅上的資料收成一疊，交給神官長。神官長把資料放在桌上，再一如往常拉來椅子。但是，今天他手上拿著鑲有紅色石頭的精緻金環，還有大小可以藏在掌心裡頭的瓶子。

「梅茵，把這喝下去。」

神官長張開手，遞給我那個小瓶子。透明度不算高的微厚玻璃瓶裡，裝著紅色液體。

「這是什麼？」

「是我調配的藥水。可以讓魔力更加容易穿透。為了使用這個魔導具，妳非喝不可，再苦再難喝都要忍住。」

神官長散發著不容分說的魄力，把藥水瓶舉到我面前。聽他這樣一說，我更是超級不想喝。當時那種苦得簡直要人命的味道，我到現在還忘不了。看到我面露遲疑，神官長稍稍瞇起淡金色的眼眸，嘴角微微上揚。

「妳比較喜歡被人捏住鼻子，強灌妳喝藥嗎？」

……神官長是認真的。他是那種認為有必要，就會面不改色真的做出來的人。

我如撥浪鼓般地搖頭，接過神官長手中裝有紅色藥水的小瓶子。這次到底會是什麼味道呢？我心驚膽跳地把瓶子湊到嘴邊。不過，這次並沒有什麼奇怪的臭味。要是慢慢喝，一旦發現難以下嚥，更會喝不下去。所以我把心一狠，一口氣乾了。

「……嗯？」

並不難喝，也不苦。真要說的話，反而還很好喝，有點甜甜的。

「神官長，這個不苦也不難喝。還有點甜甜的，很好喝呢。要是那時候的回復藥水也和這個一樣好喝就好了。」

我把空了的瓶子拿給神官長，想起當時苦到彷彿能殺人的藥水，這麼說道。神官長詫異地瞠大眼睛。

「妳喝起來覺得是甜的嗎？」

「對啊。怎麼了嗎？」

「……是嘛。嗯，也罷。把這個戴上吧。石頭要貼在額頭上。」

神官長遞來手上有著紅色石頭的金環。反抗大概也沒用，所以我乖乖接下，戴上金環，並讓紅色石頭貼在額頭上。和借給我戒指魔導具時一樣，金環咻地縮小，如頭環般密合地套住腦袋。

「神官長，你說這個是魔導具嗎？這是什麼？」

「是我先前拜託領主的東西，現在終於送到了。」

「請問用途是……嗯？奇、奇怪？」

戴上頭環後，突然感到非常想睡。腦袋開始變作一片空白，眼前一陣暈眩，眼皮也逕自往下掉。

「咦、咦？為什麼？好想睡……」

「直接慢慢躺下來，閉上眼睛睡吧。不需要抵抗。」

神官長的聲音聽來好模糊。明明聽得見，卻好像要花點時間才能理解，意識包上了一層膜。既然神官長都說了不需要抵抗，我便順著襲擊而來的睡意，和平常一樣進行睡前準備。拔下髮簪，脫下鞋子，躺在長椅上。一躺下來，意識立刻墜往深淵。

「晚、晚……安。」

擠出最後的力氣道晚安時，感覺到了神官長的指尖撥開我的劉海。多半就在旁邊，神官長的聲音像直接湊在耳邊說話一樣，距離極近地響起。

「這是當事態重大到必須由領主親自裁決，為了確認犯人和證人有無說謊，用以探索記憶的魔導具……那麼，讓我看看妳所謂夢中的世界吧。」

終章

斐迪南靜靜低頭望著因藥水和魔導具而進入深沉睡眠的梅茵。髮簪從她沒有力氣握著的手中掉下來，他將之撿起。雖然只是一根削好的木棒，但只有梅茵會用這種木棒盤起頭髮。斐迪南本以為這在平民之中很普遍，但連近來在洗禮儀式上經常看見的髮飾，平民都只是插在綁起的頭髮上而已，並沒有人像梅茵一樣用來盤起頭髮。

梅茵是個不可思議的孩子。明明有著像是已經受過高等教育的思考方式，做事卻總是不經大腦，不夠深思熟慮。知道他怎麼找也找不到的麥爾威・杜威，和在這個國家裡從未出現過的十進分類法，還擁有不斷發明出自己想要東西的頭腦。重建孤兒院、提供給孩子們工作，再給予食材當作回饋。愛書愛到了難以自拔的程度，甚至做出了兒童版聖典。不管從哪個方面來看，梅茵都異於常人。即便是受過嚴格教育的貴族小孩，也完成不了半件梅茵達成的事情吧。這些全不是一個剛受洗完的孩子能夠完成的事。本來梅茵便是個奇特的孩子，但因為行為舉止從來沒有走偏，只是特立獨行而已，所以領主也不願出借這個魔導具。

然而，梅茵卻在前陣子的治癒儀式上，展現出了令人難以置信的魔力。能在轉眼間讓魔力遍布那般廣大的荒蕪之地，絕不是一般身蝕辦得到的事。其實在現階段，她的魔力量甚至遠高於領主。等她長大，不知道魔力量又會成長到什麼地步。

一個魔力量極度豐沛，又能透過發明賺得大筆錢財的平民女孩，任誰都想得到她，只會變成貴族間掀起爭戰的火種。藉由宣告她是在自己的庇護之下，在這座城市裡還保護得了她，但被其他領地的貴族發現她的存在，也只是時間早晚的問題。屆時他未必保護得了梅茵，況且現階段也還無法斷言，她是否具有需要保護到底的價值。所以，領主才命令他使用這個魔導具，察看記憶，確認梅茵所謂「夢中的世界」，以判定梅茵的價值，和她有無害處。

「至少希望可以肯定並無害處……」

對象如果是罪犯，只要從記憶中確認他是否真的犯下了罪行即可，非常簡單，但梅茵的情況不一樣，他必須依據她的記憶來推論她擁有多少價值，又是否會危害到他們，要作判斷並不容易。

「最重要的是……以後會疏遠我吧。」

畢竟要利用魔導具，窺看她的記憶。往後勢必會對他提高警覺，也不會再接近他吧。在必須隱藏情感，言行舉止也得小心翼翼以免落人口舌的貴族社會裡，從沒有人會像梅茵這樣，任何想法都表現在臉上。即便來到神殿，也必須時時刻刻觀察對方與神殿長有多深的交情，又可以信任到何種程度，對於梅茵卻完全不用思考她是否表裡不一。儘管面對情緒都表現在臉上的梅茵，他常常扶額苦嘆，卻也因為完全不需要提防，感到輕鬆自在。

自己竟然這麼看重梅茵嗎——斐迪南輕嘆口氣，拿起桌上和梅茵一樣的頭環，戴在額頭上。接著在躺於長椅上的梅茵身旁跪下，讓兩人額頭上的魔石碰在一起。然後，慢慢地讓自己的魔力流向梅茵，讓意識與她同步。雖說用了有助於同步的藥水，但畢竟是自己以外的魔力要進入體內，一般人都會感到抗拒，梅茵對卻此沒有任何抗拒反應。思及此次的目的，他當然是樂得輕鬆，但還是忍不住想罵她：「別這麼輕易地接受他人的魔力，至少也該做點反抗吧！」斐迪南很想咂嘴，向梅茵攀談：

「梅茵，聽得見嗎？」

「咦？是神官長的聲音。神官長，你在哪裡？」

在斐迪南的預料中，本以為梅茵應該會更加害怕、厭惡或恐懼，此刻聽到她簡直太過悠哉的話聲，真想抱住腦袋。

「我現在正與妳的意識同步。妳的魔力遠遠超出了我的預期。既然妳說妳夢中有另一個世界，還在夢中的世界受過教育，那麼，對於妳是否會對這片土地造成危害，我必須作出判斷。雖然抱歉，但接下來我得察看妳的記憶。」

「是～我知道了。可以喔。」

聽到這麼輕快的回應，斐迪南這次再也不禁感到暈眩，但任誰都能理解他的心情吧。畢竟要窺看記憶的人是這般如臨大敵，要被窺看記憶的人卻毫不抵抗。

「真的好嗎？我可是要窺看妳的記憶，這種感覺並不好受吧？」

「唔，話是沒有錯……但如果能讓神官長自己親眼看到，這是最快的方式吧？比起被冤枉、被誣陷或因為對我有偏見而把我處分掉，我覺得這樣做好上太多了。」

其實神官長大可以直接處分掉我，卻特地使用了魔導具，之後再作判斷吧——梅茵說道。因為與梅茵的意識同步，斐迪南知道她是真心這麼認為。真不知該誇她個性爽快，還是該罵她要懂得懷疑別人……面對梅茵必須採取後者，但說教先往後延吧。感覺這次的同步會非常疲憊，最好盡快結束。

「那麼，帶我去妳之前說過的夢中世界吧。只要用力回想，應該就能回到那裡去。」

「咦？意思是只要我想，可以去任何地方嗎？」

……為什麼?!明明要被人窺看記憶，梅茵卻這麼興奮?!期待得不得了的快樂心情傳染過來，讓斐迪南百思不解。

……糟了，他有種非常不祥的預感。他有辦法控制住失控的梅茵嗎？自己若不夠意志堅定，很可能會被她帶著到處亂跑。

「梅茵，妳得讓我看到我想看的東西。首先我想看看妳知識的來源。」

「交給我吧！那帶神官長去我最愛的圖書館吧！」

梅茵爽朗的聲音剛說完，一棟斐迪南從未見過的巨大建築便聳立於眼前。雖然想知道眼前的建築物究竟有多高，但他現在等於和梅茵共用一雙眼睛，所以只要梅茵不轉動頭部，可以看見的範圍便十分有限。視野中腳底下有著美麗的石板，撫過肌膚的風也很溫和。環境既不髒亂，也沒聞到臭氣，所以不是平民區。這裡是貴族區嗎？

「哇啊，好懷念喔！」

梅茵的聲音再度響起，視野跟著移動，進入建築物內部。說著對這幕風景感到懷念，還毫不猶豫地走向建築物時，梅茵的腳步輕快得近乎跳躍。可以肯定這裡確實是她熟悉的世界。緊接著，梅茵明明沒有伸手觸碰，也沒有對其釋出魔力，那扇透明到難以相信、又有著平均厚度的巨大玻璃門扉便發出細微的嗡嗡聲敞開。

「梅茵，這裡也有魔法嗎？但妳之前提到梅茵十進分類法時，不是說過沒遇過魔法這一項，不知道怎麼分類嗎？」

「啊……這並不是魔法喔。是照著另一種原理在運作的自動門。」

沒有魔法，卻有著另一種原理，像是魔法的東西。真是奇妙又不可思議。

「梅茵，這個國家叫什麼名字？應該是我從來沒聽過的國家吧？」

「這裡叫做日本喔。我之前是活在這個世界，後來埋在書堆裡死掉了。等我再次張眼醒來，就變成梅茵了。」

斐迪南無法理解梅茵在說什麼。但是，感覺得出來她沒有任何隱瞞，只是在陳述事實。就是因為太誠實了，卻讓人無法理解，斐迪南還是第一次遇到這種情況。

「妳說……埋在書堆裡死了？」

同時，斐迪南更是無法理解埋在書堆裡死掉了是怎麼一回事。想像不出到底要有多少書才能埋死人時，多到數不清的書架和放眼望去皆是書的光景便映入眼簾。

「……這裡是哪裡？」

「這裡是我常去的市立綜合圖書館喔。」

眼前是觸目所及之處全擺滿了書的圖書館。連貴族院的圖書館裡也沒有這麼多書。這樣的數量確實是有可能埋死人。

「這些……全部都是書嗎？」

「對啊，因為這裡是圖書館。啊，不過，最近還多了『錄影帶』、『ＣＤ』和『ＶＣＤ』，所以不只有書呢。啊啊，好幸福喔，就是這個！這裡才是我的樂園！」

梅茵內心洋溢著令她感到想哭的幸福。大概是有她特別鍾情的地方，梅茵一直線地快步穿過書架之間。這間圖書館的地板鋪著柔軟的地毯，因此完全聽不見腳步聲。一想到這間圖書館不知道究竟花了多少錢，斐迪南便感到頭暈目眩。

……原來如此，有著在這種地方生活過的記憶，又曾經如此打從心底渴求書與圖書館，稍微可以理解梅茵為什麼在看見神殿的圖書室後會嚎啕大哭了。

和他熟悉的世界不同，在這個世界，書似乎相當受到喜愛。在這間圖書館裡，沒有半本書繫著鎖鏈，人們也各自拿著感興趣的書籍在閱讀，封面都和梅茵做過的一樣簡單。有男女老少，有人打扮得很體面，還有衣服上到處是破洞的貧民。在梅茵行進途中，斐迪南還看見有些在看書的人，穿著色彩雖然豐富、看來卻很簡陋的衣服。在他的常識裡，那樣的貧民根本不能夠碰書。

「梅茵，那人是瘋了嗎？那樣的人怎麼能夠碰書？」

「誰瘋了？神官長指誰？」

梅茵的視線離開走道，張望起四周。

「左邊。身為成年女性，竟然裸露膝蓋。明明是買不了多少布的貧民，布卻染了顏色。那麼應該放棄染色才對吧？真讓人匪夷所思。」

「因為在這裡並沒有規定女性一定要穿多長的裙子喔。她只是穿著自己喜歡的衣服而已，請神官長不用在意。不過，這個夢好厲害喔。連觸感和味道都感覺得到。」

梅茵顯然已對那名女性失去興趣，視線立刻又投回書架上。一排排書的封面都和梅茵做過的紙封面一樣，但美麗的程度和數量卻遠超出他的想像。

梅茵慢慢移動視線，從書架的一端看到另一端，接著抽出一本書。抱緊後，開始聞起味道。因為意識與她同步，斐迪南也強制性地感受到了書本與墨水的氣味，還被迫沉浸在心滿意足的感覺裡。真想馬上停止同步。

接著梅茵興沖沖地往書架旁的鬆軟椅子坐下來，看起了書。椅子並非只是在木板上鋪了布，坐起來非常柔軟且舒適。是生平頭一次體驗到的觸感。

但是，梅茵的視野中就只出現了書、書架和地板。雖然看見了她把書頁打開，但上頭只是整齊地排列著他看不懂的文字。這就是用梅茵所謂的印刷做成的書嗎？和梅茵做出的書一樣，只有黑白兩色。

「在妳夢中的世界，書本並沒有圖畫嗎？」

「咦？啊？什麼？啊，對喔，神官長。」

斐迪南開口說話後，梅茵卻像是大吃一驚。

……這個笨蛋，真想一拳敲醒她。竟然完全忘了有人在窺看她的記憶，徹底沉浸在了這個世界裡。

「呃……圖畫嗎？如果神官長想看圖畫，這裡也有『畫冊』和『攝影集』喔。」

梅茵抽出了一本較大的書，書上排列著五顏六色的圖畫。圖畫的色彩之斑斕與細膩程度，都教人大吃一驚。他著了迷地看著美麗的圖畫時，梅茵卻馬上闔上了書。

「神官長，我可以繼續看書了嗎？」

「不行。這個就像是妳做給孩童看的繪本嗎？」

「那是蒐集了名人畫作的『畫冊』。兒童區在這邊喔。」

說完，梅茵在圖書館裡移動。

「這個才是繪本，貨真價實的灰姑娘。」

斐迪南看著圖畫，一邊在腦中回想先前梅茵帶來給他看的文章，更是無法理解這篇故事了。不只圖畫上的服裝和髮型很詭異，在這世上更不可能有眼睛占了臉一半大的人類存在。慢著，在這個世界搞不好真的有。斐迪南改變了想法。

「……現在再加上圖畫，比起只聽妳說灰姑娘的故事時，我覺得更荒謬了。不過，這裡的圖畫不也一樣繽紛多彩嗎？妳的書也快點上色吧。」

「我也想上色啊……可是，墨水太貴了。我會朝著自己做出來的方向努力的。唉，要是可以在夢裡面買顏料就好了。」

梅茵話才說完，他們這次移動到了並排著奇妙物品的地方。這次不是書，放眼望去，架子上全擺滿了帶有色彩和文字的各種奇形怪狀物品。

「啊，這次跑到『美術用品店』來了。神官長，在夢裡買東西應該帶不走吧？」

「笨蛋，當然沒辦法。這裡是哪裡？」

「是我媽媽經常光顧的『美術用品店』喔。這個是顏料。」

不論是書還是顏料，在梅茵的這個世界裡，東西似乎都豐富且多樣。雖然他只看得見現在映在雙眼裡的景色，但還是對文化之豐富心生畏懼。

「種類還真多。」

「對啊，這裡什麼都有喔。但比起『美術用品店』，我更喜歡『書店』呢。」

又是話一說完，場景便變換了。梅茵不只行動，連思考也很沉不住氣。不對，就是因為思考沉不住氣，行動也毛毛躁躁吧。

「這裡又是哪裡？」

眼前的地方和圖書館一樣，書架上全塞滿了書。與圖書館不同的是，這裡響著震耳欲聾的音樂，四周明亮得讓人不由得想瞇起眼睛。

「這裡是販賣新書的店喔。唔呵呵，那來看看有什麼新書吧……啊，不——！只能看到我記得的新書而已！」

梅茵莫名其妙地大叫，逕自感到沮喪。因為情緒起伏太過激烈，與她同步的斐迪南感到非常疲倦。梅茵會經常病倒，也許就是因為她的情緒起伏太過劇烈了。

「梅茵，我們明明身在建築物裡，為什麼四周這麼明亮？」

「啊，因為開了『燈』喔。」

梅茵仰起頭。書架瞬間消失，上方竟然出現了發出耀眼白光的小太陽。

「這又是依據什麼原理在運作的？」

「呃，只要按下『開關』就會亮了。不過，就像神官長向我說明魔法，我也聽不懂一樣，沒有基本知識的神官長應該也無法理解，所以詳細說明我就省略吧。」

梅茵的視線很快又固定在書架上。真希望梅茵能多環顧四周，否則他根本除了書以外，什麼也看不見。單從眼角餘光中的景象，也能看出書以外的東西全都非比尋常，梅茵卻看也不看那些東西一眼。這樣的同步絲毫沒有意義。

「梅茵，我想看看書以外的東西。」

「咦～？但我好想看書喔。畢竟靠我自己的力量，沒有辦法夢到這麼真實、還能重現五種感官知覺的夢境呢。」

梅茵的內心滿是不滿。她真的滿腦子都只有書。斐迪南沒想到窺看她的記憶後，竟然真的從頭到尾都只出現書。若不刻意要她去看其他東西，再這樣下去，這次的同步便會只看到這世界的書就結束了。

「梅茵，妳還記得我要求妳展示夢境的目的嗎？」

「雖然很想忘記……唉，神官長想看什麼呢？」

梅茵感到非常麻煩地嘆了口氣。對於這個問題，斐迪南回答了他個人最感到好奇的事情。

「是啊……我想看看妳受教育的地方。」

一個眨眼，景色變了。在不算大的房間裡，桌子從左到右排得整整齊齊，穿著同樣衣服的人們都在寫字。小小的桌子上，擺著寫滿了他看不懂的字與符號的書籍，又薄又美麗的成疊紙張也攤開來，金屬盒上畫著他從未見過的圖案，盒內還放了幾根有顏色的短棒。眾人不時抬起頭來，像筆一樣揮著有顏色和圖案的短棒寫字。視線前方站著一個男人，他在一面偌大的石板上，一邊喀喀喀地寫字一邊講解。他就是這座學舍的教師嗎？

「梅茵，這是在做什麼？」

「現在在上課喔。這是『高中』時期的回憶吧？在上數學課呢。好懷念喔，但我不太喜歡數學課，應該是國語課比較好一點。」

視野中的景象迅速切換。在同樣的房間裡，這次換作是名有些年長的女性一邊唸著書上的內容，一邊在房內來回行走。

「在這個世界，所有國民都要上課喔。從參加洗禮儀式的那麼小年紀開始，直到成年為止，都會像這樣子學習。」

梅茵每說一句話，景色便飛快切換。每次的畫面都是待在類似的房間裡上課，不同只在於學生的年紀，和站在前方教書的教師換了人。從年紀看來與受洗孩童差不多的小孩，乃至有著成人體型的人為止，確實都在學習。

「除了學習以外，沒有做其他事嗎？」

「嗯……要上的科目很多，有像這樣對著桌子上課的，也有的是學實務技巧。」

一大群人穿著同樣的衣服在屋外奔跑、男男女女穿著不成體統的服裝泡在水裡、有人吹著從未見過的笛子、演奏從未聽過的曲目，這些情景一一飛逝而過。

「妳也受過音樂的教育嗎……」

「是啊，雖然學校教的只是很簡單的東西。所以我之前用飛蘇平琴彈的曲子，其實並不是我自己創作的，而是這裡的歌曲。」

斐迪南總算明白了梅茵為何第一次碰到飛蘇平琴，就能夠彈出樂曲。梅茵的驚人才能，原來是源自於這世界的知識與教育。那她當然會異於一般的平民。

「是國家規定了我們要接受這些教育，所以所有國民都看得懂字，也都會計算喔。我想把這樣的教育模式也帶進孤兒院裡，讓大家都能讀書識字，也會簡單的計算。」

「但妳為什麼要這麼做？」

斐迪南不懂為什麼要特意讓眾人學會寫字。他感到納悶地問，梅茵卻一派天經地義地回答：

「只有識字的人變多，看書的人才會增加啊。看書的人變多，寫的人也才會增加。為了在另一個世界也能看到很多書，首先必須要讓有能力閱讀的人增加才行。」

換作是之前，斐迪南大概會懷疑她到底有什麼隱情，腦海裡又有什麼企圖，但此刻因為正與梅茵同步，可以知道她真的是打從心底只想著看書。就某方面而言令人安心，就某方面而言也讓人頭痛。但是，看過了梅茵的記憶以後，斐迪南一直以來懷抱著的幾個疑問也得到了解答。

「我一直覺得妳學習文字的速度快得異常，原來是因為已經很習慣學習了。」

「習慣嗎？嗯，也許吧。雖然沒有自覺，但我想我很習慣學習了。而且，因為我真的、真的太想看書了，才會非常想要學習文字。」

斐迪南盡可能毫不遺漏地看遍視野裡的所有事物。眾人穿著同樣衣服上課的光景井然有序，建築物也宏偉壯觀，不見一絲髒亂。

「梅茵，這個地方真是乾淨宜人。」

「對啊，因為才剛改建完成。不過，這所學校最棒的地方，是在這附近的學校當中，以藏書量居冠為豪的學校圖書館喔。也是我報名這所學校的理由。」

與之同時，景色又切換到了圖書館。是梅茵正喜孜孜地介紹著的學校圖書館吧。大概是古書數量不少，空氣中帶有些許獨特的塵埃氣味。梅茵興高采烈地吸了一口氣，陶醉在其中，但斐迪南已經受夠書的味道了。

「梅茵，別再進來圖書館了。到外面去吧。」

接下來的風景是祥和的庭園。有石板路、草皮、排開來的樹木和整齊的花壇。

「這裡是貴族區嗎？」

「嗯……有點像，但嚴格來說並不是。和城裡的環境相比，日本給人的感覺比較接近貴族區吧。也有很多根本像是魔導具的東西。」

在沒有魔法的世界，卻有著依據其他原理運作，像是魔導具的東西。斐迪南產生了好奇，問道：

「哦？例如什麼樣的東西？」

「這個嘛……例如交通工具。」

梅茵往上抬頭，指著一個正發出轟隆聲響，飛過天空的白色物體。她再轉頭看向旁邊，金屬鐵塊正以驚人的高速穿梭而過。

「那是什麼東西？能讓那麼龐大的物體高速移動，魔力量想必相當……」

「不是啦，我說過和用魔力驅動的魔導具不一樣，是依據了其他的原理。魔力可以改變石頭的形狀，還能讓它們動起來，我才覺得神奇呢。」

的確，在沒有魔導具相關知識的梅茵眼裡，魔石可以變幻形體並移動，也會感到不可思議吧。之前和騎士團一起行動的時候，她也每件小事都大驚小怪。

「其他還有什麼魔導具？」

「嗯……『電器用品』好像是家裡面比較多呢。」

梅茵喃喃說完，接著他便站在了某個建築物裡頭，窗戶還覆蓋著薄薄的蕾絲。能夠如此大方地使用精緻的蕾絲布料做成窗簾，住在這裡的肯定是上級貴族。柔和的陽光從窗外照射進來，已經有足夠的照明，房內卻還開著「燈」，感覺更是明亮。房內還有鋪著皮革的長椅，正前方低矮的架子上裝飾著黑色的四方形厚板。

……怎麼了？

梅茵的心跳冷不防變快，心跳聲也變得響亮。背部打著哆嗦，血液的溫度突然間下降。梅茵的內心開始籠罩在緊張、不安和恐懼之下，但從深處又湧起了喜悅與懷念互相交雜的期待。因為梅茵所有的情感都傳送了過來，斐迪南感到眼花撩亂。

「梅茵，怎麼了嗎？發生什麼事了？」

「這裡……是我家的『客廳』。因為太懷念了……有點難過。」

梅茵按著自己的胸口說，聲音有些沙啞。感受得出她隨時都有可能哭出來。因為目前為止梅茵的注意力都放在書上頭，所以斐迪南也沒有多作思考，但她剛才說過，她是死過一次以後，張眼醒來才變成了梅茵。那也難怪對於生前的住處，內心會感到百感交集吧。但是，他不能受梅茵影響，一直沉浸在感傷當中。他清了清喉嚨轉換心情，向梅茵問道：

「那個櫃子看起來很雜亂，到底那些裝飾品是什麼？」

「……那是媽媽的『主婦工藝』。我的母親好奇心很旺盛，但總是三分鐘熱度，每次做好了一、兩樣作品後，又對其他事情產生興趣，然後一頭栽進去，這些就是多年來累積的結果。因為就只有好奇心而已，技巧完全沒有進步……」

嘴上雖然說著貶低的話語，梅茵伸出的手指，卻像是在觸碰非常珍惜的物品。

「這個是蕾絲編織的『杯墊』，這個是髮飾。這個髮飾現在已經在奇爾博塔商會裡面販售了喔。我的那個豪華髮簪，原本也是參考這個做法完成的。」

斐迪南想起之前回應騎士團的請求時，他曾在近距離下看過梅茵的髮簪。成品雖有差異，但確實很相似。

「這是把『報紙傳單』捲成細棒狀後，再編織而成的籃子和袋子。在用樹皮編袋子的時候，剛好可以應用到呢。我平常在用的那個袋子，做法就和這個一樣。」

梅茵指著袋子，還嘟著嘴巴補充說：「但因為媽媽做到一半就膩了，所以最後是我編完的。」接著繼續又說：「還有這些品味有點糟糕的娃娃裝和玩偶。這邊這個圓圓的白色東西其實是頭，原本要做成『雪人毛線娃娃』。這個是只差一點就要完成的『十字繡』，還有『拼布』掛毯……」

造型怪異的籃子裡塞滿了各種未完成的物品，梅茵一一拿出來，一邊回想製作這些東西時的情景。每當她回想，眼前的景象便不停切換，時間和地點跳來跳去，一名黑髮女性說著「我不做了」，把東西遞過來要梅茵接著做，或是拉起梅茵的手說「我們走吧」，但所有畫面都是稍縱即逝。

……這位黑髮女性，就是梅茵之前的母親吧。

「這些畫也是喔。」

梅茵說著走出房間，來到狹窄的走道。她伸手按下某種四角形的東西，四周突然變得明亮。

「什麼?!」

「啊，這是『燈』喔。剛才也在書店看過了吧？」

梅茵抬頭指著上方，斐迪南看見了比起剛才要小上許多的白色亮光。梅茵是在那個四角形的東西上，灌注了類似魔力的力量吧。走道變得明亮後，牆上掛著好幾幅畫。全是難怪梅茵會說「技巧沒有進步」的畫作。

「每張作品都不一樣吧？有『水彩畫』、『油畫』，還有說圖畫不好，一定是因為顏料不好的關係，所以改畫的『日本畫』。之後又說要改畫最簡單的『色鉛筆』，結果還是失敗。然後又去上了『書法課』，想學一手好字。甚至還帶我去上了『茶道』和『花道』，說什麼這是我以後要嫁人的必修課程。結果反而是媽媽先覺得膩了，把課程通通退掉。」

梅茵笑著擦擦眼角，內心充滿了難以言表的懷念與珍愛。與家人關係十分淡薄的斐迪南，並不明白這種感情。

「媽媽有段時間還崇尚自然和節約的生活，什麼東西都要自己做。她一旦開始做某一件事，就會非常沉迷，所以我有時候會很受不了她都把我拖下水……可是，幸虧媽媽老是拉著我陪她一起做，我才能以梅茵的身分活下來。」

梅茵說她就是在那個時期，自己做了絲髮精、肥皂、明膠、墨水和顏料。說著說著，一股熱意湧上梅茵的眼眶，視野變得扭曲。

「神官長，對不起。因為隔了好久才……」

梅茵按著眼角，跑進一間小房間。她拿起一塊觸感柔軟又蓬鬆的布，站在平檯上埋著金屬管子的白色陶器前。緊接著，她毫不猶豫地扭動金屬管上的圓狀物。

「怎麼會有水?!」

金屬管中突然流出了清水。梅茵用水啪沙啪沙地洗臉，再用剛才那條鬆軟軟的布擦臉。原來這條柔軟的布和毛巾是一樣的用途。

……觸感真是怡人。不能帶回去嗎？

「梅茵，這裡是什麼地方？」

「這裡是『盥洗室』，那邊是浴室喔。那個長長彎曲的東西是『蓮蓬頭』。」

梅茵話一說完，這次斐迪南發現自己正置身在有著甘甜香氣的熱水裡。梅茵泡在滿滿的乳白色溫水裡頭，視野中還能在溫水底下隱隱約約看見裸體。

「哇噢！洗澡耶！『泡澡劑』的味道好香。我最喜歡『桃子』的香味了！」

完全不明白他的心情，梅茵甚至陶醉得用雙手掬起有著沁甜香氣的溫水。

「妳這不知羞恥的笨蛋！身為女性、身為淑女，妳的羞愧和羞恥心呢?!」

因為意識與梅茵同步，斐迪南無法自己把眼睛別開，只能放聲怒吼。然而，梅茵卻開心得用溫水洗臉，還搖搖頭說：

「沒關係，我一點也不介意。重生為梅茵以後，羞恥心不到三天就被我丟掉了。所以，也請神官長不用介意。反正我還是小孩子，不會覺得害羞嘛。」

梅茵說她在剛重生為梅茵的頭三天，還無法接受是自己父親的男性便強行幫她換了衣服。即便覺得丟臉，哭著反抗也是無濟於事，最後只能死了心，接受眼前的事實，當下便把身為女性的羞恥心拋到了九霄雲外去。

「我又不是妳父親！」

「當時的爸爸對我來說，也還不是爸爸啊。反正我只是個小女孩，神官長就算看了我的裸體也不會有任何感覺吧。沒問題的！」

他對梅茵的裸體沒有任何感覺，和梅茵對於自己在他人面前赤裸身體沒有任何感覺，完完全全是兩回事。萬萬沒想到不只沒有警戒心，她居然連羞恥心也沒有。

「我倒是很擔心妳居然毫無羞恥心！」

「等我長大了，一定會再跑出來的。」

梅茵走出浴缸，哼著歌開始洗頭髮。這次再度被有著強烈香氣的泡沫包圍。

「啊啊，好多泡泡喔！太棒了！感覺太舒服了！」

梅茵感動又心滿意足地打著哆嗦，往她剛才稱為「蓮蓬頭」的管子伸出手。接著，她的另一隻手轉動金屬桿，豪雨般的清水噴灑而出。

「嗚哇?!」

「然後用這個洗掉泡泡。」

梅茵拿著蓮蓬頭，開始沖掉頭髮上的泡沫。對於洗澡時沒有半個侍從在旁服侍，斐迪南感到很不可思議，但在這裡好像沒有侍從，也能自行沐浴。

「不管妳在這裡洗得再乾淨都是作夢，現實中不會有改變。」

「但有沒有心滿意足的感覺差很多嘛。唔呵呵～」

洗完頭髮，梅茵接著用帶有蜂蜜香氣的肥皂清潔身體。不論是泡沫、香氣，還是洗完後的觸感，感覺都比王公貴族用的東西還要好。

洗淨全身，梅茵懶洋洋地泡在溫水裡，內心滿是教人心蕩神馳的滿足感。

「梅茵，妳洗得心滿意足了吧？接下來讓我看看其他東西吧。」

下一秒，已經站在剛才洗過臉的白色陶器前。然後，梅茵從櫃子裡拿出了奇妙的東西。藍色的材質充滿光澤，但看起來和金屬又不太一樣。斐迪南看不出材質的原料。梅茵動了動手指，那樣東西突然開始發出刺耳的「轟轟轟轟轟」聲。與之同時，像要讓皮膚燒起來的熱風迎面撲來。

「這是什麼東西?!」

「是把頭髮吹乾的工具喔。」

此處和浴室裡頭都有價格高昂的鏡子。想不到梅茵是地位這麼高的貴族女兒。

「神官長，這個是『髮圈』，可以像這樣用來綁頭髮。」

梅茵不知何時已經把非常嘈嘈、叫做「吹風機」的東西收起來，用指尖拉扯著「髮圈」。

「神官長，你印象中有什麼材料，具有這種可以伸縮的特質呢？」

「……這一帶附近沒有。我記得古米摩伽的皮有類似的觸感。」

「所以比較遠的地方有囉?!在哪裡？運費大概要花多少錢？」

思考模式完全是商人。親眼見識到了梅茵發明新商品的過程，斐迪南輕嘆口氣。梅茵肯定是為了重現在另一個不同世界裡的日常生活用品，才會這麼勤勉不懈地開發新商品。可以想見她為了找到材料，勢必費了不少工夫。

「很遺憾，必須先打倒在遙遠上方處的魔樹古米摩伽才行。和陀龍布一樣都是擁有魔力的樹，只是種類和消滅的方式不同。」

「和陀龍布一樣嗎……」梅茵消沉下來，並且動作非常隨意地將夜空色的長髮綁起來。斐迪南以為梅茵始終都是使用髮簪在盤頭髮，現在看到她用了「髮圈」，只覺得非常奇怪。

「妳不用髮簪嗎？」

「啊～髮簪只是因為想不到其他辦法了。在這裡，大家也只有在穿『和服』的時候才會戴髮簪喔。嗯……成年禮的場面應該最壯觀吧？」

梅茵搜索著記憶，隨後兩人身處在了飄著細雪的冷風中。四周有數不清的年輕人都穿著他從未見過的七彩華服。梅茵剛才說了成年禮，那大概類似於貴族院的畢業儀式吧，斐迪南心想。而且眾人都穿著袖子長到快要觸及地面的美麗服裝，從這點來看，肯定是貴族之間的聚會。

「我繡在儀式服裝上的紋路，就是這些衣服上常用到的『流水紋』喔。」

「嗯，的確，是有些類似。」

一名女性戴著比梅茵的髮簪要華麗數倍的髮飾，身上穿著紅色華服，上頭有著在梅茵的儀式服上也見過的流水曲線和花朵圖案。

「梅茵，那是刺繡嗎？」

「呃，『振袖』也許會有一部分的刺繡，但很少整件衣服都有刺繡喔。『友禪染』這種染色技法還會直接在布上畫出圖案。」

「直接在布上畫圖案？要怎麼做？」

把圖案畫在布上，染料不會暈開嗎？

「……貴族區也沒有這種染色技巧嗎？」

「頂多編織時會變換線的顏色，或是加上刺繡，我從未聽說過可以用畫的。」

「哦……那應該可以用很高的價錢賣給班諾先生呢。」

梅茵「唔呵呵」地笑起來，滿腦子馬上開始盤算起金錢。

「原來如此，這裡的知識便是妳的價值吧？」

「但其實大部分的東西，都是媽媽先帶頭帶我去做的呢。」

梅茵輕聲笑著，來到狹窄的走道上，打開另一扇門。出現在眼前的房間十分奇妙，放滿了各式各樣他從未見過的東西。

「這裡是廚房，呃，就是煮飯的地方，然後在那邊吃飯。這個叫做『瓦斯爐』，只要這樣就可以點火了喔。很方便吧？」

梅茵按下造型奇特的四方形物體後，啵地一聲，竄起了搖曳的藍色火焰。在這個世界，火焰似乎都是藍色的。更神奇的是，梅茵即使放開了手，火焰也沒有熄滅。他們雖然能以魔法點火，但仍然需要木柴或者大量的魔力，才能讓火焰持續燃燒。居然沒有木柴也沒有任何東西就能燃燒——斐迪南還為此瞪大雙眼時，梅茵又朝著相同的地方按了一次。瞬間，火焰像從來沒出現過般消失了。

「梅茵，那個白色的大箱子是什麼？」

「這個是『冰箱』。裡面放的都是食物，可以把食物冰起來，就不會腐壞了。」

梅茵打開門，冰涼的冷空氣往外飄出。裡頭放著各種五顏六色的陌生物品，但因為斐迪南在自己的世界裡也知道有東西用途一樣，所以雖對箱子之小感到驚訝，但並沒有剛才看到「瓦斯爐」那麼震驚。

「嗯，也就是貯藏用冰窖吧。」

「咦？那裡有『冰箱』嗎？」

「妳現在才知道嗎？神殿裡頭有比這間房間還大的貯藏用冰窖，法藍應該平日也會使用才對。」

「我一直覺得很奇怪，每次有客人來，牛奶的種類總是在不知不覺間增加，原來是因為有『冰箱』啊。」

我都不知道——梅茵顯而易見地十分沮喪，還唸唸有詞地說：「要是早點知道，料理的種類就可以更多元了。」先前已經聽法藍報告過，院長室的菜色全是光聽名稱也想像不出來是什麼東西的飯菜，但種類相當豐富。她還想再增加嗎？

「我已經聽說過妳房間的菜色種類非常豐富，那些也都是這裡的料理嗎？」

「沒錯。我很努力在重現這邊的『西式料理』……啊，說不定可以趁現在吃到大餐喔?!怎麼辦？我好像肚子餓了。」

梅茵突然變得非常興奮，開始環顧四周。大概是想起了什麼，景色倏地切換。雖然還在同一個房間，但站著的位置和方向都與剛才不同，背後傳來喀嚓喀嚓的聲響。

「肚子餓了就快點吃飯吧。反正妳又不幫忙收拾。」

身後忽然傳來了女性的話聲。梅茵的心臟劇烈一跳，身體像石頭一樣僵硬。雖然內容是在斥責，但語氣很溫柔，是受到了梅茵心情的影響吧。梅茵用力握緊顫抖的手，一骨碌回頭，只見剛才已在梅茵的記憶裡出現過幾次的黑髮女性正把餐具擺在桌上。

「……媽媽。」

「今天煮了妳愛吃的菜，快點趁熱吃吧。」

梅茵輕輕點頭，走向可供四人就座的桌子。剛才梅茵為他介紹這間房間時，明明還空無一物，但多半是梅茵的記憶加以重現，眼前變成了一張擺滿食物的餐桌。梅茵只是看了一眼，眼眶就泛起熱淚，看來是真的很高興也很懷念，但斐迪南完全看不出來餐桌上的食物是什麼東西。有黑色的也有褐色的，看起來並不怎麼美味。

「梅茵，這些是食物嗎？」

「對，都是我想吃的東西。有剛煮好的『白米飯』，『豆腐』、『海帶芽』和加了很多『蔥』的『味噌湯』，還有『照燒鰤魚』，跟媽媽煮的『馬鈴薯燉肉』和『什錦羊栖菜』，還有媽媽醃的『醬菜』。」

梅茵吸了一口氣，壓下翻湧而上的鄉愁，眼眶含著淚水，靜靜地雙手合十，垂著目光低下頭去。

「我開動了。」

在短短的這四個字裡，盈滿了令人感到難受的幸福與感謝。梅茵靈活地操縱著兩根紅色長棒，吃了第一口飯，眼淚立即掉了下來。

「嗯，是媽媽的味道……」

梅茵細細品味，從頭到尾都細嚼慢嚥。溫和的滋味一點一點地滲透到每個角落，是母親的味道，明明他自己從未吃過，卻覺得真好吃、好懷念。盤據於胸口的思念也令人歡喜、悲傷，極其錯綜複雜。

「媽媽，好好吃喔。」

「哎呀，真難得。是想要買哪本書嗎？」

梅茵開口稱讚後，同樣在對面吃著飯的女性瞪圓眼睛，咯咯笑了起來。望著女兒的眼神，和強迫她配合自己的興趣一同參與時一樣，洋溢著母愛。

「雖然我也想要很多很多書，但不是的……是真的，很好吃。」

梅茵一口也沒剩，全部吃完了。然後，和動筷前一樣雙手合十，低下頭說：「謝謝招待。」一緊接著，再次注視起還在吃飯的母親。

「媽媽，對不起喔。」

她的母親抬起頭來，梅茵不停掉下斗大的淚珠，深深地低下頭去。

「……對不起，我居然這麼不孝，比妳還要先走。而且還笨到死了以後才發現媽媽對我的疼愛，真的很對不起。明明這麼寶貝、這麼重視我，讓我盡情去做我想做的事，卻還沒有回報妳就死掉了，對不起。」

梅茵心中的後悔、反省、思念與對家人的深愛，悉數流進了斐迪南的意識裡。再也受不了要一同感受這般錯綜複雜的情感，他中斷了同步。

斐迪南撐起身體離開梅茵，跪在地板上，大力搖了搖頭。

「……真是糟糕透頂。」

他與梅茵同步得太過深入了，連他也跟著流了眼淚。但因為已經中斷同步，梅茵應該很快就會醒來，他立刻以袖口擦去淚痕。還閉著眼睛躺在長椅上的梅茵，眼角一直流下淚水。

接著長長的睫毛動了下，梅茵慢慢睜開雙眼。眨了好幾下眼睛後，她緩慢地轉過臉龐，看見他後咧開笑容。

「啊，神官長，早安。」

醒來後，梅茵用袖口擦著還在掉眼淚的眼角，慢吞吞地坐起來。當梅茵在長椅上坐好時，斐迪南還跪在地板上，因此兩人的視線正好等高。梅茵眯著還泛有淚光的金色眼眸，露出了非常開心的笑容。

「神官長，謝謝你讓我看了這些記憶……在這裡生活得越久，我的記憶也越來越模糊了呢。」

只有魔導具才能鮮明地挖掘出一個人深埋的記憶，但人類的記憶，通常會在歲月與日常生活中逐漸遭到埋沒。所以梅茵的記憶會變得模糊，也是很正常的現象。

「……我從沒想過可以再吃到媽媽煮的好吃飯菜，雖然是在夢中，也沒想到可以向媽媽好好說聲對不起。所以，我現在真的很高興。」

面對梅茵筆直的注視和感謝，斐迪南一時間語塞，不知道該說什麼才好。梅茵過於複雜的情感還在他的胸口盤旋不去，不知道該說什麼話語，才能讓不屬於自己的情感沉澱下來。

「啊，該不會因為剛才意識同步，神官長也感覺到了我的所有心情吧？」

「那當然，但這也是沒辦法的事。」

他輕嘆口氣，梅茵倏地站起來。

「神官長，那我給你抱抱。」

「啊？妳在說什麼？抱抱是什麼？」

不曉得梅茵要做什麼，斐迪南有些警戒，梅茵一邊說「抱抱就是這個喔」，一邊伸手環抱住他的脖子。

「每次我作了這種夢，心情很複雜難過的時候，都會叫多莉給我抱抱，心情就能平靜下來。我有路茲還有家人，但神官長沒有人會對你這麼做吧？」

斐迪南因為始料未及的舉動而整個人僵住，耳邊傳來了梅茵有些得意的嗓音。雖然要推開她說「不用妳多管閒事」是很簡單，但他完全沒有心情這麼做。情感的起伏確實太過劇烈，讓他感到疲倦。

梅茵的心情大概也一樣複雜難受吧。梅茵在抱著他時，呼吸也慢慢平穩下來。平穩到某個程度後，梅茵才大口吐氣，稍微放鬆了環抱的力道。

「神官長，下次再使用這個魔導具吧。我想看書和吃『日本菜』！」

「別妄想了。我再也不要和妳同步。」

斐迪南這次便拉開梅茵，摘下額頭上的魔導具。他才不想再次經歷這種情緒會跟著大起大落的同步。被拉開後又遭到拒絕，梅茵像是大受打擊，瞪大了眼睛後，馬上抱頭蹲下來，「那直到神官長答應我之前，我魔導具絕對不還你！」

……那麼，關於這個大笨蛋，該怎麼向領主說明才好？

這個愛書成痴的傢伙真的滿腦子都只有書，甚至沒有多餘的空間去思考犯罪和惡行。還是個沒有半點危機意識、也沒有羞恥心，又沒有這裡的常識，只要一不注意就不知道會做出什麼事情來的麻煩人物。但是，卻擁有凌駕於領主的巨大魔力，還擁有著他們所不知道的、另一個發展出高度文明的世界的知識，因此價值也是不可限量。只要效仿班諾至今做的那樣，妥善利用她，將能為艾倫菲斯特帶來龐大的利益。至少可以肯定的是，絕

不能讓外人搶走她。需要有人監督和掌控她的行動。

「嗯，看來只能圈養了。誘餌就是書吧。」

「咦？神官長答應以後再和我同步了嗎？」

真不知道她是怎麼聽的，才能得出這種結論？斐迪南冷眼俯看著抓住他的衣袖，雙眼熠熠生輝，神情還一派無憂無慮的梅茵，立即扯下她額頭上的魔導具。

青衣見習巫女的侍從

「羅吉娜，不可以將情感表現在臉上。必須從容自若，面帶美麗的微笑。任何的情感都要昇華為藝術。悲傷的時候彈奏樂器，看見了美好的事物便畫下來，內心動搖不安的時候便寫詩。」

如此一來，心情便會平靜下來喔——克莉絲汀妮大人微笑著這麼說過。克莉絲汀妮大人因為受到父親第一夫人的疏遠，為免遇害，躲進了神殿當起青衣見習巫女。

每天第二鐘響後，先好整以暇起床，打理好了服裝儀容，再去叫醒克莉絲汀妮大人。但晚睡晚起的克莉絲汀妮大人，總是怎麼叫也叫不起來。

「羅吉娜，今天該彈奏哪首曲子好呢？」

葳瑪低頭望著遲遲不起床的主人，露出了傷腦筋的笑容，看向我這麼問道，其他侍從紛紛列出了幾首曲名。我從中選擇了能讓克莉絲汀妮大人感到歡快的樂曲，開始演奏。有時是彈飛蘇平琴，有時是吹笛子。要選哪樣樂器，都看當天的心情。通常彈完了一首曲子時，克莉絲汀妮大人也醒來了，但總會笑著要求再彈一首。當我照著主人的希望彈奏樂曲，擔任侍從的灰衣巫女們便為克莉絲汀妮大人更衣。

到了第三鐘，家庭教師會來到神殿，或者克莉絲汀妮大人會返回到在貴族區的宅邸，這些時候都由老家派來的侍從隨行。克莉絲汀妮大人忙碌的時候，我們便負責整理克莉絲汀妮大人的房間，囑咐灰衣神官們補充不足的畫具，並經由灰衣神官收下書信與需要克莉絲汀妮大人簽名的文件。

中間穿插午飯，學習與處理雜務的時間結束後，是比一般人要早的沐浴。指示擔任侍從的灰衣神官們搬運熱水，度過悠閒的沐浴時光。接著吃完晚餐，之後便能以一句「克莉絲汀妮大人已經準備好要歇息了」，輕易地謝絕訪客。

等到作好了歇息的準備，便是克莉絲汀妮大人最期待的時間。寫詩、畫畫、演奏樂器，直到克莉絲汀妮大人想睡了為止，大家一起度過快樂的時光。

「家庭教師來的時候和去貴族區的時候，那些時間再學習就好了。在神殿裡頭，必須要過得開開心心。雜務全都交給灰衣神官他們吧。他們就是為此而存在的呀。」

克莉絲汀妮大人總是歌唱般地如此說著，房間的雜務就交給灰衣神官，神殿的雜務交給青衣神官，青衣巫女和侍從只要負責沉浸在美好的藝術裡，愉快地度過每一天。

「妳們只需要看著、聽著美麗的事物，培養自己的感性。妳們看，這個很漂亮吧？」

克莉絲汀妮大人這樣說著，從貴族區帶來了各種珍品和前所未見的新東西。房裡總有各式各樣的樂譜，繪畫用的畫具和紙也準備得毫不吝嗇，還有幾樣名為魔導具，只有貴族才會擁有的神奇道具。

……明明這才是青衣見習巫女的生活，為什麼梅茵大人不能明白呢？

剛成為青衣見習巫女的梅茵大人有著清麗的五官，臉上的表情不時變化，非常可愛，但是動作舉止並不高雅，缺乏了穩重的氣質。也不了解禮儀，遣詞用字十分僵硬，雖然喜歡看書，卻不了解藝術，和克莉絲汀妮大人完全無法相比。

於是，為了提升梅茵大人的教養，熟知克莉絲汀妮大人生活的我，便在神官長的命令下成為了梅茵大人的侍從。然而，為什麼明明我的職責是教導梅茵大人，卻要我去做那些打雜的工作，而不過是彈了飛蘇平琴而已，卻得面對大家的指責呢？

「羅吉娜，請妳在明天之前想清楚。究竟是要回到孤兒院，還是接受與克莉絲汀妮大人那時不一樣的環境。因為我無法成為妳的克莉絲汀妮大人。」

聽見梅茵大人這樣說，我一時之間無法理解。但是，既然訂下了明天之前這個期限，表示梅茵大人真的打算將我送回孤兒院吧。

我遵照著克莉絲汀妮大人一直以來的教誨，不讓心慌表現在臉上，優雅地，但腳步比平常快了一些地前往孤兒院，來到葳瑪的房門口敲門。

「請進。」

我走進房間，正對著薄木板畫下歌牌圖畫的葳瑪便回過頭來。一看見葳瑪總是包容接納我的溫柔微笑，我再也隱忍不住地掉下眼淚。

「葳瑪，請妳聽我說。能夠明白我心情的，就只有在克莉絲汀妮大人身邊當過侍從的葳瑪了。」

葳瑪停下畫畫的雙手，將椅子轉向床鋪。我與她相對地坐在床上，開始訴說梅茵大人的侍從們有多麼過分。不僅毫無教養，也不了解藝術的美好，戴莉雅甚至形容飛蘇平琴的琴音「很吵」；吉魯也點頭附和戴莉雅，講話十分粗俗；法藍身為灰衣神官，竟然命令灰衣巫女去工作。

「身為青衣見習巫女的侍從，這樣的生活明明是理所當然，從未服侍過青衣見習巫女的他們卻絲毫不試著去了解。為了讓梅茵大人更像是一位青衣見習巫女，生活必須過得和那時候一樣，每天都要彈奏樂器、比賽誰寫的詩詞更加優美、以繪畫留下美麗的事物……」

像是幫忙神官長處理公務這種事，從前都由其他青衣神官負責，所以梅茵大人並不是非做不可。此外，孤兒院可以交給葳瑪打理，工坊和平民區的事情，也可以交給吉魯和奇爾博塔商會的人負責。比起圖書室和書，梅茵大人更應該要過著被藝術包圍的生活，才有青衣見習巫女的樣子，她卻不明白這一點。

「克莉絲汀妮大人說過，能夠理解、欣賞藝術的美好，才是人生真正的喜悅。葳瑪可以明白的吧？」

我問，葳瑪卻稍微垂下眉尾，像在看著一個讓人傷腦筋的孩子。

「我明白可以沉浸在藝術當中是種喜悅，但是那麼晚了還彈琴，對年紀還小的孩子們會造成困擾吧。妳若是在孤兒院孩子們的房裡彈琴，我也一樣會很為難。」

沒想到葳瑪竟然否定了我的想法，我震驚得張大雙眼。正心想著為什麼時，葳瑪動作優柔地用手托住臉頰。

「以前在克莉絲汀妮大人的房間，早晨都很晚才起床，但梅茵大人所在的院長室和孤兒院一樣，大家都很早起床吧？」

想起了戴莉雅在早到令我大吃一驚的時間便來敲門說：「起床時間到了。」我垂下目光。一大早便忙碌地來回奔走，並不是優雅的行為。但是，他們卻很堅持：「這是神殿的起床時間。」

「那法藍是怎麼說的呢？他原先是神官長的侍從，應該和年幼的孩子們不同，評判事情的眼光十分公正吧？」

「雖然一看就能知道，梅茵大人十分信任而且依賴法藍，但法藍對於青衣見習巫女和侍從，卻是一點也不了解。明明是灰衣神官，卻完全不聽我的指令行事。需要體力的工作也都不做，一有事情就命令我，真的讓人很頭疼。」

擔任侍從的神官，怎麼能夠命令擔任侍從的巫女呢。神官就該負責處理雜務，巫女的工作是為主人奉獻藝術。然而，葳瑪卻吃驚得不停眨眼睛。

「法藍對羅吉娜下命令也是當然的吧？法藍可是梅茵大人的首席侍從，羅吉娜卻是新進去的見習侍從唷。」

「可是，我明明是負責教飛蘇平琴……」

葳瑪緩慢搖頭，打斷了想反駁的我。

「羅吉娜，梅茵大人和克莉絲汀妮大人不一樣。妳要是希望一切都能和以前一樣，梅茵大人是不會接受的。」

「葳瑪居然說了和梅茵大人一樣的話……」

真是不敢相信──我喃喃說，葳瑪輕嘆一口氣。

「梅茵大人還說了什麼嗎？」

「梅茵大人說到了半夜還彈琴，會造成大家的困擾，所以第七鐘響以後就不能再彈琴；而她也明白彈奏樂器的人很重視雙手，所以如果我不想做雜務，那希望我能幫忙代筆寫信，還有計算院長室、工坊和孤兒院的帳簿，幫忙減輕法藍的負擔。」

當上侍從以後，便得學習文字和計算，所以我並非完全無法勝任。但是，雜務都是灰衣神官的工作，擔任克莉絲汀妮大人侍從的灰衣巫女們，雖然懂得寫詩、比賽誰的字更加優美，卻從來沒有真正代筆寫過事務性的書信。而且我也不擅長計算，幾乎幫不上什麼忙。當侍從時，真的只投注了心力在磨練技藝上。

「倘若想減輕法藍的負擔，可以增加侍從的人數呀……」

「梅茵大人和克莉絲汀妮大人不同，是平民喔。她的財力並不足以讓她擁有十人以上的侍從吧。更何況，梅茵大人還會對尚未受洗的孩子們說，如果想吃飽飯，就要自己賺到孤兒院的資金呢。」

葳瑪這些話讓我受到了強大的衝擊。青衣見習巫女沒有財力可以增加侍從這句話，讓我無法馬上意會過來。所謂的青衣巫女，不就是想要的東西都能得到嗎？

「但就算是平民，梅茵大人也是青衣巫女呀。怎麼可能……」

「神殿裡的青衣神官也都大約只有五名侍從吧？克莉絲汀妮大人的情況是特別的。」

克莉絲汀妮大人有兩名從老家派來的侍從，另外還招納了六名一同欣賞藝術的灰衣巫女，四名負責處理雜務和事務工作的灰衣神官，還有廚師和助手，更雇用了好幾名家庭教師，所以不能以克莉絲汀妮大人做為基準──聽見葳瑪這麼說，我愕然失聲。梅茵大人是平民，所以和克莉絲汀妮大人不一樣。但是，我一直以為只是想法和至今受過的教育不一樣。既然是青衣見習巫女，引導梅茵大人過著和克莉絲汀妮大人一樣的生活，我認為是自己的職責。從來沒有考慮過兩人的財力並不相同。

葳瑪亮褐色的眼眸靜靜地注視著我，輕聲嘆息。

「羅吉娜，妳是不是並不適合當梅茵大人的侍從呢？」

「……梅茵大人要我在明天之前想清楚。要我選擇是要回到孤兒院，還是接受與克莉絲汀妮大人那時不一樣的環境。」

「是嗎？那麼，接下來就是羅吉娜自己的問題了呢。我認為梅茵大人已經做出最大的讓步了。明明說過要全心全意服侍梅茵大人，卻讓本該服侍的主人做出妥協，如果羅吉娜心中仍有不滿，那表示羅吉娜除了克莉絲汀妮大人以外，無法服侍任何人。在為身邊的人造成困擾之前，還是回到孤兒院吧。」

葳瑪這番話深深刺傷了我的心。我沒想到曾是克莉絲汀妮大人侍從的葳瑪，竟給了我這麼冷酷無情的回答。

「葳瑪……並不認為不應該讓巫女去做灰衣神官的工作嗎？」

「是呀。因為這在克莉絲汀妮大人以外的地方，是非常正常的現象。如果不是梅茵大人，而是其他青衣神官指定羅吉娜為侍從，說不定連樂器也沒有。也說不定妳要負責捧花的工作。但妳能對此表示不滿嗎？」

面對青衣神官，灰衣見習巫女即便表示「我不想去沒有樂器的地方」、「捧花不是有教養的巫女該做的工作」，也不可能得到理會。既然知道表達不滿也沒有用，那麼我也不會說出任何不滿吧。

……明知道為了提升主人所需要的能力，每個侍從受到的教育都不盡相同。倘若對象是青衣神官，我也不敢說出不滿，會努力配合吧。

我任由眼淚流下臉頰，靜靜閉上雙眼。

為了回到自己曾與克莉絲汀妮大人一起共度的那段時光，我竟然想要改變梅茵大人，改變自己本該服侍的主人。只一心想著要讓她成為我心目中的青衣見習巫女，卻未曾想過要改變自己。

克莉絲汀妮大人的侍從所需的能力，與梅茵大人的侍從所需的能力並不一樣。我居然固執到了連這麼理所當然的事情也沒有發現。因為我不想承認，縱使已在服侍青衣見習巫女，無論我多麼渴望，都無法回到從前了。

我閉起雙眼，回憶與克莉絲汀妮大人共度的那段時光。飛蘇平琴的琴音，一同演奏的音樂。房內洋溢著的銀鈴笑聲，沉浸於藝術裡的優雅時光。恐怕是我人生中，過得最幸福且充實的一段日子。

緊接著，我再回想了克莉絲汀妮大人返家後，我不得不回到孤兒院，一直懷抱著不滿的那段時光。既沒有樂器，食物也少之又少，打雜又讓雙手變得日益粗糙，這一切都令我感到哀傷。沒有音樂，也無法彈奏樂器，我只能讓手指在木板上滑動，在腦海裡想像著飛蘇平琴的音色。那時候的我，一心祈求著能夠再度成為青衣見習巫女的侍從。

……要成為梅茵大人的侍從，學習處理事務工作，還是要回到連飛蘇平琴也沒有的孤兒院？

只要想想重新彈到飛蘇平琴的感動，便能輕易得出答案。當時能在梅茵大人的房間裡重新彈到飛蘇平琴，抱著沉重的樂器，我不由自主發出了嘆息。摸著堅硬的琴弦，臉頰也不自覺地綻開笑容，聽見「鐙」的琴音，還高興得幾乎要掉下淚來。與其要我捨棄可以接觸到音樂的生活，學習事務工作根本不算什麼。

「葳瑪，我想盡可能接觸到音樂。所以，我會回去繼續服侍梅茵大人，並且學習怎麼處理事務工作。」

「只要努力，梅茵大人一定會給予認同的。就像她第一次來到孤兒院，給大家獎勵時那樣……雖然我只能聽妳說說話，但加油喔。」

後來，身為梅茵大人的侍從，我開始與不擅長的計算奮戰，也學習如何處理文書事務。為了成為梅茵大人的侍從，而不是克莉絲汀妮大人的侍從。

同時我才發現，梅茵大人在事務工作上的能力高得嚇人。儘管年幼，計算能力卻遠高於我，在處理法藍的工作時，梅茵大人比我更加有用。只要有梅茵大人幫忙，事務工作應該輕而易舉便能消化，只是梅茵大人另外還要舉行儀式，還得學習青衣見習巫女該具備的教養。法藍說了，我得努力讓梅茵大人能空出更多時間。

「羅吉娜，把這些資料拿給葳瑪吧。」

「是。」

不同於不習慣隱藏和觀察表情的梅茵大人，法藍好像或多或少可以看出我的神情變化，看準了我因為文書工作就快虛脫無力的時候，便會派我去孤兒院或工坊，或要我告訴梅茵大人諸神的故事，讓我有時間喘口氣。

收拾好筆和墨水，前往孤兒院。自從我下定決心，要為了成為梅茵大人的侍從而改變自己後，這天是第一次去孤兒院。必須藉這個機會向葳瑪道謝，多虧了她的建議，我才能改變想法。

「葳瑪在嗎？」

我問向門邊的麗茲，麗茲指向食堂裡面回答：「她在監督孩子們吃飯喔。」梅茵大人等青衣們吃完飯後，再等侍從們吃完，食物才會往下發配到孤兒院，但是，之後還要依著成年、已受洗和未受洗的順序再往下分配，所以年幼的孩子們總是最後才吃。我吃完午飯後，到現在已經過了相當長一段時間，孩子們卻這時才要吃午餐。我在食堂裡頭的一張桌子旁，看見了葳瑪和六個孩子。

「大家都拿到食物了嗎？那麼，先向神的恩惠獻上祈禱和感謝，之後再開動吧。感謝司掌浩浩青空的最高神祇與分掌瀚瀚大地的五柱大神，惠予萬千事物成為我們的食糧，在此為諸神的旨意獻上感謝與祈禱，必不浪費這些食物。」

緊接在葳瑪之後，年幼的孩子們也齊聲複述，動作一致地開始吃午飯。大概是肚子餓了，都吃得非常專心。葳瑪應該已經吃飽了，只是在旁邊教導大家吃飯的禮儀，和清理孩子們掉下來的食物殘渣，但一次要顧六名孩子，顯得相當手忙腳亂。

「今天的飯菜也好好吃喔。湯真好喝。」

「今天有好多青菜，可能是輪到麗茲煮湯了吧？」

「這些湯是梅茵大人教了我們做法，再用大家一起去森林裡採來的食材，和賣紙後買材料回來做的喔。」

「葳瑪，這件事妳每次都在講。接下來是這一句吧？要感謝梅茵大人。」

多虧了梅茵大人，以前還未受洗的孩子們本來都被關在底樓裡頭，如今卻能開開心心地在食堂裡吃飯。也是拜梅茵大人之賜，無論神的恩惠多還是少，現在每天的餐桌上都一定有湯。換作是克莉絲汀妮大人，多半會對孤兒院置若罔聞，倘若見到了底樓的孩子們，還會不快地皺眉說：「我不想看見這麼不美麗的東西。」不會想要拯救他們，更不會付諸行動吧。

努力想改變自己以後，我也發現了梅茵大人的優點。原本我以為，繼續與平民區有所往來、經營工坊、改善孤兒院的環境，這些都只會妨礙到陶冶藝術氣息。但是，正是梅茵大人的這些舉動，才拯救了被困在孤兒院裡的我。

「啊，羅吉娜。後來一切還好嗎？」

正照顧著孩子們吃飯的葳瑪注意到我後，邁步走來。我一邊微笑，一邊將法藍交給我的木板遞給她。

「我也正在努力克服不擅長的計算喔……梅茵大人還稱讚了我的動作和遣詞用字，說會努力向我看齊。是葳瑪幫我說了話吧？」

「我只是告訴梅茵大人，神殿當中最能當作榜樣的人，是洗禮儀式結束後，便與克莉絲汀妮大人共處了很長一段時間的羅吉娜而已。」

能夠虛心地勇於求教，也是梅茵大人的美德。就連我現在要向法藍討教，還是會有瞬間的猶疑。

「葳瑪，我最近開始覺得，像這樣努力去學習自己不熟悉的工作，感覺也不錯呢。而且，我也在孤兒院長室裡發現了小小的樂趣。」

「哎呀，是什麼樣的樂趣呢？」

「可能因為梅茵大人是平民吧……她知道一些克莉絲汀妮大人也不知道的歌謠和曲調唷。」

我時常看見梅茵大人搖頭打著拍子，唱著我從未聽過的歌。有時是用哼的，有時太過小聲，所以聽不太清楚內容。但是，隱約可以聽出曲調，所以我會不由得直接在木板上寫下來，法藍總是無言以對。

「而且，戴莉雅好像也對飛蘇平琴有些興趣，常常我在彈琴的時候，她會目不轉睛地盯著我看呢。」

第七鐘響為止，是我可以彈琴的時間。現在睡前，我會和戴莉雅一起共度悠閒的時光。雖然對於戴莉雅「想成為愛人」的目標有些不敢苟同，但梅茵大人說的，「姑且不論目標，但戴莉雅努力精進自己的毅力真教人佩服」，這我倒是點頭贊成。

「這樣啊，真高興聽到妳一切順利。即使不擅長也努力去做，羅吉娜現在的姿態非常美麗呢。如果克莉絲汀妮大人在這裡，一定會想畫下來吧。」

葳瑪咯咯輕笑起來。我正努力克服著棘手事物的姿態，雖然不會被克莉絲汀妮大人畫成圖畫，但會留在梅茵大人的資料裡。

「之前讓葳瑪擔心了。現在的我已經不要緊了。」

神殿的廚師學徒

今天孤兒院的所有人都去進行豬肉加工了，我們則負責教導冬季期間要擔任助手的灰衣見習巫女，莫妮卡和妮可拉要怎麼做菜。妮可拉有著接近橘色的紅色頭髮，髮量豐厚，分成兩邊綁成了麻花辮。她說她非常喜歡好吃的食物，工作期間始終都笑容滿面，非常可愛。至於莫妮卡有著深綠色的頭髮，在腦後綁成一束，做事認真又沉默寡言。冬天雨果先生不會來神殿，所以兩人是我非常重要的助手，我很用心指導她們，兩人也很聽話，吸收速度很快。

我、雨果先生和新進來的廚師陶德先生，以及妮可拉和莫妮卡一起吃著午餐供餐時，妮可拉突然問我：

「艾拉，妳為什麼想進來神殿當廚師呢？」

知情的雨果先生聽到這個問題，別開了視線，陶德先生則感到好奇地稍微往前傾身。見了兩人的反應，莫妮卡微微低下頭。

「平民區的人都對神殿敬而遠之吧？去森林經過平民區的時候，很容易就能感覺到這一點。可是，艾拉還是進來了神殿吧？還一點也沒有擺出厭惡的表情，教我們怎麼做菜。所以我們才很好奇，妳為什麼想進來神殿當廚師呢？」

經她們一問，我回想起了認識班諾先生的經過。他便是我進入神殿的契機。

……嗚哇，好有錢的人。

那天叔父拜託我跑一趟飲食店家協會，請協會再寬容一點繳納稅金的期限，但來到協會的我，目光卻被一名坐在協會裡最高級椅子上的人吸引。那個人穿著平常在飲食店家協會裡絕對不會看見的、花了很多錢的高級服裝。超級有錢人來這裡，究竟有什麼事呢？我不禁把注意力放在他的身上，豎耳傾聽有錢人與協會員工的對話。

「找到能當雨果助手的人了嗎？」

「嗯……雖然只有雨果一個人會很辛苦，但要找到助手實在不容易哪，班諾先生。」

從這段對話聽來，名為班諾先生的富豪正在尋找廚師的助手，所以才來到了飲食店家協會，請員工推薦人選。心臟猛地跳了好大一下。體內的血液彷彿都開始沸騰冒泡，我用力握緊拳頭。

……這、這個難不成就是料理之神科威克勞羅的指引?!

「艾拉，所以說，我們也沒辦法再寬限更多天了……喂～妳有沒有在聽啊？」

正和我討論著期限的協會員工出聲叫我，我才恍然回神地轉過頭來，指著班諾先生小聲問道：

「欸欸，那位有錢人該不會正在找廚娘吧？」

「咦？啊，班諾先生嗎？奇爾博塔商會正為了新開的飯館在找廚師，但他需要的可不是一般的廚娘。是要能進神殿，學習貴族料理的廚師。」

「……進神殿？」

城裡的人都不想主動與神殿扯上關係。因為萬一不小心被貴族盯上，誰也不知道會有什麼下場。而且神殿裡有孤兒院，聽說一進孤兒院，就會被貴族大人當作奴隸使喚，就算死了也不能怪任何人。我還聽說過，女孩子會成為貴族的消遣。

……可是，那和女侍有什麼不一樣嗎？

我現在正在叔父晚上經營的酒館裡頭當廚師學徒。為了可以幫酒館準備酒菜，表面上是廚師學徒，但一等我成年，也不得不做女侍的工作。叔父的女兒，也就是我堂姊蕾亞，也是一成年就在店裡當起女侍，我一定也一樣。必須對來酒館的男客們露出討好的笑容，和他們說話，有時他們若遞錢過來，就要跟著他們進房間。內心再怎麼不願意，都很難逃離家裡的工作。除非受到提拔，成為貴族底下的廚師助手，不然就只能在成年之前存到獨立的資金，自己開店。受提拔成為貴族宅邸裡的廚師，如今在商業公會長家裡擔任主廚的尹勒絲，正是我的目標。

……既然是要在神殿裡學習貴族料理，不就可以知道貴族的菜色嗎？

「這位老爺，在神殿當廚師，也要做女侍的工作嗎？」

我出聲一問，班諾先生先是眨了眨赤褐色的雙眼，但馬上收起驚訝的表情，像在審視地注視著我。

「……不需要。見習巫女會由受過良好教育的侍從服侍用餐。更何況是青衣見習巫女的專屬廚師，不需要做那種工作，平民廚師也不能隨便攀談。」

不需要做女侍的工作，又能成為貴族千金的專屬廚師的學徒，對我來說簡直是千載難逢的好條件！

「我雖然還是學徒，但你願意雇用我嗎？我對自己的手藝還算有點信心。」

我笑著拍拍自己的手臂。班諾先生便指著我，轉頭問向協會的員工。

「她怎麼樣？」

「艾拉最基本的事情全都會做。如果是馬上要上場工作的貴族專屬廚師，可能手藝還是要多加磨練，但如果有意栽培成雨果的助手，我想是沒問題。她的目標是成為貴族的廚師，所以有幹勁也有毅力。」

「哦……」

班諾先生定睛看著我，開始思考。剛才和我討論事情的那名員工慌忙插嘴說了：

「請等一下，班諾先生。要是去神殿工作，男人還沒關係，但女孩子以後會找不到對象吧？艾拉，妳也別這麼衝動，要想清楚！」

聽到對方說我衝動，我不滿地鼓起臉頰。這可是我深思熟慮後得出的結論。即便是家裡的工作，我也不想成為女侍，想找到其他的出路。

「等我成年，在叔父的店裡除了做菜以外，還會被迫做女侍的工作啊。對我來說，那神殿也沒什麼差別。而且，青衣見習巫女是貴族的大小姐吧？我想離開現在的酒館，成為貴族的廚師，為了這個目標，去神殿也不算什麼。」

我緊盯著班諾先生的赤褐色雙眼，表明自己的決心。班諾先生滿意地點頭。

「……好，就雇用妳吧。」

「雖然叔父露出了非常厭惡的表情反對，但媽媽很支持我，要我試試看呢。因為爸爸死後，她自己也只能做女侍的工作，要我找到了其他條路就去闖闖看……」

「女侍類似於神殿裡捧花的工作吧？如果受到青衣神官召喚，我們也不能拒絕捧花，所以很能明白艾拉想選擇其他出路的心情呢。」

「其實會來擔任廚房的助手，有部分也是希望梅茵大人可以記住我們的長相和名字，以後有機會成為梅茵大人的侍從呢。」

城裡的謠傳是真的，孤兒院的灰衣巫女也要做像是女侍的工作。為了逃離成為捧花的可能，妮可拉和莫妮卡正努力著想改善自己的境遇，我對兩人產生了同伴意識。

「幸好媽媽先生是好人呢。」

妮可拉和莫妮卡開心地這麼說，對彼此點頭，我忍下了想大笑吐槽兩人「媽媽先生是誰啊」的衝動。因為我不知道該怎麼向兩人說明一般人都能理解的家庭關係。我只是淡淡一笑，沒有回答，繼續又說：

「但因為我還未成年，沒有媽媽的許可，就不能換到其他間店。所以和媽媽一起去飲食店家協會和奇爾博塔商會簽約的時候，第一次見到了雨果先生。」

妮可拉和莫妮卡的視線投向雨果先生，雨果先生露出輕笑。

「我沒想到要在神殿裡一起工作的夥伴，居然是艾拉這樣的未成年少女，當時真的嚇了好大一跳。」

「第一次見面的時候，發現雨果先生看起來不像是壞人，我倒是鬆了一口氣呢。」

既是工作上的夥伴，也是我老師的雨果先生，有著栗色頭髮和褐色瞳孔，看起來就覺得是個好人。「但就是外表的關係，我每次都被說『你是好人』而遭到拒絕！」雨果先生為自己找不到戀人咳聲嘆氣，妮可拉和莫妮卡訝異地眨著眼睛。

「但是個好人，是件好事吧？這有什麼不妥的嗎？」

「我完全不覺得有什麼不妥，她們兩個人也不覺得，所以雨果先生就別在意了嘛！」

我大笑著這麼說，看向雨果先生。雨果先生的肩膀很寬，從手臂結實的體格就能看出是經常搬運重物的廚師，手上有著長期握菜刀形成的厚繭。

初次見面時，雨果先生先伸出手來要握手，我發現他的手在和自己相同的位置上也長了菜刀繭。同時，也注意到了雨果先生同樣在觀察我的手。我咧嘴一笑後，雨果先生也勾起嘴角說：「手不錯，第一關算是及格了。」

……當時的表情相當帥氣呢。而且，工作期間也是。

雨果先生在工作時，那種老好人的氣質會消失無蹤，整個人認真又嚴肅，有著男人專注工作時的帥氣。我覺得會找不到戀人，是因為工作環境中沒有女孩子。

「因為不想當女侍，我才決定和奇爾博塔商會簽約，進入神殿當廚師，但進來以後，每天都受到各種衝擊呢。對不對，雨果先生？」

「嗯，是啊。雖然現在已經習慣了，但一開始真的很吃驚。和城裡差太多了。」

不光雨果先生，陶德先生也大力點頭。

「我現在還是一直受到衝擊，而且一想到可能會見到貴族大人，就嚇得直冒冷汗，手也抖得無法工作。」

「看來陶德先生要再花點時間適應呢。」

進入神殿後的廚師學徒生活，和以往截然不同。我作夢也想不到在展現廚藝之前，會先被要求洗手，和全身要保持清爽潔淨。最一開始要進入孤兒院長室之前，還被要求「請先整理服裝儀容」，我和雨果先生一起瞪大了眼睛，面面相覷。

「請兩位一定要徹底保持清潔。關於對清潔的要求，在由梅茵大人出資的義大利餐廳裡也會繼續保持，所以請從現在開始適應吧。兩位現在這樣，還不能介紹給梅茵大人，也不能著手工作。」

「雨果、艾拉，他是法藍，是你們要服侍的梅茵大人的首席侍從。一切都要聽從他的指示。法藍，那我去大廳等，麻煩你告訴他們神殿裡的常識了。」

班諾先生說完，把我們交給法藍，先走進了院長室。看來以後即使要在義大利餐廳工作，仍會和梅茵大人有所交集。只能打起精神，用心保持清潔了。

法藍帶著我們前往水井，仔細地檢查過服裝儀容後，連洗臉和洗手的方式也提醒了好幾遍。仔細到了我很想要反問：「有必要這麼浪費肥皂，洗到這種地步嗎？」更何況班諾先生早就告誡過我們：「因為要去面見身為貴族的青衣見習巫女，一定要洗過澡再出門。」所以我們昨晚才洗過澡，但對於我們洗頭的方式，法藍還是露出了不太滿意的表情。要是昨晚沒洗澡，後果可就嚴重了。

「來神殿的前一晚或者早晨，請務必要沐浴淨身。」

「咦？意思是要每天嗎？」

不會吧？我聽見雨果先生這麼嘟囔。我也有同感。夏天的時候如果只是要搬水，這還沒什麼問題，但到了冬天就得燒水，否則根本無法洗澡。不同於臉龐僵硬的我們兩個人，法藍一派理所當然地點頭。

「梅茵大人非常無法接受沒有保持清潔的人觸碰食材與調理工具，而且既然兩位來到了會遇見青衣神官和巫女的地方，一定要在工作前確實淨身。這點不只侍從和專屬，孤兒院裡的灰衣神官和巫女也都要遵循。」

意思是法藍也每天都乖乖洗澡囉？這在神殿是很普遍的情況嗎？嗚哇……

確認我們徹底洗淨了臉部和雙手後，法藍才點一點頭，帶我們前往班諾先生正等著的大廳，好向雇主梅茵大人介紹我們。隨後，他走上梅茵大人房間所在的二樓去呼喚主人。

我一邊看著法藍，一邊往班諾先生迅速欺近。

「班諾先生，聽說在神殿都要洗衣和沐浴淨身。法藍要我們在工作前一天，都要把衣服洗乾淨，還要洗澡，但怎麼可能每天都這麼做呢。」

聽了我的主張，班諾先生瞪大眼睛，雨果先生也幫腔說了。

「艾拉說得沒錯。就算晚上洗了衣服，也不知道早上會不會乾。我們工作用的衣服就只拿到這一件，根本沒辦法替換。」

雨果先生之前是在平民區一般的飯館裡工作，經濟肯定也不寬裕，應該和我一樣，不可能有好幾件能抬頭挺胸地走進神殿工作的衣服。對於處境相同的雨果，我產生了親切感，同時也向班諾先生表示，家裡沒有傭人的我們，不可能每天都洗衣服。

「這麼說來，路茲也說過一樣的話……我明白了。我會便宜讓給你們幾件能穿來神殿的衣服。」

「太好了。謝謝班諾先生。」

「啊，艾拉，快閉上嘴巴。梅茵大人來了。」

經雨果先生提醒，我閉上嘴巴，抬頭看向樓梯，然後看見了一名動作從容優雅，穿著青衣見習巫女服的年幼女孩。這位應該就是梅茵大人。

……哇啊！是真正的貴族大小姐！

這是我頭一次見到梅茵大人，真的長得非常可愛。夜空色的頭髮富有光澤，感覺非常柔順，和我不一樣，筆直的長髮沒有一處亂翹。眼睛、鼻子、嘴巴，全都沒有偏差地待在它該待的位置上，五官非常精緻。

「梅茵大人，這位是本店的廚師雨果，而這位是擔任雨果助手的學徒艾拉。雨果，你今後會在這裡學習怎麼製作貴族的料理，要好好學習。」

班諾先生的態度和用語格外有禮，由此就能知道梅茵大人是位重要人物。法藍說著「那麼，我馬上帶兩位前往廚房」，總算帶著我們走進廚房。

……我的天啊！

廚房非常寬敞，設備也一應俱全，還有在城裡只能在麵包工坊裡看見的大型烤爐。必須要學會怎麼使用烤爐，否則新開的餐廳不會雇用我們。我的鬥志開始燃燒。

廚房裡的所有東西都擦得一塵不染，和叔父酒館裡的廚房簡直是天差地別。看得出雨果先生也很興奮。在城裡，絕對看不見這樣的廚房。果然貴族大人與平民完全不一樣。這裡的一切都強迫我們意識到，自己的立場不同了。工作的表現，必須要能符合這間廚房的水準。

「首先，要請兩位學會如何做好衛生管理。調理工具和餐具一定要保持乾淨和清潔，廚房也要維持現在的狀態，打掃得一塵不染。」

拿著木板的法藍與其說是指導員，更像是負責幫梅茵大人傳話的傳話員。法藍雖是孤兒才會當的灰衣神官，卻看得懂木板上的文字，言行舉止與儀態也有禮貌得驚人。一眼就能看出受過良好的教育，難以想像是城裡大家口中所形容的孤兒。

後來，我們照著法藍的指示，開始製作貴族大人的料理，卻是一連串的不敢置信。做菜期間，不僅一而再地要求我們洗手，備菜的步驟很多，順序也很複雜。

「湯請就這樣繼續煮吧，不要把燙了青菜的湯丟掉。」

「就這樣繼續煮嗎？」

明明要煮湯，聽到別把燙過菜的湯倒掉，我們都很困惑。湯裡面可能會有細微的髒污和泥沙，而且自古以來大家都說，這麼做有可能生出來的孩子會難以管教，或者生不出孩子，不倒掉真的好嗎？我們看向班諾先生，卻見他輕輕點頭。想起了班諾先生吩咐過，要遵從法藍的指示，我們強忍著不快的感覺，繼續製作。

然而，請雨果先生盛在小碟子裡，試喝了湯以後，湯卻有著我從未品嘗過的味道。只是加了一點鹽巴而已，卻襯托出了蔬菜難以形容的香氣與鮮甜，柔和的味道在嘴裡蔓延開來，滲透到了全身。眼前突然金星直冒，彷彿存在於前方的門扉被人一鼓作氣打開，變得無比明亮。發現自己眼前出現了一個嶄新的世界，我高興得不得了，儘管梅茵大人也在，卻克制不了興奮的情緒。

「貴族大人的湯真的讓我大吃一驚呢。做法雖然讓人很不舒服，湯卻非常好喝。喝到第一口的時候，我真的嚇了一跳。」

「哎呀？孤兒院長室所做的湯，並不是貴族之間常見的做法唷。」

莫妮卡訝異地這麼說，看向妮可拉，妮可拉也點點頭。

「所有青衣神官賜予的飯菜，會當作是神的恩惠分送給孤兒院，但是，只有孤兒院長室的湯這麼濃郁又好喝喔。」

這麼意想不到的發言，讓我、雨果和陶德面面相覷。還以為貴族大人的料理都這麼奇怪，難不成，是只有梅茵大人的食譜特別奇怪嗎？

「只有梅茵大人的食譜嗎？只有湯？其他也是？……這麼說來，一開始簽訂雇用契約的時候，班諾先生還讓我簽了一份契約，說是若沒有班諾先生或梅茵大人的許可，不得在其他地方製作在此處得知的食譜，看來這當中有著很重大的涵義。」

「嗚哇，我不要。我根本不想知道貴族大人的這種秘密。」

只因為和貴族大人扯上關係，這個巨大的秘密便散發出了非常危險的氣息，陶德先生開始嚇得直發抖。對照之下，雨果先生的表情卻是完全不怕。

「哦……連其他貴族大人也不知道的食譜嗎？這很有趣嘛。」

我也跟著雙手扠腰，挺起並沒有什麼分量的胸脯。

「雨果先生，雖然你幹勁十足，但會知道越來越多食譜的人可是我喔。」

雨果先生一臉納悶，我向他露出了挑釁的笑容。

「因為冬季期間我會住在這裡，每天做菜啊。到時候一定會再出現新的食譜。妮可拉、莫妮卡，我們一起加油吧。妳們兩個人是為了成為梅茵大人的侍從，我是為了贏過雨果先生。」

「是！」

妮可拉和莫妮卡嗓音清脆地回應，我和她們一起笑了起來，再看向雨果先生。

「啊，等到了春天，我可以教給雨果先生新的食譜喔。」

雨果先生「唔」地不甘心低吟，大家再度哈哈大笑。

……我要在冬天期間做很多料理、學會新的食譜，追上雨果先生的腳步！

在開始準備過冬的秋季尾聲，我找到了新的目標，更是奮發向上。但是在那個時候，我還沒有意識到自己想以雨果先生為目標的理由。

後記

好久不見了。大家好，我是香月美夜。

非常感謝各位購買本作，《小書痴的下剋上：為了成為圖書管理員不擇手段！【第二部】神殿的見習巫女（Ⅱ）》。

母親懷孕後，為了新的妹妹或弟弟，梅茵幹勁十足地開始製作繪本。為了得到畫師，結果卻被指派了指導教養的侍從，即使想要自己動手做事情，也因為青衣見習巫女的身分，什麼事都不能做，無法像以前那樣隨心所欲。

但是，第一本繪本總算是完成了。和一直以來提供協助的路茲及多莉，在可以說是一切起源的家裡。

回想起在第一部裡，面對過棘手的莎草紙、揉過黏土板，真的是一條漫長的路途，但至此還不是終點。接下來為了可以更加大量地印刷，要開始新的挑戰。因為梅茵需要的，是怎麼看也看不完的書。

而成為青衣見習巫女以後，梅茵也接觸到了在以往生活中絕不會接觸到的貴族世界。傳話用的白鳥、討伐巨大魔樹的騎士團、治癒荒蕪土地的儀式，以及窺看記憶的魔導具。

與梅茵的意識同步後，斐迪南體驗了夢中的世界，雖然對於頻頻冒出書來的記憶感到厭煩，但也判定梅茵暫時無害。然而，梅茵卻因為強大的魔力量，將成為貴族們的目標。

這一集的短篇是從讀者的要求當中，挑選了羅吉娜與艾拉的觀點進行書寫。曾經服侍過藝術巫女克莉絲汀妮的羅吉娜，平常過著什麼樣的生活，在下定決心要服侍梅茵之前，背後又有過怎樣的心路歷程。第二篇則不同於至今出場過的工匠，寫了曾是酒館廚師學徒的艾拉，為什麼會進入神殿工作。希望各位讀者看得開心。

這次為了盡量減少頁數，我也下了十足的苦心，結果厚度還是不薄。TO BOOKS的所有工作人員，真的給各位添麻煩了。

然後，本集封面是穿著儀式服的梅茵。充滿了奇幻氣息的物品一口氣增加，看著華麗的法杖和鎧甲的造型，我真的非常興奮。衷心感謝椎名優老師。

最後，要向購買本書的各位讀者獻上最高等級的謝意。

續集預計於春天出版，那就屆時再相會吧。

二〇一五年十一月　香月美夜

國家圖書館出版品預行編目資料

小書痴的下剋上：為了成為圖書管理員不擇手段!. 第二部，神殿的見習巫女 . II / 香月美夜著；許金玉譯 . -- 初版 . -- 臺北市：皇冠，2018.03
面；　公分 . --（皇冠叢書；第 4684 種）(mild；11)
譯自：本好きの下剋上 司書になるためには手段を選んでいられません . 第二部，神殿の巫女見習い . II
ISBN 978-957-33-3367-8（平裝）

861.57　　　　　　　　　　　　107001967

皇冠叢書第 4684 種

mild 11

小書痴的下剋上

爲了成爲圖書管理員不擇手段！

第二部 神殿的見習巫女Ⅱ

本好きの下剋上

司書になるためには
手段を選んでいられません

第二部 神殿の巫女見習いⅡ

作　　者—香月美夜
譯　　者—許金玉
發 行 人—平雲
出版發行—皇冠文化出版有限公司
台北市敦化北路120巷50號
電話◎02-27168888
郵撥帳號◎15261516號
皇冠出版社(香港)有限公司
香港銅鑼灣道180號百樂商業中心
19字樓1903室
電話◎2529-1778　傳真◎2527-0904
總 編 輯—許婷婷
責任編輯—陳怡蓁
美術設計—嚴昱琳
著作完成日期—2016年
初版一刷日期—2018年3月
初版五刷日期—2022年8月
法律顧問—王惠光律師

讀者服務傳真專線◎02-27150507
電腦編號◎562011
ISBN◎978-957-33-3367-8
Printed in Taiwan
本書特價◎新台幣299元/港幣100元